Transformation am Feuersee
Sandra Berger

Transformation am Feuersee

Sandra Berger

Dezember 2015

Liebe Nazdar

Tauche ein in eine mystische Welt und begleite Caroline auf ihrer Reise!
Viel spass! :)
Herzlichst,

Sandra Berg

@ Sandra Berger, 2015

Umschlaggestaltung: Kopainski Artwork

Cover: Shutterstock.com/ @Olga Nikonova / @korionov / @jason Salmon / @paffy /@ Ase

Herstellung und Verlag:
BoD – Books on Demand GmbH, Norderstedt
ISBN. 978-3-7386-2355-0

Jedem Einzelnen gewidmet, der dieses Buch liest.

Vielen Dank für deine Unterstützung!

Der Anfang vom Ende

Mein Leib zitterte wie Espenholz, während ich mich im Spiegelbild des Fensters betrachtete.
Meine Haare waren lang! Lang, nicht kurz! Vor ein paar Minuten waren sie doch noch kurz! Aber es waren nicht nur die Haare, welche sich plötzlich verändert hatten. Es war die ganze verdammte Situation, in der ich steckte. Ich begriff es, und doch begriff ich es nicht. Ich fühlte mich, meinen Körper, meine Seele, mein Ich. Und doch war ich es irgendwie nicht.
Es war immer noch dunkel, und vom Himmel nieselte es. Ich schaute auf meine Uhr. Sie zeigte sechs Uhr. War es sechs Uhr morgens? Ich hatte mein Zeitgefühl irgendwann verloren. Das Letzte, an das ich mich erinnern konnte, war Ben. Ben und die Worte, die er zu mir sagte. Aber all das war am Abend gewesen. Damals funktionierte meine Uhr noch, das glaubte ich jedenfalls. Was war also die letzten Stunden passiert?
Mein Körper zitterte immer noch, während ich durch das Fenster in die Notfallstation blickte. Mein Spiegelbild interessierte mich nicht mehr. Es irritierte mich eher, sodass ich es nicht mehr betrachtete. Ich konnte kaum atmen. Irgendwo in meinen Lungen

war eine Blockade, welche die eingeatmete Luft nicht passieren ließ. Und das alles nur wegen der ganzen beirrenden Situation, in welcher ich steckte.

Die Schwestern im Inneren des Gebäudes flitzten hektisch durch die Flure, brachten Medikamente, legten Infusionen, beruhigten Patienten und versuchten, im alltäglichen Chaos der Notfallstation den Überblick zu behalten.

In dieser Nacht war unglaublich viel los. Immer wieder wurden neue Patienten gebracht. Einige bluteten aus Wunden am Kopf oder Körper, andere hingegen humpelten oder hatten einen Arm gebrochen. Und dann gab es noch die, welche eigentlich nichts hatten. Sie hielten sich für einen Notfall und wollten nicht erst am nächsten Tag zu ihrem Hausarzt.

Es roch nach Alkohol, als die „Möchtegern-Notfälle" an mir vorbeigingen, beziehungsweise - torkelten. Dass sie noch einigermaßen gerade laufen konnten, war zu bewundern. Ich wäre in dem Zustand bestimmt gestürzt und irgendwo in der Ecke liegen geblieben.

Mein Spiegelbild im Fenster bahnte sich seinen Weg in meinen Fokus. Ich sah mich an. Und das, was ich sah, machte mir Angst. Es erinnerte mich an das, was Ben gesagt hatte, an den Grund, warum wir hier waren. Hier im Nirwana des Irgendwo. Was auch immer ich war und wo auch immer ich steckte: Ich musste einen klaren Kopf behalten.

Ich seufzte. Einen klaren Kopf behalten und ihn vom Wirrwarr darin befreien. Mutters Worte hallten in meinen Ohren. *Oh Gott, wie ich sie in diesem Augenblick vermisse.*

Die Tür der Notaufnahme öffnete sich. Ein junger Pfleger in einem grünen Outfit kam entspannt heraus und trällerte ein Lied. Diese gute Laune, sie machte mich etwas wütend. Warum, wusste ich eigentlich gar nicht. Vielleicht war mir einfach die ganze Sache über den Kopf gewachsen. Ich konnte die momentane Situation ja nicht mal richtig begreifen und schon gar nicht akzeptieren. Es war einfach so ... unfassbar, oder sollte ich sagen nicht nachvollziehbar? Ach, ich wusste es nicht.

Der junge Mann schlenderte zu einem roten Sportwagen, der nur ein paar Meter neben dem Krankenhaus auf einem Parkplatz stand. Ich blickte dem Pfleger lustlos nach. *Warum auch nicht,* dachte ich. Ich hatte sowieso nichts Besseres zu tun. Jede Art von Ablenkung war mir recht. Würde ich auch nur noch einen Gedanken an dieses Nirwana verschwenden, würde ich durchdrehen.

Der junge Mann nahm eine Papiertüte vom Beifahrersitz, schloss die Tür wieder und schlenderte zurück. Mit einem kurzen, coolen Druck auf die Fernbedienung in Richtung Auto schmiegten sich die Außenspiegel mit einem leisen Surren an den Wagen. Wahrscheinlich dachte er, ich würde mich für ihn interessieren, so wie ich ihm nachsah. Sein lächelnder Mund und sein verschmitzter Blick in meine Richtung ließen mich richtig vermuten. Doch ich hatte definitiv kein Interesse. Er war einfach eine wohltuende Ablenkung von allem. Es hätte auch ein alter Greis mit dem Rollstuhl spazieren fahren können, das wäre genauso interessant gewesen. Hauptsache Ablenkung.

Der junge Mann zwinkerte mir zu und betrat wieder das Gebäude. Mein Blick folgte ihm und traf auf mein wartendes Spiegelbild.

Ich blickte mich an. Ich wollte nicht, aber ich musste mich ansehen. Meine schulterlangen roten Haare, welche am Tag sonst wie eine Karotte leuchteten, wirkten im matten Licht, welches nach außen drang, leicht bräunlich. *Merkwürdig,* dachte ich. *Ich sehe mich, und doch bin ich gewissermaßen nicht wirklich hier.* Ich fühlte die kühle Nacht, und doch schien sie nicht real zu sein. Ich bin, und doch bin ich nicht. Ich atmete geräuschvoll ein.

Das sollte nun jemand verstehen. Jedoch, wie konnte das überhaupt jemand verstehen, wenn ich es selber doch gar nicht verstehen konnte? Ich verstand nichts! Ich wusste ja nicht einmal, wo ich mich eigentlich genau befand.

„Caroline", flüsterte eine Stimme neben mir. Ich musste mich nicht umdrehen. Die Stimme erkannte ich sofort. Obwohl sie mir in letzter Zeit so nahe gekommen war, traf sie mich jetzt wie ein unsichtbarer Dolch mitten ins Herz.

Auch Miles ist nicht real, schoss es mir durch den Kopf. Wusste er davon? Und warum hatte er es mir gegenüber nie erwähnt?

Ich verspürte den Drang, mich umzudrehen. Eigentlich wollte es jede Faser meines Körpers, doch mein Verstand bremste mich. Ich wusste nicht, was geschehen würde, wenn ich mich ihm zuwenden würde. Was würde ich fühlen und was würde ich ihm sagen? Vielleicht vor seinen Füßen zusammenbrechen und einen Schreikampf bekommen, weil alles einfach zu viel ist? Ben, er und meine Mutter …

Vielleicht aber würde ich auch nur seine Nähe suchen. Mich in seine starken, liebevollen Arme sinken lassen und seinen Herzschlag spüren.

Ja, ich hatte schon seinen Herzschlag gespürt, aber war das nicht unmöglich?

„Caroline", wiederholte er bestimmender, aber immer noch unglaublich liebevoll. Ich haderte mit mir selber. Ich wollte mich ihm zuwenden, zu ihm rennen und doch nicht. In meinem Kopf begann sich alles zu drehen. Mit der Hand suchte ich Halt an der kalten Fensterscheibe. Ich wusste nicht, was ich tun sollte.

Erschöpft legte ich meine Stirn ans kühle Glas und schloss mit einem tiefen Atemzug die Augen. Vielleicht würde das ja irgendwie meine wirren Gedanken ordnen. Falsch gedacht.

Wie ein Film im Schnelldurchlauf schossen mir plötzlich alte Bilder ins Bewusstsein. Ich sah Ben, Miles, die Schule, den Unfall und den Tag, welcher für mich der Anfang des Endes bedeutete.

Das Gedicht des Mondes

Mist, dachte ich, *das hätte nun wirklich nicht sein müssen!*
Unsere Lehrerin hatte natürlich genau mich auserkoren, mein Gedicht vor der gesamten Klasse vorzutragen. *Warum gerade mich!* Hätte sie nicht die Pickel-Face Susan, so wie sie von einigen genannt wurde, nehmen können? Oder was war mit Markus? Der trug doch immer so gerne vor.
Ich hasste es! Ich hasste es besonders, vor zwei unmöglichen Mitschülern zu stehen und ihr hämisches Grinsen zu ertragen. Egal was ich tat, sie lachten ständig über mich.
Unser Klassenzimmer war in einem alten, ziegelsteinfarbenen Schulhaus untergebracht, in dem es teilweise etwas modrig roch. Wir waren die letzte Klasse, die in diesem alten Gebäude noch unterrichtet wurde. Nach den Sommerferien würden alle Klassen in das neu gebaute Schulgebäude am anderen Ende der Straße wechseln.
Natürlich ging der Übergang nicht ohne großes Aufsehen. Der Schuldirektor, Herr Speiss, hatte vor einigen Wochen ein großes Eröffnungsfest angekündigt. Nicht nur die Schüler und deren Eltern seien zu diesem speziellen Tag herzlich eingeladen, so hieß es, nein, sogar der Stadt- und Gemeinderat würde uns

die Ehre erweisen. Als könnten sie uns Schüler damit locken. Was interessiert einen schon Politik, wenn man erst 16 Jahre alt ist. Der Schuldirektor hätte lieber Oliver von den Lions eingeladen, das gefiele vor allem uns Mädels besser.

Ich kannte kaum ein Mädchen, welches nicht auf Oliver stand. Seine raue Stimme, die vor allem bei den schnelleren Songs gut zur Geltung kam, ließ so manches Herz höher schlagen.

Auch ich hatte natürlich an meinen Wänden einige Poster von ihm hängen. Ganz klar, Oliver war einfach traumhaft. Er hatte gekrauste, braune Haare. Seine Augen waren groß und tiefblau. Mit seinen markanten Gesichtszügen wirkte er viel älter als 20. Vielleicht war es genau das, was es ausmachte, dass alle auf ihn flogen.

Seine Bandmitglieder, welche alle im gleichen Alter waren, sahen immer noch recht kindlich aus. Wir wollten etwas Reiferes, etwas Männlicheres - genauso einen wie Oliver.

Ich hätte lieber noch länger von ihm geträumt, doch Frau Kaiser, unsere liebe Lehrerin – welche leider einen Narren an mir gefressen hatte – holte mich wieder in die Realität zurück. „Caroline, würdest du nun bitte dein Gedicht vortragen." Sie machte eine einladende Handbewegung, vor ihr Pult zu kommen und lächelte trotz ihrer leicht schiefen Zähne. Eigentlich war sie schon ganz ok. Es gab schlimmere Lehrer.

Wegen ihrer zarten Körpergröße von einem Meter neunundfünfzig waren wir ihr alle hoch überlegen. Mit ihr aufnehmen konnten wir es aber trotzdem nicht. Sie hatte uns mal erzählt, dass sie und ihr Mann den schwarzen Gürtel im Karate besaßen und sie ihn vor über 30 Jahren im Dojo kennen und lieben gelernt hatte. Als dann Mike vorwitzig fragte, ob sie uns was vormachen würde, lachte sie nur verschmitzt. Ihr Kodex war, Karate nur im Dojo oder in wirklicher Gefahr anzuwenden. Jeder, der es nur zum Spaß anwandte, um sich oder anderen etwas zu beweisen, beziehungsweise um jemandem zu drohen oder jemanden zu verletzen, würde sofort aus dem Dojo verwiesen.

„Caroline?", forderte sie mich erneut auf. Mit einem tiefen, lautlosen Seufzer richtete ich mich langsam auf und ging mit zögernden Schritten zu ihrem Pult. Frau Kaiser blickte mich durch ihre dicke Hornbrille ermunternd an. Langsam drehte ich mich um und schaute über die Köpfe meiner Mitschüler.

Wie ich es hasste! Ich hasste es, so angestarrt zu werden. Vor allem, wenn zuvorderst meine Erzfeinde Mike und Louis saßen. „Hat deine Hexen-Mutter dein Gedicht aus einem Hut hervorgezaubert?", foppte Louis. *Sie ist ein Medium und keine Hexe,* schoss es mir durch den Kopf. „Los, Carotte, auf was wartest du?", flüsterte Mike. Louis begann leise zu kichern. *Dummköpfe!* Ich tat so, als hätte ich sie nicht gehört. Doch ich hörte sie immer. Immer!

Sogar nachts, wenn ich im behüteten Bett lag, umgeben von Oliver und meinen anderen geliebten Filmstars und Bands, huschten ihre Worte in meine Träume und ließen mich aufschrecken oder sogar weinen.

Ich konnte mich nicht mehr daran erinnern, wann sie mir zum ersten Mal ‚Carotte' nachgerufen hatten. „Caro-line? Ich glaube eher, Car-otte passt besser zu dir", hatte Mike mich damals aufgezogen. Carotte, weil meine Haare so rot wie eine Karotte waren.

Früher, als ich noch ganz klein war, da hatten alle Erwachsenen gesagt, was für eine tolle Haarfarbe ich hätte. Alle fanden sie wunderschön und außergewöhnlich. Natürlich erfüllte mich das damals mit Stolz, und ich trug meine Haare, wenn möglich, immer offen, um sie jedem zu zeigen. Doch dann kam ich in den Kindergarten und danach in die Schule. Und da waren es dann nicht mehr die Komplimente, die mich erreichten, sondern nur Hänseleien. Carotte war noch das Netteste, was hängenblieb. Ich verstand damals die Welt nicht mehr. Wie konnten die Mitschüler plötzlich alle so gegen meine Haare sein?

Ich hatte sie so lange mit Stolz offen getragen, und nun versuchte ich, die Haarfarbe möglichst in einem Zopf oder Pferdeschwanz zu verstecken. Als könnte man damit die Haarfarbe verändern. Aber was blieb mir anderes übrig? Als ich meine Mutter anbettelte, mir die Haare zu färben, hatte sie sich vehement gewehrt. Sie verbot es entschieden, und mir blieb nichts anderes übrig, als mit den Hänseleien zu leben.

Irgendwie hatte ich mich daran gewöhnt, dass mich Mike und Louis sowie teilweise auch andere, auch die Mädchen, Carotte nannten. Wenigstens wurde ich nicht wie einige Mitschüler zusammengeschlagen - obwohl sich die Beleidigungen und Hänseleien in meinem Inneren teilweise genauso derb anfühlten.

Nun stand ich also vor der Klasse und fürchtete mich, wieder mal zur Zielscheibe zu werden. Egal, ob mein Gedicht gut oder schlecht sein würde, egal, ob es sich reimen oder poetisch klingen würde, es würde sowieso in der Luft zerrissen werden. „Du darfst beginnen, Caroline", sagte Frau Kaiser aufmunternd. „Wir sind schon alle gespannt zu hören, was du geschrieben hast." Ja, klar …

Mein Herz schlug so heftig in meiner Brust, dass ich das Gefühl hatte, es würde in der nächsten Sekunde zerspringen. Meine Hände zitterten etwas vor Aufregung. Hoffentlich würden es Mike und Louis nicht bemerken. Pickel-Face Susan, die in der dritten Reihe saß, blickte mich mitleidig an.

Ich atmete tief durch. „Schattenhaft", begann ich leise. „Etwas lauter Caroline, damit wir dich auch alle verstehen.", unterbrach mich Frau Kaiser. Einige der Mädchen kicherten miteinander. Ich räusperte mich. Mein Herz raste jetzt vor Nervosität und Angst.

Etwas lauter, aber mit leicht zitternder Stimme, fuhr ich fort. „Schattenhaft legte sich der Nebel über den Tag. Die dunklen Wolken des Tages waren vorüber und die Stille der Nacht erhielt langsam einen Platz. Die Gunst der Stunde würde das Licht erscheinen lassen, auch zu dieser so ruhigen Zeit. Das Hell des Mondes würde erscheinen und die Nacht erglänzen lassen, wie eine Perle im Sonnenlicht."

Ich stockte. Einige Mädchen in der hintersten Reihe begannen laut zu tuscheln. „Ich bitte um Ruhe!", ermannte Frau Kaiser sie. Nervös kaute ich auf meiner Unterlippe und blickte durch die Klasse. Ich sah niemanden Bestimmtes an. Eigentlich wusste ich gar nicht, warum ich sie ansah. Das Einzige, was ich wollte, war, wieder zurück an meinen Platz zu gehen und in Scham zu versinken. Ich hatte Zweifel an meinem Gedicht über den Mond. Wie konnte man auch überhaupt ein Gedicht über den Mond verfassen. Unglaublich, dass ich so ein blödes Thema gezogen hatte.

Frau Kaiser bat mich mit einem Nicken, fortzufahren. Erneut atmete ich tief durch. Nur noch ein paar Zeilen und ich hätte es geschafft. „Der Tau der Nacht würde dann erscheinen und erglänzen lassen alles in einem wunderbaren Licht des Mondes." Einige der Schüler kicherten erneut. Ich hielt inne. Warum hatte ich nicht gesagt, ich hätte das Gedicht zu Hause vergessen, statt mich vor der gesamten Klasse zu blamieren? „Doch bald wird die Nacht vorbei sein und der Tag erwacht."

Ich murmelte die letzten Worte rasch herunter. Mit eiligen Schritten und gesenktem Blick ging ich zu meinem Platz zurück. Ich wollte keinen Einzigen ansehen. „Das war wirklich schön, Caroline", Frau Kaiser war begeistert und rief bereits den nächsten Schüler auf, der sein Gedicht vorzutragen hatte. *Der arme Kerl!*

„Das war wirklich schön, Carotte", ahmte Silvan Frau Kaiser nach. Seine Banknachbarin kicherte leise. Sein hämisches Grinsen verriet nichts Gutes. Wahrscheinlich würde er sich wieder einmal mit Mike gegen mich verschwören und mir das Leben schwer machen. *Irgendwann zahle ich es ihnen heim! Ihnen allen!*

Die Schulglocke ertönte und läutete die herbeigesehnten Sommerferien ein. Wie wunderbar!

Ich atmete erleichtert tief aus. Es fühlte sich an, als würde ein schwerer Stein von meinem Herzen fallen. Einige Wochen keinen von diesen stumpfsinnigen Mitschülern mehr zu sehen, verwandelte meine miese Stimmung augenblicklich in ein Frohlocken! Ich jubelte regelrecht. Nun würde mir eine tolle Zeit bevorstehen! Schwimmen im Pool, Shoppen gehen mit meinen Freundinnen und einfach die Zeit genießen. Keine Hausaufgaben, keine Vorschriften – ok, nur die von meiner Mutter, aber die waren meistens in Ordnung – und keine Verpflichtungen, die anderen zu sehen. Das Beste war, dass der Spaß gleich losging.

Rosi, meine beste Freundin und treue Stütze in der Klasse, hatte mich zu meinem Geburtstag ins Kino eingeladen. Aber nicht nur das. Wir würden danach noch ein paar Stunden im Shopping Center verbringen und nach tollen Schnäppchen stöbern. Für irgendwas hatte ich ja schließlich Geld zu meinen Geburtstag bekommen.

Es schwebte mir vor, ein schönes Sommerkleid oder wenigstens ein cooles, ärmelloses T-Shirt mit einem Ausschnitt zu kaufen. Nicht zu gewagt, da meine Oberweite leider nicht so üppig war – zu hochgeschlossen sollte es aber auch nicht sein. Das Dekolleté müsste man schon sehen können.

Ich verspürte ein freudiges Kribbeln, als ich meine Schulbücher im Rucksack verstaute. Als ich ihn mir dann umhing, ächzte ich unter der Last. *War noch niemand darauf gekommen, dass Schulbücher schleppen schon im jugendlichem Alter zu Rückenbeschwerden führen könnte?* Ich schüttelte meinen Kopf, um diese Gedanken loszuwerden. Ich hörte mich ja schon wie meine Mutter an.

„Bereit?", fragte Rosi aufgeregt. Wenn sie lächelte, bildeten sich um ihren Mund zwei kleine Falten. Mike und die anderen Jungs fanden darin natürlich einen Grund, um über sie zu lästern. Ich fand es dagegen einfach nur süß. *Bestimmt wird irgendwann ein Junge diese genau so süß finden wie ich.*

Wenn sie traurig von den Hänseleien war, erinnerte ich sie immer daran. Irgendwann würde auch unsere Zeit einmal kommen. Wir waren sogenannte Spätzünder: wir hatten beide noch nie einen Freund gehabt, erst recht nicht so was wie ein belangloses Geknutsche. Bis jetzt war das Glück einfach nicht auf unserer Seite. Natürlich wussten wir schon, dass es für jede Pfanne auch einen Deckel gibt, doch innerlich zerfraß es uns beinahe.

Wir sprachen kaum über dieses „Problem", obwohl wir die besten Freundinnen waren. Eigentlich völlig blöde, denn kein anderer Mensch wusste besser, was in unserem Innern vor sich ging. Wir sehnten uns nach einer starken, männlichen Schulter, die uns hielt, wenn wir zu fallen drohten, und die uns mit ihrer Wärme Schutz vor der emotionalen Kälte der Welt gab. Irgendwann würde auch unsere Zeit kommen; da waren wir uns sicher. Jede von uns litt halt einfach auf ihre eigene Weise.

Auf zehn Uhr

Im Shopping Center herrschte emsiges Treiben. Einige hetzten von einem Shop in den nächsten, um noch Kleidung und andere Dinge zu ergattern, bevor die Läden schlossen.
Rosi und ich saßen auf einer Holzbank. Hinter uns hatten die Center-Dekorateure meterhohe Palmen gepflanzt, welche die Atmosphäre angenehmer machen sollten und die Passanten zum Verweilen einluden. Doch kaum jemand hatte die Zeit oder Muse, sich die Palmen anzuschauen und sich vorzustellen, mit einem Longdrink auf einem Liegestuhl am Meer zu liegen und auf hereinbrechende Wellen zu blicken. Herrlich! Ich konnte das unglaublich gut.
Manchmal strich ich mit der Hand sanft über den rauen, braunen Stamm der Palme und erreichte mit meinem Geist die Traumwelt, die mich seit meiner Kindheit begleitete. Dort konnte ich sein, wo und wer ich sein wollte. Ich war erfolgreich, glücklich und hatte keine unangenehmen Mitschüler, die mich wegen meiner Haarfarbe hänselten. Das Schönste war, in den Träumen hatte ich einen Freund. Meinen Freund!
„Seifenblase, platz!", befahl Rosi und zerstach mit ihrem Zeigefinger eine imaginäre Blase, welche sich

anscheinend um meinen Kopf befand. Ich war wieder einmal völlig unbewusst in die Traumwelt abgeschweift. „Schön geträumt?", fragte sie grinsend. Ich lächelte. Eigentlich wollte ich nicht vor ihr träumen, denn so neugierig wie sie war, verlangte sie danach, wieder alles zu wissen. „Und? Warst du auf dem Liegestuhl alleine, oder war er da?", grinste sie frech. Ich errötete und schaute verlegen zu Boden. Ich hätte ihr vor ein paar Tagen nicht von meinem Traum erzählen sollen. Jetzt zog sie mich immer ein wenig damit auf.

Mit den Augen zeichnete ich die Ränder der Platten nach. *Natürlich war er da! Er war immer da, wenn ich träumte.* Rosi kicherte belustigt und piekste mir mit ihrem Zeigefinger in die Seite. „Hey!", protestierte ich und wich aus.

„Anstatt zu träumen, würdest du lieber schauen, was sich da auf 10 Uhr an uns vorbei bewegt."

Rosi und ich hatten vor kurzer Zeit einen Actionfilm angeschaut, in dem sie Richtungen mit Zeitangaben ausdrückten. Das taten wir seit dem Tag auch.

„Rasch, er ist gleich weg!" Eilig wandte ich meinen Blick Richtung Ausgang und konnte gerade noch einen Blick auf den gutaussehenden Jungen erhaschen. Er hatte braunes, lockiges Haar und eine kleine, lustige Nase. Sie war nicht störend, eher süß.

„Zum Glück hast du mich", meinte Rosi stolz, „sonst wärst du immer noch in deiner Traumwelt und hättest diesen süßen Jungen verpasst. Das wäre doch schade gewesen, nicht?" Sie klopfte sich stolz auf die Schulter.

Rosi brachte mich damit zum Lachen. „Naja, nicht schlecht", antwortete ich keck, „an meinen Traumjungen kommt er aber nicht heran."

Ich lachte erneut. Wir verstanden uns wirklich gut, und kleine Neckereien versüßten unsere Freundschaft. Zusammen konnten wir einfach unbeschwert die Zeit genießen und so sein, wie wir sind.

Leider hatte ich weder ein Sommerkleid noch ein T-Shirt gefunden. Dafür jedoch eine schnittige blaue, anliegende Jeans, welche meine schlanke Figur noch besser betonte. Mit einer Größe von einem Meter zweiundsiebzig gehörte ich zum Durchschnitt. Einige Mädchen waren sogar etwas größer. Rosi war nur zwei Zentimeter kleiner als ich – doch ob das wirklich so blieb, würde sich dann noch zeigen.

Meine Eltern beide waren auch eher so im Durchschnitt. Meine Mutter war einen Meter fünfundsiebzig und mein Vater … eins achtzig? Eins fünfundachtzig? Das wusste ich gar nicht mehr so genau. Meine Eltern waren geschieden und er lebte in einer anderen Stadt. Wir sahen uns nur selten, was für mich völlig in Ordnung war. Ich hatte nicht gerade das Bedürfnis, ihn zu treffen.

Als er uns vor sieben Jahren verlassen hatte, war viel zerbrochen. Nicht nur in mir, sondern auch in meiner Mutter. Sie würde das natürlich nie zugeben, doch ich hatte es ihr angesehen. Sie verlor stark an Gewicht, ihre sonst so fröhlichen Gesichtszüge wurden härter und das liebevolle Lächeln seltener. Das Strahlen ihrer blauen Augen erlosch etwas und ihre blonden Haare sahen matt und fahl aus. Trotz allem, sie war immer noch eine Schönheit.

Natürlich hatten sie mir gesagt, wie auch jedem anderen Scheidungskind gesagt wird, dass es nicht meine Schuld war. Sie hätten sich auseinander gelebt. So hatten sie schweren Herzens beschlossen, getrennte Wege zu gehen. Das konnte man schön reden, wie man wollte. In mir drin herrschte trotzdem diese Leere und dieses Gefühl, dass ich etwas falsch gemacht hatte.

Zu Beginn setzte ich noch alles daran, sie wieder zusammenzubringen. So zauberte ich ein Essen aus rohem Dipp-Gemüse – ich konnte nicht kochen – und lud beide Seiten an einen Tisch. Natürlich geschah dies in der Hoffnung, sie würden sich wieder vertragen und zusammenkommen. Falsch gedacht! Meine verschiedenen Versuche scheiterten kläglich.

Irgendwann waren meine Eltern über meine Zusammenbring-Versuche so genervt, dass meine Mutter mir verbot, in der Küche zu werkeln. So konnte ich einfach nur noch zusehen, wie sie immer mehr ihr eigenes Leben zu leben begannen.

Meine Mutter versuchte, nebenberuflich mehr als Medium zu arbeiten und richtete in ihrem alten Bügelzimmer einen Raum für ihre Jenseitskontakte ein. Nach längerem Hin und Her entschied ich mich, zu meiner Mutter zu halten. Es war schrecklich! Ich hatte das Gefühl, ich müsste mich nun für jemanden entscheiden. Ab sofort könnte ich nicht mehr beide Eltern haben, sondern nur noch einen Teil davon.

Da ich sowieso bei meiner Mutter lebte und sie das alleinige Sorgerecht vor Gericht erstritten hatte (warum auch immer), hatte ich mich für sie entschieden. Naja, entschieden ist ja irgendwie das falsche Wort. Ob ich wollte oder nicht, ich musste bei ihr leben. Aber das war ok.

Irgendwann entstand in mir aber ein starker Groll meinem Vater gegenüber. Er war eigenartiger Weise nun an allem Schuld. Schließlich hatte er uns verlassen! Er war derjenige, der mich im Stich ließ, und wegen ihm musste meine Mutter wieder arbeiten gehen, um uns über die Runden zu bringen. Konkret hieß das, sie arbeitete vermehrt in ihrem alten Bügelzimmer.

Das mit den Jenseitskontakten fand ich schon irgendwie cool, doch das behielt ich für mich. Die Außenwelt hatte schon Wind davon bekommen. Doch als Tochter einer Hexe bezeichnet zu werden, war nicht gerade das, was ich mir wünschte.

„Caroline, deine Mutter ist hier", sagte Rosi und blickte Richtung Ausgang. Meine Mutter hatte mir versprochen, uns nach dem Kino und unserem Shopping-Trip abzuholen. Wie üblich kam sie wieder mal zu spät. Pünktlichkeit war noch nie ihre Stärke gewesen. Und leider war es jetzt noch schlimmer als früher. Zum Glück hatte ich dies nicht von ihr geerbt. Ich war eher das pure Gegenteil: immer, wenn möglich, zu früh dran; das war meine Devise. Sie kam mit schnellen Schritten auf uns zu. Wie es schien, hatte sie sich geärgert. Wie so oft in letzter Zeit. Zwischen ihren Augenbrauen bildeten sich dann immer zwei tiefe Furchen. Obwohl sie einen ganz normalen Bürojob hatte (die Firma verkaufte Eier), kam sie immer öfter gestresst und schlecht gelaunt nach Hause. Ich hatte mal per Zufall etwas mitbekommen, dass Arbeitsstellen weg rationalisiert wurden. Man wusste nicht, ob sogar noch mehr Köpfe rollen würden.

Ich hoffte innig, meine Mutter bliebe davon verschont.

„Es tut mir leid, Caroline! Ich bin zu spät", meinte sie hastig und gab mir einen Kuss auf die Wange. „Kein Problem. Wir warten noch nicht so lange", versuchte ich, sie zu beruhigen. Rosi zog fragend die Augenbrauen hoch. Ok, das war gelogen. Wir hatten mehr als 40 Minuten auf meine Mutter gewartet. Rosi hatte schon oft betont, ich müsste ihr sagen, dass sie ständig zu spät sei. Das hatte ich auch schon, doch heute fand ich es einfach nicht passend. Wieso jemanden stressen, der bereits schon gestresst war?

„Sollen wir dich mitnehmen, Roswitha?", fragte meine Mutter fürsorglich. Meine Mundwinkel verzogen sich zu einem Grinsen. Rosi hasste es, bei ihrem vollen Namen genannt zu werden. Das war irgendwie ein Spleen, den sie seit einigen Jahren hatte. Rosi würde sich viel cooler anhören, als das banale ‚Roswitha'. „Nein danke, Frau Maurer", bedankte sie sich mit einem leicht sauren Unterton. „Ich nehme den Bus." „Ok, das ist auch gut. Grüße deine Mutter von mir. Ich sehe sie ja nächste Woche bei der Sitzung." „Werde ich machen."

Meine und Rosis Mutter kannten sich vom Turnverein. Sie saßen beide seit einigen Jahren im Vorstand und verstanden sich genau so gut wie Rosi und ich.

Eigentlich war es ja so, dass Rosis Mutter meine dazu brachte, überhaupt mal Turnvereins-Luft zu schnuppern. Dies hatte ihr so gut gefallen, dass sie sich gleich engagierte und wenig später in den Vorstand gewählt wurde.

„Nächste Woche gehen wir baden, und dann will ich deinen neuen Bikini sehen", rief ich Rosi zu, als wir schon auf dem Weg nach draußen waren. „Und ob!" Rosi lachte ihr lautes, mitreißendes Lachen und winkte mir nach.

Draußen herrschte wie immer um diese Zeit Verkehrschaos. Obwohl es schon nach sieben war, hatte sich die Rushhour noch nicht gelegt. Unser Auto, ein grauer Kleinwagen, parkte gleich neben dem Eingang. Es war ein Wunder, hier überhaupt einen freien Parkplatz zu finden. „Ich muss noch kurz zu Danny gehen und ihm etwas bringen", sagte meine Mutter, als sie um den Wagen ging und einstieg. Ich stieg ebenfalls ein. „Muss das sein?", fragte ich. Ich hatte keine Lust, ihren Arbeitskollegen zu sehen. Er war irgendwie … komisch. Jedenfalls benahm er sich immer so eigenartig, wenn ich ihn sah.

Mein Unterbewusstsein sagte mir immer wieder, dass zwischen den beiden etwas lief. Ich hätte es lieber gar nicht gespürt, denn ein Verhältnis mit dem, das ging einfach gar nicht! *Nein, bitte nicht mit dem!* Er sah so spießig aus mit seiner Hornbrille und den weichen Gesichtszügen. Und die Haare! *Oh nein, die Haare waren ganz schlimm!* Die spärlichen Überreste, die er noch besaß, waren von hinten nach vorne Richtung Stirn gekämmt, damit man die kahle Stelle am Kopf nicht sehen konnte.

Ich schüttelte mich innerlich, als ich den Sicherheitsgurt anlegte. Was fand meine Mutter nur an dem? Meine Gedanken waren schon dabei, sich selbständig zu machen und darüber nachzudenken, was die beiden tun würden, wenn ich nicht dabei war. *Nein Caroline, das willst du bestimmt nicht wissen! Lass deinen Gedanken keinen freien Lauf! Nicht bei diesem Thema, sonst übergibst Du dich!*

„Dieser Verkehr heute! Er ist einfach schrecklich. Wir werden wirklich nur kurz zu Danny gehen und dann gleich heim, ok?", informierte mich meine Mutter. Ihr Unterton war recht gestresst. Sie versuchte, sich wieder nichts anmerken zu lassen, doch ich durchschaute sie. Die Furchen zwischen ihren Augenbrauen wurden immer tiefer, und ihre Augen bekamen diesen harten, angespannten Ausdruck. „Ich habe es nicht eilig", erwiderte ich sanft. „Wir können uns ruhig etwas Zeit lassen. Bei dem Verkehr wird's sowieso etwas dauern." Irgendwie klang ich gerade selber wie eine Mutter, die versuchte, ihr

Kind zu beruhigen. Ich mochte es nicht, wenn meine Mutter so gestresst war. Das war irgendwie ansteckend, und ich wollte nicht gestresst sein! Der Nachmittag mit Rosi war so toll, und diese Stimmung wollte ich noch lange in mir bewahren.

„Wir machen wirklich nur einen ganz kleinen Abstecher. Danach fahre ich dich gleich nach Hause." Hatte meine Mutter mir überhaupt zugehört? Anscheinend überhaupt nicht.

Im Großen und Ganzen war sie ja wirklich eine gute Mutter. Obwohl wir nicht so viel Geld besaßen, versuchte sie, mir trotzdem meine Wünsche zu erfüllen. So hatte sie alles daran gesetzt, mir zu Weihnachten eine neue, recht teure Stereoanlage zu schenken. Und zum Geburtstag schenkte sie mir sogar ein Ticket für das Konzert von den Lions. Das war echt der Hammer! Ich hatte wirklich das große Glück mit ihr. Nun musste sie nur noch etwas ruhiger und pünktlicher werden, dann wäre es perfekt.

„Achtung!", schrie ich plötzlich. Meine Mutter bremste in letzter Sekunde, bevor wir den vorderen Wagen rammten. Mein Herz setzte in dieser Schrecksekunde kurz aus. Das ging gerade nochmal gut. Langsam und mit einem tiefen Atemzug versuchte ich, mich wieder zu beruhigen. „Dieser Verkehr ist so ein Mist!", fluchte meine Mutter genervt vor sich hin. Warum war sie denn heute so unglaublich gestresst?

Sie übersah eine Ampel, welche gerade auf rot wechselte und bremste erneut abrupt. Ich hielt mich am Sitz fest, um nicht in den Sicherheitsgurt geschleudert zu werden. *Wenn das so weitergeht, dann wird mein Herz vor lauter Aussetzern noch stehen bleiben,* dachte ich.

„Wir haben es ja nicht eilig", versuchte ich sie zu beruhigen.

„Das ist einfach so ein Mist! Es ist nach sieben und so viel Verkehr auf der Straße! Unglaublich!"

„Vielleicht können wir ja morgen zu Danny gehen?", fragte ich vorsichtig. In diesem Zustand, in dem sich meine Mutter befand, wäre ich lieber mit dem Bus gefahren. Sie fuhr sehr hastig, immer im Versuch, die beste Spur zu erreichen und möglichst rasch vorwärtszukommen. Als würde es etwas nützen, jedes Mal die Spur zu wechseln, wenn sich nebenan eine Lücke auftat.

„Und ob wir zu Danny müssen!", antwortete sie sauer. „Er hat morgen früh noch einen Kundentermin und benötigt meine Unterlagen dazu. Hast du etwa das Gefühl, ich würde die Strecke fahren, wenn es nicht wichtig wäre?" *Naja, vielleicht, weil du ihn einfach gerne sehen möchtest,* dachte ich. Aber das verschwieg ich, sonst wäre sie bestimmt explodiert.

Daher entschied ich mich für ein unbedeutendes: „Hmm." Ich hoffte, sie würde es irgendwie als beschwichtigend auffassen.

Die Ampel wechselte wieder auf grün und wir bogen auf die Schnellstraße ab. Auch hier herrschte emsiger Verkehr, doch wir kamen sehr gut voran. Vielleicht würde sich meine Mutter nun wieder etwas beruhigen, damit die Fahrt einigermaßen ohne Herzrasen und ständiges Festklammern stattfinden konnte.

Ich spürte eine leichte Übelkeit und etwas, das sich wie Beruhigung anfühlte. Dieses seltsame Gefühl verbreitete sich schlagartig von meinem Herzen aus über den ganzen Körper. Ich konnte regelrecht spüren, wie sich jede einzelne Muskelfaser nach und nach anspannte. *Irgendwas ist nicht in Ordnung. Aber was?*

„Super, jetzt das auch noch!" Sie schnaubte laut durch ihre Nase.

Stau! Soweit meine Augen sehen konnten, erblickte ich nur stehende Autos. Ihre Bremslichter bildeten eine Spur ins Nirgendwo. Meine Mutter bremste diesmal sogar vorsichtiger als vorhin und rollte langsam hinter den vorderen Wagen. *Scheiße*, dachte ich. *Nun würde es ewig dauern, bis wir Danny erreichten. Von Zuhause gar nicht zu sprechen.* „Dieser verdammte Abend …"

„..."verkehr", wollte meine Mutter noch ergänzen, doch dazu kam sie nicht mehr.

Urplötzlich schepperte es ohrenbetäubend. Ungebremst knallte ein großer Geländewagen direkt in unser Auto. Das Geräusch von brechendem und sich verformendem Metall war ohrenbetäubend laut. Mir schien es, als würde ich augenblicklich in die Luft katapultiert werden. Wir preschten direkt in den vorderen Wagen, wobei mein Kopf in die Kopfstütze gedrückt würde.

Meine Mutter schrie laut auf. Ich war stumm wie ein Fisch. Meine Stimmbänder waren vor Schock wie gelähmt. Ich brachte keinen noch so leisen Ton heraus.

Metall drückte sich in meine Beine. Immer fester, bis ich spürte, dass etwas Warmes, Feuchtes meine Unterschenkel hinunterlief.

Es knallte - die Airbags wurden ausgelöst. Mein Kopf prallte ins Luftkissen und ein Schmerz durchfuhr schlagartig mein Gesicht. Ich hielt den Atem an. Unsere Autohupe dröhnte dumpf in meinen Ohren. Meine Mutter schrie erneut. Ihr Schrei war voller Panik und ging mir durch Mark und Bein.

Kein Laut durchdrang meine Lippen, keine Luft entrann meinen Lungen. Ich hatte das Gefühl, als bliebe ich in Raum und Zeit stehen, spürte keinen Schmerz, keine Angst, kein Herzklopfen.

Dadurch, dass mein Verstand so unter Schock war, bekam ich alles nur noch gedämpft mit. Ich war eine Hülle meines Seins.

Doch plötzlich, es war für mich, als wären Stunden vergangen, kam alles auf einmal. Der Schmerz schoss durch meinen geschundenen Körper, die Lungen zogen gierig den Sauerstoff tief in sich ein und das Herz flatterte beinahe vor lauter Panik. Der Aufprall, die Schmerzen, das Geschrei und die rasende Angst meiner Mutter. Es war zu viel, einfach zu viel!

Ich schrie! Ich schrie, was ich konnte! *Es tat so weh, so weh!*

„Bitte mach, dass es aufhört, bitte!", flehte ich. Es tat so weh!

Und dann, so schnell wie es gekommen war, verschwand alles wieder. Benommen fiel ich in mich zusammen, und eine schwarze Kälte überkam mich.

Die Abstellkammer

Es war alles ruhig, ganz ruhig. Ich fühlte mich wie auf Wolken gebettet. Meine Augen waren geschlossen und ich hörte leisen Vogelgesang. Es klang wie der erste Frühlingstag nach einem harten Winter, wenn die Vögel die Sonne und Wärme begrüßten. Es war warm. Ja, ich fror nicht. Es war angenehm warm. Mein Herz schlug ganz ruhig in meiner Brust und der Atem ging langsam und geregelt. Keine Hektik war in meinem Körper zu spüren. Und ja, auch kein Schmerz. Da war wirklich nichts. Ich fühlte mich äußerst wohl in meinem jetzigen Zustand.

War dieses Empfinden das Resultat von Schmerzmitteln, welche mir die Ärzte gaben? In welchem Krankenhaus hatten sie mich nach dem Unfall gebracht? Ich versuchte, mich zu erinnern, doch es gelang mir nicht. Ich sah nur schwarz.

Ich wollte noch länger in dieser angenehmen Ruhe liegen bleiben. Nach dem Schock im Wagen war es einfach unglaublich wohltuend, diese zu spüren. Ich wollte sie nur noch etwas genießen, nur noch ein klitzekleines Bisschen.

Da hörte ich etwas. Zuerst war es ganz leise und ich konnte nicht ausmachen, was es war, doch als es lauter wurde, erkannte ich es als Stimmen.

Männliche Stimmen. Jemand unterhielt sich in meiner Nähe.

„Ich kann nicht fassen, dass so was passiert ist", sprach eine Stimme. „Sie war so jung und hatte doch noch ihr ganzes Leben vor sich." Der Mann begann zu schluchzen, und ich hörte, wie eine Nase geschnäuzt wurde. „Sie war so jung." „Es tut mir aufrichtig leid", hörte ich eine ruhige und sanfte Stimme antworten. „Es tut mir wirklich leid. Ich stelle die Maschinen wie gewünscht jetzt ab." *Was für Maschinen?* dachte ich, bemerkte dann aber, dass ich es laut ausgesprochen hatte.

Ich öffnete augenblicklich meine Augen und blickte an eine weiße Zimmerdecke. Ruckartig setzte ich mich auf und sah mich verdutzt um. Ich befand mich nicht wie gedacht in einem Krankenzimmer, und es waren auch keine Männer bei mir. Stattdessen lag ich in einem Bett mit einer rosa gemusterten Bettdecke. *Wie konnte man nur so eine schreckliche Bettdecke besitzen,* dachte ich.

Das Bett stand an der Außenwand in einem recht kleinen Zimmer. Auf der gegenüberliegenden Seite befanden sich ein alter, brauner Schrank sowie daneben ein kleiner, beiger Tisch. Darauf stapelten sich wild aufeinander geworfene Zettel. Ein grauer Teppich war auf dem Boden ausgelegt und verlieh dem

Zimmer etwas Altes, nicht gerade Heimeliges. Es machte eher den Eindruck, als wurde hier alles in Eile zusammengestiefelt.

Wo war ich? Ich kratzte mich an der Stirn. *Was war nach dem Unfall geschehen?* Ich wusste es nicht. Ich hatte keine Erinnerung, keine Bilder im Kopf. Es war wie ausgelöscht, nur Leere und Dunkelheit. Wer weiß, vielleicht stand ich immer noch unter Schock.

Dieses Zimmer war mir irgendwie vertraut. Und als ich das grau-rote Pyjama sah, welches ich trug, ging mir ein Licht auf. Ich war bei Vater! Aber was tat ich hier?

Vorsichtig schwang ich die Beine aus dem Bett und trat zum Fenster, welches sich gleich in der Nähe befand. Ich fühlte mich immer noch so leicht und beflügelt, dass ich nicht wusste, ob meine Beine mich halten würden. Doch ich schwankte nicht, fiel nicht in mich zusammen – nichts. Alles war ok.

Ich blickte an mir herunter und bemerkte das Fehlen meiner Pyjamahose. Meine Bekleidung bestand nur aus dem Oberteil und einem Slip. *Da hatte es jemand eilig, ins Bett zu kommen,* dachte ich. Normalerweise trug ich immer eine Pyjamahose. Ich mochte das Gefühl, Stoff um meine Beine zu spüren.

Ich zog die Vorhänge auf. Draußen stand die Sonne schon hoch am Himmel. Blinzelnd versuchte ich, in der grellen Sonne etwas zu erkennen. Und was ich sah, war mir sehr bekannt. Kein Zweifel, ich war bei Vater!

Gute vier Meter vom Fenster entfernt stand eine riesige, sechs Meter hohe Tanne. Daneben befand sich ein gelb gestrichenes Einfamilienhaus mit einem eingezäunten Garten davor.

Besaßen die Nachbarn früher nicht einen Schäferhund, der immer wie wild am Zaun hin- und herrannte?

Die Wohnsiedlung lag an einer ruhigen Nebenstraße. Nur die Einwohner fuhren hindurch, um zu ihren Häusern und Wohnungen zu gelangen.

Verwirrt wandte ich mich vom Fenster ab. Was tat ich hier? Es gab keinen Zweifel, wo ich mich befand. Früher sah's hier nur anders aus. Damals wurde dieses Zimmer als Trainings- und Bügelzimmer genutzt. Der Hometrainer darin wurde aber nie gebraucht.

Die Wände waren damals noch ganz kahl. Jetzt hingen einige Tierbilder an der Tapete. Wahrscheinlich sollten sie dem Zimmer ein warmes Ambiente geben. Doch hier war es alles andere als gemütlich. Der schreckliche Bettdeckenüberzug und all das auf die Schnelle zusammengewürfelte Zeugs, waren einfach nur Dinge – Dinge ohne jeglichen Charme. Das Zimmer war und blieb einfach eine Abstellkammer!

Aber trotz allem, was um alles in der Welt tat ich bei meinem Vater? Ich schüttelte den Kopf. Er wohnte ja nicht einmal in der gleichen Stadt wie wir.

War meiner Mutter etwas zugestoßen? Ich versuchte fieberhaft, mich an etwas zu erinnern. Doch es gelang nicht. Das einzige, was den Weg ins Bewusstsein fand, war dieser schreckliche Auffahrunfall, die verzweifelten Schreie meiner Mutter und meine höllischen Schmerzen. Was machte ich nun gute 200 Kilometer von zu Hause entfernt?

Das war gerade etwas zu viel für mich.

Langsam strich ich mir über den Kopf und hielt abrupt inne. *Nein! Das kann nicht sein!* Ich tastete meinen Kopf ab.

Was war das? Da fehlte doch etwas! Spiegel! Ich musste einen Spiegel finden!

Suchend blickte ich mich im Zimmer um; Tierbilder an den Wänden, aber kein einziger Spiegel. *Mist!*

Aber natürlich, das Badezimmer, da gab es immer Spiegel. Ich schritt durchs Zimmer und riss die Zimmertüre auf. Beinahe rennend ging ich durch den kurzen Gang.

Mein letzter Besuch war zwar schon länger her, doch ich konnte mich noch gut an den hell gekachelten Boden erinnern. Darüber lag ein alter, roter Teppich. *Auch so ein scheußliches Ding,* dachte ich. Mein Vater war definitiv kein Innendekorateur. Früher fiel mir das irgendwie nie auf.

An den Wänden hingen Bilder von verschiedenen Landschaften. Die hatte mein Vater in seiner Jugendzeit selbst gemalt. Damals wollte er noch seine Leidenschaft zum Beruf machen, doch seine Eltern waren dagegen und zwangen ihn, eine Lehre abzuschließen. Wie das Leben so spielte, verließ ihn danach der Mut und er gab das Malen dann gänzlich auf.

Als ich die Bilder so betrachtete, fand ich das irgendwie schade. Es waren wunderschöne Landschaftsbilder, in denen das noch so kleinste Detail genau darstellt wurde. Und was man vor allem erkennen konnte, war seine Liebe und Begeisterung zum Malen. *Aber Schluss mit der Sentimentalität! Ein Spiegel muss her!*

Ruckartig öffnete ich die Badezimmertür und stürzte hinein. Ich erhaschte einen Blick auf mein Spiegelbild und sprang erschrocken zurück. *Das kann nicht sein!*

Ich strich mir langsam übers Gesicht und die Haare. Es war keine Frage, das war ich! Aber ich sah so anders aus. Einfach so anders mit kurzen Haaren. Wo waren meine langen Haare geblieben?!

„Ah, sehr gut! Du bist auf. Ich habe uns frische Brötchen geholt", hörte ich Vaters Stimme, während er an mir vorbeiging. *Er war Brötchen holen? Aber warum?*

Irgendetwas lief hier definitiv schief. Hatte ich etwa nicht mitbekommen, dass ich nun bei Vater wohnte anstatt bei Mutter? „Mutter!", hauchte ich angsterfüllt meinem Spiegelbild zu. Was war mit meiner Mutter passiert? Ruckartig drehte ich mich von meinem neuen Ich ab und lief den Gang hindurch zur Küche. Mitten im Raum stand ein schwerer Holztisch mit zwei Gedecken. Die Tüte mit den Brötchen hatte mein Vater danebengelegt. Er selbst stand bei der Kaffeemaschine und füllte Wasser nach. „Was ist mit Mutter?", sprudelte es aus mir heraus. Mein Herz raste und mein Verstand spielte verrückt. Vielleicht hatte ich durch den Schock alles vergessen und dadurch die letzten Tage nicht mitbekommen. Bestimmt musste Mutter noch einige Tage im Krankenhaus verbringen, und darum stand ich jetzt im Pyjama in seiner Küche.

Mit der Wasserkanne in der Hand drehte er sich langsam zu mir um. Sein Antlitz erschreckte mich ein wenig. So alt hatte ich ihn nicht in Erinnerung. Seine Augen waren fahler als sonst, und die Wangen wirkten irgendwie eingesunken. In den strahlend schwarzen Haaren fand man bei genauerem Betrachten bereits einige graue. *Was war passiert?* „Wie bitte?", fragte er nach. „Was ist mit Mutter?" Meine Stimme brach beinahe, als ich die Frage wiederholte. Das nervöse Bauchflattern, auf welches immer Verlass war, verhieß nichts Gutes.

Mein Vater atmete geräuschvoll aus. „Warum fragst du gerade jetzt danach? Du weißt doch, was geschehen ist." „Nein, ich weiß es nicht!", rief ich lauter als geplant. Meine Augen füllten sich langsam mit Tränen. Mein Herz fühlte sich so schwer an. Er hatte noch nichts gesagt. Doch ich las die Antwort in seinem traurigen Blick, den er mir zuwarf.

Das Herz pochte mir bis zum Hals. Meine Seele wünschte keine Bestätigung, doch den Verstand konnte ich nicht davon abhalten. „Ist sie ... tot?" Mein Vater nickte. Ich schloss die Augen, als hätte mich ein grelles Licht geblendet und sank auf den Stuhl neben mir. Das konnte nicht sein! Das durfte einfach nicht sein! „Caroline", flüsterte mein Vater mitfühlend. Er stellte den Wasserbehälter auf die Küchenkombination und trat zu mir herüber, wobei er etwas unbeholfen über meine Schultern strich. Ich wollte kein Mitleid. Nicht von ihm!

Unmissverständlich wandte ich mich von ihm ab und starrte auf die Brötchentüte.

Wie konnte das sein! Warum erinnerte ich mich nicht? Woran war sie überhaupt gestorben? Hatte die Beerdigung bereits stattgefunden? Ich verstand nichts mehr.

„Alles in Ordnung mit dir, Caroline?", fragte mein Vater unbeholfen, „du wirkst etwas durcheinander. Soll ich dir ein Bad einlassen?" *Baden?* Ich wollte jetzt sicher nicht baden! Was waren denn das für Ideen! „Was ist passiert?", erkundigte ich mich. „Ich kann mich an nichts erinnern!" „Du kannst dich an nichts erinnern? An gar nichts, was in den letzten acht Wochen geschah?" *Acht Wochen?* In meinem Kopf explodierte gerade eine Bombe! Ich schloss erneut die Augen. Ich war bereits acht Wochen hier, und ich konnte mich an nichts erinnern?

Um mich herum begann sich alles zu drehen. Mein Körper fühlte sich auf einmal so unglaublich schwer an. Vor meinen Augen tänzelten schwarze Punkte und in meinen Ohren pfiff ein hoher Ton. Ich war kurz davor, zusammenzubrechen.

Verkrampft hielt ich mich am Tisch fest. Die Gedanken in meinen Kopf drehten sich wirr um ihre eigene Achse. *Acht Wochen! Wie war das möglich?* Meine Mutter starb vor acht Wochen, und ich konnte mich einfach nicht daran erinnern!

„Alles in Ordnung?", fragte mein Vater besorgt und drückte mir die Hand etwas fester auf die Schulter. „Soll ich Doktor Shepard anrufen?"

Ich reagierte nicht auf ihn. Ich versuchte, meinen wilden Puls zu beruhigen, um nicht doch noch in Ohnmacht zu fallen. „Einatmen, ausatmen, einatmen, ausatmen", flüsterte ich mir leise zu. „Caroline? Was ist mit dir los?", fragte mein Vater besorgt. Ich reagierte immer noch nicht. „Einatmen, ausatmen, einatmen, ausatmen", murmelte ich weiterhin vor mich hin. „Ich werde Doktor Shepard anrufen!" Entschlossen trat er zum Kochherd, auf dem sein Handy lag. „Nein!", presste ich während eines Atemzuges hervor. „Es geht mir gut!" *Nur nicht zu diesem Psycho-Doktor!*

Nach Vaters Burnout vor ein paar Jahren, war er dort eine Zeit lang in psychologischer Therapie. Ich hatte den Doc zufällig kennengelernt, als ich bei Vater zu Besuch war. Wir mussten zu Shepard gehen, da er die Brieftasche dort liegen ließ. Dieser Doktor kam mir da schon sehr eigenartig vor. Mit so einem komischen Kauz über mein Seelenleben sprechen? Darauf hatte ich wirklich keine Lust!

Ich richtete mich leicht auf, die Augen hielt ich aber immer noch geschlossen. *Wenn ich sie nicht öffne, dann wird sich meine Umgebung vielleicht einfach so ändern,* dachte ich. Womöglich befände ich mich in meiner Küche, auf meinem Stuhl sitzend, und Mom würde am Kochherd stehen und eine Nachricht auf ihrem Handy lesen.

„Bist du dir wirklich sicher?" Puff, mein Wunschtraum hatte sich gerade aufgelöst. „Er kann dir bestimmt helfen." „Es geht mir gut. Nur etwas schummrig vor den Augen. Das ist alles. Ist gleich wieder vorbei", versuchte ich, meinen Vater zu beschwichtigen.

Die tänzelnden Punkte vor den Augen sowie das Pfeifen in den Ohren waren verschwunden. Ich hatte die Ohnmacht überwunden. Langsam öffnete ich meine Lider. Im Raum um mich herum stand alles an seinem alten Platz. Nichts drehte sich.

Meine Handknöchel waren durch den krampfhaften Griff an der Tischplatte ganz weiß geworden. Ich löste die Verkrampfung und rieb mir über die Hand.

Ich konnte es immer noch nicht begreifen. Wo waren die Erinnerungen der letzten zwei Monate hin? „Ist sie wegen dem Unfall gestorben?", hakte ich vorsichtig nach. Mein Vater blickte besorgt. „Warum fragst du mich das? Du weißt, was passiert ist."

„Nein, eben nicht!", rief ich laut. Meine Nerven hatte ich definitiv nicht unter Kontrolle.

Ich rieb mir die müden Augen.

„Bitte, beantworte einfach meine Frage. Egal, wie komisch sie klingen mag. Bitte." Ich sah ihn flehend an. „Ich brauche es einfach", ergänzte ich flüsternd, und in meinen Augen begannen sich Tränen zu sammeln. Mein Vater nickte kaum merklich. Er atmete tief. „Es geschah bei eurem Unfall auf der Schnellstraße. Sie hatte keine Schmerzen. Sie war sofort tot."

Langsam sank mein Kopf auf die Brust hinunter. Tränen des Schmerzes kullerten aus den Augen. In meinen Ohren hallte ihr angsterfülltes Schreien wider.

Mein Herz bestand plötzlich nur noch aus Schmerz. Gleichzeitig hatte ich das Gefühl, es breche in tausend kleine Stücke, und jedes davon würde eine Wunde in mir hinterlassen.

Ein Schluchzen durchdrang die Stille im Raum. Meine Mutter war tot und für immer weg! Ich würde sie nie wiedersehen! Nicht mal die Möglichkeit, mich zu verabschieden, war geblieben!

Ich stützte die Ellbogen auf die Oberschenkel, damit meine Hände den immer schwerer werdenden Kopf halten konnten. „Es tut mir so leid für dich, Caroline." Mein Vater trat neben mich und strich mir sanft über den Rücken. „Nicht." Ich weinte still vor mich hin.

Vorsichtig zog er seine Hand wieder zurück. „Möchtest du nicht lieber doch zu Doktor Shepard? Die Schulleiterin hat bestimmt Verständnis, wenn du erst Übermorgen erscheinst."
Schulleiterin? Was quasselte mein Vater da. Verständnislos hob ich den Kopf und blickte in die traurigen Augen meines Vaters. Bevor er überhaupt zu einer Antwort ansetzen konnte, fiel es mir wie Schuppen von den Augen! *Natürlich!* Der Unfall geschah am letzten Schultag vor den großen Ferien. Und die waren nun, zwei Monate später, wieder vorbei. Jetzt begann der Schulwahnsinn wieder! Und zwar hier! Und ohne Mutter.
Ich schluckte leer. Mein zukünftiges Leben würde ich also bei meinem Vater verbringen. „Ich werde sie anrufen." „Nein! Nein, das ist nicht nötig", meinte ich, während ich mir mit der Hand die Tränen abwischte. Ich musste nun stark sein – egal, wie schlimm der Schmerz in meinem Inneren tobte.
Den ganzen Tag mit meinem Vater zu verbringen, war noch unangenehmer als eine neue Schule. Ich weiß, ich tat ihm jetzt unrecht. Er gab sich sehr viel Mühe damit, es mir erträglicher zu machen, doch ich hielt es einfach nicht in seiner Nähe aus. Ich wusste nicht einmal, wie ich den heutigen Tag mit ihm überstehen sollte!

„Es geht schon. Du musst nicht extra anrufen. Das Ganze kommt immer wieder mal hoch. Das ist alles", flunkerte ich. „Gut, wenn du meinst", antwortete mein Vater. „Aber wenn es dir nicht besser geht, dann werde ich sie anrufen, egal, was du sagst." Ich nickte. Vielleicht würden mich die neue Umgebung der Schule und die Mitschüler ja irgendwie ablenken. Vielleicht würde ich dadurch den Tod von Mutter langsam, aber stetig begreifen. Es fühlte sich einfach so unwahr an.

„Wollen wir nun trotzdem frühstücken?", fragte Vater liebevoll. Ich wollte gerade nicken, doch da gab es noch eine unbeantwortete Frage. „Sag mal, Dad, wieso habe ich kurze Haare?"

Der Traum

Ich hatte kurze Haare! Kein langes Haar wie die Jahre zuvor, nein, ganz kurzes. Mein Vater hatte mir erklärt, ich hätte sie vor rund einem Monat ohne Begründung abgeschnitten. War es ein Symbol für einen Neuanfang?
Den Tag verbrachte ich hauptsächlich mit schlafen. Nach unserem Frühstück, beziehungsweise Brunch – es war ja schon nach elf – hielt ich einen Mittagsschlaf. Danach stand ich stundenlang vor dem Spiegel, um mein neues Ich zu betrachten.
Ich sah so verändert aus. Einerseits war ich unglaublich blass (aber nicht dieses kränkliche Blass, eher einfach blass, wie es so manche Rothaarige ist). Und auf der anderen Seite war dieses Funkeln in den Augen, obwohl mein Herz vor Schmerz zerfressen wurde. Mit der Zeit konnte ich mich sogar langsam mit der neuen Frisur anfreunden.
Einige Jahre zuvor war ich sogar auf die Idee gekommen, das Haar so kurz zu schneiden, fand aber schlussendlich den Mumm dazu nicht.
Am Abend saßen Vater und ich schweigend beim Essen. Keiner wusste genau, was er sagen sollte. Die Scheidung meiner Eltern hatte einen Pfahl in die Vater-Tochter-Beziehung geschlagen, was sich be-

sonders jetzt bemerkbar machte. Unsere Gespräche waren seit anhin nicht mehr so tief und würden es wahrscheinlich auch nicht mehr werden.

Ich konnte mit Dad nicht über den Verlust von Mutter sprechen. Er war ja selbst noch auf seine Art in Trauer. Er musste nichts sagen – ich erkannte es in seinen Augen. Wie sollte man mit jemandem über den Verlust eines geliebten Menschen sprechen, wenn dieser selber litt? Das war für mich unmöglich.

Nach dem Essen half ich beim Abwasch (so wie ich es Zuhause auch immer getan hatte) und verkroch mich danach in die Abstellkammer. Anders konnte man mein Zimmer nicht nennen. Hier müsste sich einiges ändern, wenn ich hier leben sollte.

Ich kramte mein Mobiltelefon hervor und wählte Rosis Nummer. Es gab in meinem jetzigen Zustand nur eine Person, die mich verstehen würde. Jemand, der immer zu mir hielt und immer für mich da war.

Bestimmt hatten wir uns in den letzten acht Wochen tausendmal gesprochen. Ich vermutete es jedenfalls; wissen tat ich es nicht. Meine Erinnerung war immer noch wie weggeblasen.

Es klingelte einige Male, gefolgt von der Ansage der Mailbox. „Hi, hier ist der Anschluss von Rosi. Zurzeit kann ich deinen Anruf nicht entgegennehmen. Hinterlasse eine Nachricht, ich melde mich dann bei dir. Tschüss." „Hey Rosi", sagte ich leise, „ich bin's, Caroline. Würdest du mich zurück rufen, wenn du das abhörst? Ich brauche jemanden zum Reden. Danke." Ich legte auf.

Da ich nicht wusste, was ich in der Zwischenzeit anstellen sollte, schlüpfte ich unter die Bettdecke und starrte zur Decke.

Die Zeit verging, und ich wartete und wartete. Keine Ahnung, wie spät es schon war. Irgendwann übermannte mich der Schlaf und ich fand mich in meinem Traumland wieder. Dieses Mal fühlte sich das Träumen jedoch anders an. Es war viel realer als sonst. So, als wäre ich wirklich dort.

Ich stand in einem dieser schrecklichen Krankenhausgewänder, welche am Nacken zusammengebunden und am Po frei sind, in einem Zimmer am Fenster und blickte nach draußen in die schwarze Nacht. Ich konnte den chemischen Duft des Krankenhauses um mich herum riechen. *Scheußlich!* Als ich auf die Seite sah, erblickte ich ein Bett, in dem eine Person lag. *Wer ist das?*

Von Neugier gepackt setzte ich langsam einen Fuß vor den anderen. Die Fliesen fühlten sich unter meinen nackten Füssen kalt und unangenehm an. Neben dem Bett befand sich ein Elektrokardiogramm, welches bei jedem Herzschlag piepste – langsam und regelmäßig. Das grelle Licht der Deckenlampe schmerzte in den Augen. Ich musste mich erst an das künstliche Neonlicht gewöhnen.

Zuerst sah ich nur schwarzes Haar. Doch je näher ich kam, desto mehr konnte ich erkennen. Da lag ein mir völlig unbekannter Junge. Seine Haare waren pechschwarz, und durch den Kontrast mit dem weißen Kissen stach ihre Farbe noch intensiver hervor. Die Augen waren geschlossen, der Mund leicht geöffnet. Seine Lippen waren schmal und die Mundwinkel leicht nach unten gezogen. Er besaß markante Wangenknochen und eine schmale, irgendwie niedliche Nase. Der Oberkörper war ebenfalls mit einem der schrecklichen Krankenhausgewänder bedeckt.

Wie alt ist er? fragte ich mich. Das Alter zu schätzen, war nicht gerade meine Stärke, daher unterließ ich dies meistens. Doch dieser Junge hatte irgendwie meine Neugier geweckt. Vielleicht 20, 22 oder erst 18? Ich konnte ihn nicht wirklich einschätzen.

Um mich herum war alles still. Ich hörte nur das monotone Piepsen des Monitors. Besaß dieser Traum irgendeine Botschaft für mich? Es fühlte sich alles so real an. Die kühlen Fliesen, die Kälte dieses tristen Raumes, der mir völlig unbekannte Junge und das komische Gefühl in mir, welches sich gerade bildete.

Zunächst war es ganz eigenartig, irgendwie nicht fassbar. Ich empfand eine Mischung zwischen Wehmut und Schmerz. Es war so trostlos, ihn hier alleine liegen zu sehen in diesem weißen, sterilen Zimmer umgeben von der piepsenden Maschine. Keine Menschenseele war hier – außer mir natürlich. Es gab einfach nichts Persönliches hier, keine Heiterkeit und keine Liebe.

Das war es! Ich empfand eine Art Kribbeln im Bauch, als ich ihn so hilflos und alleine in seinem Bett liegen sah. Hatte ich ein Helfersyndrom?

Mit Rosi unterhielt ich mich oft über Träume und die damit verbundenen Gefühle, welche sie auslösten. Egal, ob schön oder unschön, sie waren immer viel intensiver als in der realen Welt. So erwachte ich immer mit einem großen Jauchzen in meinem Herzen, nachdem ich von Oliver von den Lions geträumt hatte. Doch das Gefühl verflüchtigte sich danach leider viel zu schnell. Was hätte ich dafür gegeben, es länger zu spüren!

Ich betrachtete das Gesicht des Jungen im Bett nochmals genau. Er war nicht gerade eine Schönheit, aber auch nicht hässlich. Ich konnte mir aber vorstellen, dass er jemand war, der auffiel. Irgendetwas ging von ihm aus, was mich faszinierte. Es berührte mich ganz tief in meinem Herzen und löste dieses eigenartige kribbelnde Gefühl aus. Er war irgendwie so nah für mich und doch so fern.

Vorsichtig hob ich meine Hand. Ich musste es einfach tun. Ich musste ihn berühren. Ich wollte ihn berühren!

Schon alleine bei diesem Gedanken begann sich mein Atem zu beschleunigen – obwohl es sich ja nur um einen Traum handelte. Ja, dieser Junge machte mich echt nervös.

Wie würde sich seine Haut anfühlen? Warm und weich oder eher kühl und unfreundlich? Ich zauderte, getraute mich nicht wirklich, ihn zu berühren.

Ich betrachtete seinen Brustkorb. Sein Atem ging gleichmäßig. Nicht so wie meiner; der wurde immer schneller. Mein Inneres zwang mich regelrecht, seine Haut zu berühren. Langsam beugte ich mich zu ihm hinüber und legte vorsichtig meine Fingerspitzen auf seine Wange. Ich schauderte. Feine Bartstoppeln kitzelten meine Fingerkuppen. Alles fühlte sich so echt an. Als würde ich wirklich neben dem Bett stehen.

Plötzlich schlug er seine Augen auf, und zwei dunkelbraune, fast schwarze Pupillen starrten mich kalt und wütend an. Ich zuckte unweigerlich zusammen, während ich ruckartig einen Schritt rückwärts ging. Stolpernd fiel ich über die sich am Boden befindenden Kabel der Maschine und plumpste ungebremst auf den Hintern.

Mein Herz setzte für einen Moment aus. Die plötzliche Eiseskälte, welche nun im Raum herrschte, durchdrang mich bis in die kleinste Zelle meines Körpers.

Das Herz pochte wie wild in meiner Brust, als ich auf dem Teppich neben meinem Bett wieder zu mir kam. Der Atem ging kurz und hastig. *Fassung finden, Caroline!* befahl ich mir gedanklich. Alles war ok. Ich befand mich in meiner Abstellkammer. Keine Maschine piepste, kein Geruch nach Krankenhaus. Einzig der Hintern schmerzte, da ich mit voller Wucht darauf gefallen war.

Langsam rappelte ich mich hoch. Meine Hände zitterten leicht, als ich mich aufs Bett setzte. Alles war in Ordnung. Es war nur ein Traum. Aber ein verdammt echter Traum!

Sanft strich ich mir mit dem Daumen über die Fingerkuppen. Seine weiche, warme Haut war immer noch zu spüren. Wie gesagt, ein verdammt echter Traum!

Ich war mir ganz sicher, diesen Jungen noch nie zuvor in meinem Leben gesehen zu haben. Und doch war er mir irgendwie so vertraut. Als wären wir uns nicht das erste Mal begegnet.

Mit geschlossenen Augen und tief Luft holend, strich ich mir über die Haare. An die Kürze musste ich mich zuerst gewöhnen. Es war immer noch etwas komisch, dass sie am Hinterkopf endeten.

Ich blickte auf meinen Wecker, der auf dem Nachttisch neben dem Bett stand. Er zeigte sechs Uhr dreißig. Es lohnte sich nicht, sich nochmals ins Bett zu legen. In einer halben Stunde würde er sowieso klingeln. Vor allem wollte ich aber verhindern, nochmals in dieses Krankenhaus-Szenario zu geraten. Ein Schrecken am Morgen in der Früh genügte. Daher beschloss ich, ausgiebig zu duschen und die Haare zu waschen.

Ich verbrachte eine halbe Ewigkeit im Badezimmer. Schlussendlich gab ich es auf, meine wildgewordenen Haare zu glätten. Sie zu bändigen, war gar nicht so einfach, wenn man leichte Naturwellen besaß. Irgendwo stand immer ein Haar ab oder eine Strähne hing mir ins Gesicht.

Nach Frühstücken war mir nicht. Mein Vater hatte extra den Tisch gedeckt und einige dieser Fertig-Brötchen gebacken. *Mein Vater kann einen Ofen bedienen?* Das war mir neu. Wahrscheinlich eine Notwendigkeit, um nach der Scheidung nicht zu verhungern oder ständig auswärts zu essen. Damit er nicht in den alltäglichen morgendlichen Verkehr kam, hatte er bereits um sechs die Wohnung verlassen. Allerdings hatte er noch angeboten, sich heute frei zu nehmen und mich zur Schule zu begleiten. Das wollte ich nun wirklich nicht. Schließlich war ich kein kleines Kind mehr!

Eine besondere Nähe zu meinem Vater wollte ich auch nicht aufbauen. Egal, ob ich nun nach Mamas Tod hier leben musste. Es ging einfach nicht – vor allem nicht momentan.

Ich spürte den Kloß im Hals und das schwere Herz, welches sich sofort meldete, wenn ich an meine Mutter dachte. Rasch versuchte ich die aufkommende Traurigkeit runterzuschlucken. Ich erlaubte es mir selber nicht, an meinem ersten Schultag verheult aufzutauchen. Es würde reichen, sich wegen der Haarfarbe aufziehen zu lassen.

Ich trank einen Orangensaft und packte meinen schwarz-gelben Rucksack.

Mein Vater hatte mir haargenau aufgeschrieben, welche Straßenbahn ich nehmen musste, um zur Schule zu gelangen. Als wäre das schwierig. Ich war ja keine sieben mehr. Hier rein, da raus und schon würde ich vor dem Schulgebäude stehen. Als wäre das schwer.

In der Straßenbahn herrschte emsiges Gedränge. Männer in Anzügen saßen neben Frauen mit Einkaufstüten in der Hand, und die wiederum neben älteren Menschen oder Müttern mit ihren Kindern. Wo die alle um diese Zeit hingehen würden? Einige zur Arbeit, aber die anderen?

Wohin mein Auge reichte, waren Menschen zu sehen. Schwarze, Weiße, Asiaten, Inder, Männer mit buddhistischen Gewändern, Frauen mit Geisha Kimonos und sogar ein Indianer in einem Stammeskostüm und mit Körperbemalung. Ich runzelte die Stirn, als ich den Letzteren sah. *Was für eine sonderbare Straßenbahn,* dachte ich. Aber keiner der Anwesenden schien sich daran zu stören. Einige sprachen miteinander, andere blickten gedankenversunken aus dem Fenster, und wiederum andere lasen die Zeitung.

Alles in allem war es sehr ruhig in der Bahn. Irgendwie zu ruhig für mich. In meiner Heimatstadt ging es anders zu und her. Da war es laut, roch nach kaltem Rauch oder Kaffee. Das Gelächter und Geschnatter der Schüler war über den gesamten Wagen zu hören.

Um meine Nervosität abzuschütteln, tippte ich unruhig mit dem Fuß auf den Boden. Ich hätte es nicht gedacht, aber dieser neue erste Schultag wühlte mich mehr auf als gewollt.

Ein Afroamerikaner in einem schicken Anzug blickte von seiner Zeitung auf und warf mir einen ernsten Blick zu. Ich stoppte abrupt in der Bewegung, und der Mann wandte sich wieder seiner Zeitung zu. „Frankenstraße", verkündete die Lautsprecherstimme. Ich packte den Rucksack und sprang hastig auf. Die Straßenbahn bremste, und ich war etwas zu hastig. Glücklicherweise konnte ich mich gerade noch an einer Stange festhalten, bevor ich auf die Frau hinter mir fiel. Wortlos blickte sie mich an. Sie war recht füllig und ihr Gesicht war ganz blass – fast wie eine Leiche.

Erschrocken riss ich die Augen auf. Plötzlich (wie aus dem Nichts) klaffte über ihrem rechten Auge eine vorher nicht dagewesene Wunde und wurde immer grösser, bis sie im rechten Mundwinkel endete. Blut floss aus ihrer Wunde und lief über die Wange bis zum Hals, wo es schlussendlich auf die weiße Bluse tropfte.

Kreideweiß vor Schreck schloss ich hastig die Augen. Nein! Das konnte nicht wahr sein. *Mein Verstand spielt verrückt,* dachte ich. *So etwas ist doch gar nicht möglich! Ich bin ja schließlich nicht verrückt! Oder doch?*

Mit zitternden Händen umklammerte ich die Stange vor mir. In der Straßenbahn war es immer noch still. Warum schrie die Frau nicht?

Langsam öffnete ich meine Augen. Ich betete inbrünstig, nur zu halluzinieren. Obwohl, der Gedanke daran war auch nicht gerade toll. Wer möchte schon halluzinieren! Würde das mein Vater erfahren, wäre der Besuch bei Doktor Shepard vorprogrammiert.

Nicht wissend, was mich erwartete, spähte ich zu der Frau hinüber. Sie stand seelenruhig am gleichen Ort und schaute aus dem Fenster. Als sie meinen Blick spürte, sah sie kurz zu mir rüber, schenkte mir ein Lächeln und blickte wieder hinaus.

An ihr war alles in Ordnung. Keine Wunde in ihrem Gesicht und kein Blut, welches auf ihre Bluse tropfte. Also doch nur Einbildung!

Ein Stein fiel mir vom Herzen. *Alles in Ordnung. Du bist nur nervös, Caroline, das ist alles*, sagte ich mir innerlich. *Atme einfach tief ein und aus und sei stark! Es ist nur eine neue Schule, sonst nichts!*

Die Straßenbahn hielt an der Haltestelle und die Türen öffneten sich. Ich sprang erleichtert hinaus und zog die frische Luft in meine Lungen. Das tat gut. Die Wahnvorstellungen, welche ich ganz klar vor meinem Vater verheimlichen würde, hatte ich hinter mir gelassen. Nun konnte es nur noch besser werden. Hoffte ich jedenfalls …

Die Projekt-Woche

Das Schulgebäude war ein moderner Neubau und ganz in weiß gestrichen. Von außen hätte man nicht erwartet, dass darin Schüler unterrichtet werden. Es sah eher wie ein mehrstöckiges Wohnhaus aus. Die Fenster waren genau so groß wie unsere - beziehungsweise die, welche sich in Mutters Haus befanden, 200 Kilometer von hier entfernt.

Neben der braunen Eingangstüre hing ein goldenes, DIN-A4-großes Schild. Darauf stand lediglich „Akademie Angelika Engel". „Komische Bezeichnung für eine Schule", murmelte ich vor mich hin. Es kribbelte in mir. Es war nicht zu verleugnen: Ich war auf meine neue Schule gespannt.

Hastig rückte ich meinen Rucksack gerade (als würde das den ersten Eindruck verbessern) und drückte die Türe auf. Dahinter befand sich ein langer, schmaler Gang mit grauen, getäfelten Fliesen. Die Wände waren gelblich getüncht, und auf der linken Seite sah ich eine knallrote Tür. Von meinen Mitschülern war keine Sterbensseele zu sehen.

Meine Schritte halten in der Stille. Bei der roten Tür blieb ich stehen. „Sekretariat" stand in schwarzen, geschwungenen Buchstaben darauf. Mein Herz klopfte schneller als üblich. Ich war nervös. Die

Hände waren leicht schweißig und mein Atmen ging schnell.

Gerade als ich dabei war, die Türklinke hinunterzudrücken, wurde sie von der anderen Seite geöffnet. Eine große, schlanke Frau mit langen, hellblonden Haaren bis zum Po lächelte mir freundlich zu. *Ist das ein Engel? Na, super! Noch eine Halluzination,* dachte ich. Die Augen der Frau strahlten in einem Blau, das ich so noch nie zuvor gesehen hatte. Ihre weichen Gesichtszüge und das sanfte Lächeln sandten eine unheimliche Liebe aus. Ich dachte wirklich, ein Engel würde mir gegenüber stehen.

Um ihr in die Augen zu blicken, musste ich meinen Hals recken. Sie war bestimmt fast zwei Meter groß. „Du bist Caroline", stellte die Frau mit ihrer lieblichen, weichen Stimme fest. „Wir haben dich schon erwartet. Willkommen." Sie streckte mir die Hand entgegen. „Ich bin Angelika. Wir nennen uns hier beim Vornamen – das ist einfacher." „Aha", murmelte ich etwas verwirrt.

So was kannte ich von meiner alten Schule nicht. *Sich beim Vornamen nennen. Irgendwie cool!*

Angelikas Händedruck war angenehm und die Wärme ihrer Finger belebte meine durch die Nervosität kaltgewordenen Hände wieder. „Komm, ich führe dich zu den anderen." Sie zeigte den Flur hinunter und bat mich, ihr zu folgen. *Wenn das keine eigenartige Schule ist,* dachte ich, *aber vielleicht ist hier einfach alles anders. Wer weiß.* Ich hoffte nur, meine Mitschüler würden nicht engelhaft sein, sondern etwas normaler. Nein, ich musste mich korrigieren. Ich hoffte, sie waren GANZ normal!

Wir schritten den Flur entlang und bogen dann scharf nach links ab. Angelika ging durch eine knallgrüne Türe, welche weit offen stand. Hier hatten anscheinend alle Türen knallige Farben. Wieder etwas ganz Ungewohntes für eine Schule. Aber wie gesagt, hier war vielleicht auch alles anders.

Von drinnen vernahm ich verschiedene Stimmen. Einige lachten laut, andere unterhielten sich in ruhigem Ton miteinander. Angelika trat in die Mitte des Raumes, während ich an der Türe stehenblieb. Ungefähr ein Dutzend Personen befanden sich in dem eher kleinen Zimmer. An den Wänden hingen Bilder von verschiedenen Musikern. Hinter Angelika befanden sich eine Gitarre, ein Klavier und sogar ein riesiges Schlagzeug. Dies musste das Musikzimmer sein.

Mir wurde flau im Magen. Ich hoffte, Angelika würde mich nicht vor die gesamte Klasse zerren, um mich vorzustellen. Ich hasste Vorstellungsrunden!

Was sollte ich sagen? Hallo, ich bin Caroline und alle nennen mich Carotte? *Ja klar, ganz toll!*

Ich sah mich um, und auf den ersten Blick schienen alle Mitschüler ganz normal zu sein. Meine erste Angst war also unbegründet. Nun hoffte ich, dass sie nett waren.

„Guten Morgen", flötete Angelika laut. Das Gemurmel verstummte schlagartig. Alle Blicke waren ihr zugewandt. „Diese Woche wird sich der Schulplan etwas ändern, da wir Projekt-Woche haben. Die Themen, mit denen Ihr Euch befassen und am Ende der Woche gegenseitig ein Ergebnis präsentieren sollt, sind auf diese Karten geschrieben." Sie hob einige farbige Zettel in die Höhe, welche auf dem Tisch neben ihr lagen. „Wie und was Ihr präsentiert, sei euch überlassen. Wichtig ist, dass Ihr Euch mit dem Thema wirklich auseinandersetzt. Der Ausgang der Projekt-Woche wird über Euer Weiterkommen bestimmen. Es liegt also an Euch."

Angelika lächelte in die Runde. „Jeweils zwei von Euch bilden ein Team, und gemeinsam zieht Ihr Euer Thema. Gut. Dann lasst uns die Gruppen bilden." *Super, kaum hier und schon Gruppenarbeit! Wie öde!*

Ich blickte mich um. Vielleicht hatte ja jemand Mitleid und würde sich meiner annehmen. Die anderen kannten sich sicher schon lange, und es dauerte bestimmt nur ein paar Minuten und die Gruppen standen fest.

Aber ich lag falsch. Anstatt, dass sich die Schüler jemanden aussuchten, blickten sie erwartungsvoll auf Angelika. *Ok,* dachte ich, *hier gibt es anscheinend keine selbständige Gruppenfindung.* „Markus, du bildest ein Team mit Renate", sagte Angelika. Ein kleiner, dicker Junge mit Hornbrille und kleinen, runden Augen stellte sich zu einem schlanken, braungebrannten Mädchen. „Selina mit Anna, James geht zu Philipp, Molly zu Kay …" Angelika zählte weitere Namen auf und die Schüler gingen wortlos aufeinander zu.

Ich war nervös. Wer würde mein Gegenüber sein? Ein Mädchen? Ein Junge? Egal, Hauptsache nett – das war das Wichtigste.

Ich tippelte mit meinen Fingern auf den Oberschenkeln. Das tat ich oft, wenn ich nervös war. „Caroline …" Das Aufrufen meines Namens riss mich aus meinen Gedanken. Gleich würde ich meinen Teamplayer kennenlernen. „… mit Ben."

Stimmengemurmel begann sich im Zimmer zu verbreiten. Was war jetzt plötzlich los? „Du tust mir echt leid", sagte ein Mädchen mit Pferdeschwanz, welches neben mir stand. Wieso murmelten jetzt alle auf einmal? Und warum tat ich dem Pferdeschwanz-Mädchen neben mir leid? Es graute mir davor, die

Antwort zu erfahren. Diese Reaktion konnte nichts Gutes bedeuten. Ich wusste ja nicht einmal, wo dieser Ben stand.

„Caroline?", sprach mich Angelika an. „Ben sitzt dort drüben", und zeigte auf einen Jungen am Ende des Raumes. Ein großer, schlaksiger Junge versperrte mir die Sicht. Ich sah nur zwei blaue Jeansbeine und schwarze Schuhe. Angelika nickte mir lächelnd zu. *Durchatmen, Caroline*, dachte ich, *das wird schon nicht so schlimm sein.*

Während ich langsam durch den Raum ging, zählte Angelika weitere Namen auf. „Beatrice mit Simone …" Ihre Stimme verschwand in der Versenkung. Jetzt war nur noch wichtig, diesen Ben zu sehen. Vielleicht hatte er eine ganz schlimme Missbildung, dass alle so komisch reagierten. Womöglich aber war er ja der Mannschaftskapitän einer Sportart, die hier gespielt wurde und alle waren eifersüchtig. Doch warum tat es dann dem Pferdeschwanz-Mädchen leid?

Der schlaksige Junge wurde aufgerufen und verließ seinen Platz. Er ging an mir vorbei, und endlich konnte ich einen Blick auf diesen Ben werfen.

Wie angewurzelt blieb ich stehen! *Nein*, rief ich in Gedanken. Meine Füße waren regelrecht am Boden festbetoniert. Die Augen fielen mir vor Staunen beinahe aus dem Kopf. Das konnte nicht sein. Nein, das konnte wirklich nicht sein!

Mein Puls schoss in die Höhe, und auf meinen Händen bildete sich feiner Schweiß. Mir wurde leicht schummrig vor den Augen – sein Anblick hatte mir gerade den Atem geraubt.

Ich begann wieder zu atmen, während ich ihn weiterhin anstarrte.

Leicht vornüber gebeugt saß ein Junge auf einem braunen Stuhl und spielte mit einem Messer. Es war ein einhändig bedienbares Springmesser und er öffnete und schloss es immer wieder. Klinge ein, Klinge aus, Klinge ein, Klinge aus.

Seine Haare pechschwarz, seine Wangenknochen markant, leichter Bartwuchs auf seinem Gesicht. Das alles kam mir unglaublich bekannt vor!

Er hob den Kopf und starrte mich mit seinen dunkelbraunen, fast schwarzen Augen durchdringend an. In meinen Ohren hörte ich das Blut vorbeirauschen. Das Atmen bereitete mir Mühe. Ich verstand es nicht. *Das kann einfach nicht sein.* Wie konnte dieser Ben der Junge aus dem Spital-Traum sein?

Ben wandte seinen Blick wieder dem Messer zu. Mein Herz klopfte so laut, dass es einfach jeder in diesem Zimmer hätte hören müssen. Mein Mund war ausgetrocknet, und atmen konnte ich immer noch nicht richtig.

Ich rieb meine nassen Hände langsam an der Hose ab. Vielleicht war es ja nur Zufall, dass ich genau von ihm träumte – so eine Art Vorahnung.

Rosi hatte mir einmal einen extrem langen Vortrag über Vorahnungen gehalten. Sie glaubte fest daran. Und ich …? Das wusste ich nun nicht mehr so genau.

Vorsichtig ging ich mit behutsamen Schritten zu ihm. Es fühlte sich so an, als würde ich mich an ein ganz gefährliches Tier heranschleichen. Immer auf der Hut, dass es nicht angreift.

Zur Sicherheit ließ ich einen Abstand zwischen uns – man wusste ja nie.

Ben schenkte mir keine Beachtung. Er klappte immer noch sein Messer auf und zu. Dass man an dieser Schule einfach so mit Waffen spielen konnte, war doch recht eigenartig. Hier war definitiv alles anders als gewohnt.

Die Gruppen waren nun alle verteilt. Einige der Mitschüler hatten bereits ein Thema ausgesucht und verließen das Zimmer. Sie unterhielten sich über Ideen, wie man Ende Woche das Projekt präsentieren konnte.

„Caroline und Ben, würdet Ihr bitte auch ein Thema ziehen?", bat Angelika höflich, aber bestimmt. Ben richtete sich, ohne mich eines Blickes zu würdigen, auf und trat zum Tisch. Ich folgte ihm und stellte mich mit einem Sicherheitsabstand (Sicherheit muss sein) neben ihn. Erst jetzt bemerkte ich, dass er rund einen halben Kopf größer war als ich.

Ich schielte kurz zu ihm rüber, getraute mich aber nicht, ihn länger anzusehen. Er blickte auf die verschiedenfarbigen Blätter auf dem Tisch. „Ihr müsst gemeinsam wählen", sagte Angelika, während sie uns beobachtete. Ben starrte nur auf die Zettel, machte aber keine Anstalten, eins auszusuchen. Daher zeigte ich auf ein himmelblaues Blatt, das mir am nächsten war. „Das hier?", fragte ich ihn leiser als gewollt. Eigentlich hatte ich die Absicht gehabt, mit fester Stimme ihm gleich klarzumachen, dass ich keine Angst hatte. Aber warum befand sich denn überhaupt dieses Gefühl der Angst in mir? „Das", sagte er knapp und zeigte auf ein schwarzes Blatt. Ich sah Angelika fragend an. „Ihr müsst gemeinsam wählen." Mir war völlig schnuppe, welches Blatt wir wählen würden. Hauptsache, wir hätten das hinter uns. „Ok, dann das schwarze", antwortete ich. Angelika lächelte und blickte uns durchdringend an. „Seid Ihr sicher?" Ok, wenn diese Frage gestellt wurde, hatte das etwas zu bedeuten. Mit diesem Blatt war anscheinend etwas nicht in Ordnung.

Ich wollte gerade ein anderes Blatt vorschlagen, als Ben gereizt mit „Es ist eh immer das Gleiche" antwortete. Angelika nickte und ging wortlos aus dem Raum. Stille kehrte ein.

Unsere Mitschüler hatten sich schon an einen anderen Ort, wo auch immer das in dieser Schule war, hinbegeben und heckten einen Plan aus, um am Ende der Woche ein gutes Projekt vorzustellen. Ich blickte Ben an, doch dieser starrte unentwegt auf das schwarze Papier und begann, wieder mit dem Messer zu spielen. Vorsichtig nahm ich das Blatt vom Tisch und drehte es um. „Transformation", las ich leise.

Als wäre ich Luft für ihn, wandte sich Ben um und verließ das Zimmer. Perplex blieb ich kurz stehen, folgte ihm dann aber rasch. Nicht, dass er sich irgendwo hin verkroch und ich dann alleine auf der Projektvorbereitung sitzen würde. Vor allem musste ich zuerst einmal rausfinden, was Transformation überhaupt bedeutete.

Der Park

Ben ging mit festen Schritten rasch zum Ausgang. Ich folgte ihm wie ein Hündchen seinem Herrchen. Angelika sah uns durch die offen stehende Sekretariatstüre nach.
Draußen hatte sich der Verkehr etwas beruhigt. Nur hin und wieder fuhr ein Wagen die Straße entlang. Ben ging immer noch wortlos seinen Weg. „Sollten wir nicht im Schulgeländ bleiben?", fragte ich ihn. Sein Blick blieb starr nach vorne gerichtet. „Gehen wir in ein anderes Schulgebäude?" Ben antwortete nicht. Als wir um die Ecke bogen, blieb ich erstaunt stehen. Vor mir offenbarte sich ein wunderschöner, grüner Park.
Auf dem saftig grünen Rasen befanden sich verschiedene kleine Baumgruppen. Ein Kieselsteinweg verlief durch das Gras und mündete in einen kleinen See, der sich etwas weiter unten befand. Diesen Park hatte mir mein Vater noch nie gezeigt.
Ich hätte nicht für möglich gehalten, dass es so etwas Wunderschönes in der Nähe der Schule gab. Es war, als würde ich mich augenblicklich in einer anderen Welt befinden. Enten flogen herum und landeten langsam auf dem See. Kinder rannten im Gras einem Ball nach. Herrlich!

Ben war schon einige Meter von mir entfernt. Hastig rannte ich ihm nach. Vor einer kleinen Baumgruppe holte ich ihn ein. Er blieb abrupt stehen und sah mich mit seinen dunklen, durchdringenden Augen an. „Willst du mir etwa beim Pissen zusehen?", fragt er schroff. Sein Blick strahlte eine eigenartige Kälte aus.

Peinliche Röte bildete sich auf meinen Wangen und ich blickte verlegen auf den Boden. Am liebsten wäre ich direkt im Erdboden versunken. „Entschuldigung", murmelte ich kaum hörbar und wandte mich schnell ab.

Nur ein paar Meter entfernt befand sich ein quadratischer Steintisch mit einer Sitzbank auf zwei Seiten. Ich setzte mich auf die raue Oberfläche und sah den Hügel hinunter zum See. Die Enten schwammen auf dem Wasser und tauchten immer wieder mit dem Kopf unter, um an Futter zu gelangen. Alles war so ruhig und schön hier. Viel zu ruhig und viel zu schön.

Eigenartigerweise fühlte ich mich unwohl. Diese komische Schule war nicht richtig fassbar. Ich verstand ihr Konzept irgendwie nicht. Gab es überhaupt noch andere Klassen oder nur die eine? Ich konnte mich nicht erinnern, noch mehr Zimmer gesehen zu haben. Vielleicht befanden sie sich ja auf der anderen Seite von einer farbigen Tür?

Ich atmete geräuschvoll aus. Umgeben von so viel Grün fühlte ich mich irgendwie alleine. Mutter fehlte mir. Sie fehlte mir so sehr. Ihr hätte ich all das Sonderbare, was an diesem Morgen vorgefallen war, erzählen können.

Meine Gedanken schweiften kurz zu der Frau in der Straßenbahn. Die Halluzination war recht eigenartig gewesen. Mutter hätte mir zugehört, auch wenn ihre Zeit knapp gewesen wäre. Zum Glück hatte ich aber noch Rosi. Rosi! Was war mit Rosi? Gestern hatte ich stundenlang auf ihren Anruf gewartet, der aber nie kam. Wollte sie seit meinem Wegzug keinen Kontakt mehr? Oder hatten wir uns zerstritten, und ich konnte mich nicht mehr daran erinnern? Kein Kontakt zu Rosi? Das war unvorstellbar!

In meiner Hand hielt ich immer noch das schwarze Blatt. Ich legte es auf den Tisch, und die in weiß geschriebenen Buchstaben des Wortes „Transformation" stachen mir ins Auge. Mit dem Sinn des Wortes würde ich mich später befassen. Zuerst musste ich mit jemandem reden.

Ich nahm meinen Rucksack vom Rücken und setzte mich rittlings auf die Bank. Während ich mein Handy hervornahm und Rosis Nummer wählte, blickte ich auf den See hinunter. Es läutete. Einmal. Zweimal. „Bitte geh ran." Dreimal. „Komm schon Rosi, ich brauche dich." Viermal. „Hallo?", hörte ich Rosis Stimme. „Rosi!", schrie ich erfreut. „Rosi, ich muss mit dir reden!" „Hallo?" „Rosi?" In der Leitung knackste es laut. „Rosi? Rosi, kannst du mich hören?", sagte ich mit lauter Stimme. „Hallo?", fragte es erneut von der anderen Seite. „Hörst du mich nicht? Rosi?"

In der Leitung war es plötzlich mucksmäuschenstill. Selbst das Knacksen war nicht mehr zu hören. Ich hörte Rosi atmen. „Caroline?", fragte Rosi nach einigen Sekunden mit belegter Stimme. „Ja, ich …", doch zu mehr kam ich nicht. Das Telefonat wurde abrupt beendet, und ich hörte nur noch den monotonen Summton. *Beendet! Rosi hat das Telefonat beendet!* Ich starrte fragend auf das Display meines Handys. Was sollte das denn?

Ben begann schallend zu lachen. Er hatte sich in der Zwischenzeit auf die gegenüberliegende Bankseite gesetzt und spielte schon wieder mit seinem Messer. Sein kehliges Lachen verlieh seiner tiefen Stimme etwas Besonderes, Mysteriöses. Es kribbelte in mir.

„Was gibt es hier zu lachen?", fragte ich ihn schroff. Ausgelacht zu werden, brachte mich in Rage. Zornesröte schoss mir ins Gesicht. Egal, wie sonderbar

er auch war, er hatte kein Recht, mich auszulachen.
„Ihr Neulinge seid so dämlich!", antwortete er und lachte noch lauter. „Du bist selber dämlich!", schnauzte ich ihn an.

Das konnte ja heiter werden! Er sollte wirklich mein Projekt-Partner sein? Ich hatte meine Zweifel, ob das klappen würde. Interesse schien er jedenfalls nicht zu haben, denn er blickte schon wieder auf den See hinunter und spielte wie besessen mit seinem Messer. Klinge ein, Klinge aus, Klinge ein, Klinge aus.

Genervt von seiner Art, öffnete ich zornig meinen Rucksack und holte Papier und Stift heraus. Irgendwie mussten wir ja beginnen.

Während ich mit dem Bleistift auf das Papier trommelte, versuchte ich mich wieder zu beruhigen. Aber immer wieder hörte ich seine Worte: „Ihr Neulinge seid so dämlich." Es war aber nicht nur der Zorn, den ich in mir spürte. Da war noch etwas. Ganz tief in mir drin kam noch ein anderes Gefühl zum Vorschein. Ganz schwach zeigte es sich. So wie ein Hase, der hinter einem Baum hervorblickt, um nach Füchsen Ausschau zu halten. Eigentlich ein untypisches Bild, doch es war der einzige Vergleich, der mir gerade durch den Kopf schoss.

Da war tief in mir das gleiche Kribbeln, welches ich im Krankenhaus verspürte.

Es war irgendwie sonderbar.

Ich blickte auf das schwarze Papier. „Transformation", murmelte ich gedankenversunken vor mich hin. „Ich weiß nicht mal, was das überhaupt bedeutet."
„Transformation wird in verschiedenen Zusammenhängen gebraucht. Wie zum Beispiel in der Linguistik, im Militärwesen, im Recht, in der Politikwissenschaft. Es bedeutet Umformung, Umgestaltung, Wechsel, Umwandlung", leierte Ben die Worte hinunter. Ich starrte ihn verdutzt an. „Bist du ein wandelndes Lexikon oder was?" Ohne in seinem Tun innezuhalten, antwortete er mit frostiger Stimme: „Ich ziehe es immer. Es ist immer das gleiche Thema!"

Diese Worte weckten die Neugier in mir. „Immer wieder? Heißt das, du musstest diese Aufgabe schon einmal machen?" Ben biss mit den Zähnen aufeinander, ohne zu antworten. „Wenn du es schon weißt, könntest du dann vielleicht damit herausrücken, was du für eine Präsentation gemacht hast? Das wäre nämlich sehr hilfreich!" Ben starrte auf den See, seine Kieferknochen malmten.

Dieser Typ macht mich echt sauer! Ich verspürte den Drang, ihm den Bleistift an den Kopf zu werfen, ließ es jedoch bleiben. „Hallo? Bist du in den letzten Minuten etwa taub geworden, Benjaminchen?", foppte ich ihn wütend. Ich nahm jetzt einfach mal an, dass Ben die Abkürzung von Benjamin war, und ich hoffte inständig, dass er es hasste, so genannt zu werden. So wie ich es hasste, Carotte genannt zu werden.

Schlagartig hielt er mit seinem Messerspiel inne und sprang vom Sitz auf. Er beugte sich über den Tisch, packte mich am Ausschnitt des T-Shirts und zog mich zu sich herüber. Die steinerne Kante des Tisches grub sich in meinen Unterleib, und ein kurzer, intensiver Schmerz durchzog mich.

Seine dunklen Augen funkelten mich zornig an. Er zog mich so nah an sich heran, dass sich unsere beiden Nasenspitzen beinahe berührten. Ich konnte seinen rasch gehenden Atem auf meinem Gesicht spüren.

Überrumpelt und gelähmt vor Angst starrte ich ihn wortlos an. Ich fürchtete, er würde mir gleich sein Messer in den Bauch rammen. Dann würde er mich wie ein Stück Dreck auf den Boden werfen und mich verbluten lassen.

Mein Herzschlag pochte in meinen Ohren, und meine Hände klammerten sich an der Tischplatte fest, bis ich weiße Knöchel hatte. „Nenn mich nie wieder so!", zischte er, während er jedes Wort ganz langsam aussprach.

Die Bestimmtheit, welche in seiner Stimme und seinem Ausdruck lag, hatte etwas unglaublich Angsteinflößendes. *Ist hier denn niemand, der das sieht und mir helfen kann?* Ich wollte schreien, doch ich war unfähig dazu. Er drückte mich wieder auf meinen Sitz hinunter und ließ mein T-Shirt los.

Ohne mich eines zusätzlichen Blickes zu würdigen, drehte er sich ab und blickte auf den See hinunter. Er begann sogleich wieder mit seinem Messer-Spiel. Seine Kieferknochen mahlten wie wild, und auf seinem Gesicht hatten sich kleine rote Zornesflecken gebildet.

Das Fluchttier in mir wollte augenblicklich weg von ihm. Meine Muskeln fühlten sich jedoch immer noch so gelähmt, dass ich nicht im Stande war, mich auch nur einen winzigen Millimeter zu bewegen.

Ich starrte ihn mit weiten, ängstlichen Augen an. Mein Herz war zu einer Dampflokomotive mutiert, die vor sich hin raste.

Nach einigen Minuten konnte ich mich endlich aus meiner Erstarrung befreien. Mit zittrigen Händen packte ich den Bleistift und die Blätter in den Rucksack.

Meine Beine fühlten sich immer noch recht bleiern an, doch ich gab mir möglichst große Mühe, würdevoll und langsam aufzustehen. Er sollte nicht bemerken, dass er mir einen Schrecken eingejagt hatte. Wahrscheinlich war es genau das, was er ja wollte.

Bevor ich mich abwandte, sah ich ihn nochmals kurz von der Seite an. Die Kieferknochen mahlten immer noch und sein Brustkorb hob und senkte sich schneller als vorher. Anscheinend hatte ihn mein Gefoppe unglaublich in Rage gebracht. Auch wenn er es verdient hätte, ich würde ihn bestimmt kein weiteres Mal bei diesem Namen nennen. Mein Leben war mir zu teuer.

Da ich nicht wusste, wo ich sonst hingehen sollte, beschloss ich, in der Schule ein ruhiges Plätzchen zu suchen. Wenn Ben schon nicht am Projekt teilnehmen wollte, dann würde ich es einfach alleine erstellen. Wahrscheinlich hatte er die Vorbereitung der letzten Projekte fix und fertig in der Tasche und war so überheblich, dass er nicht mit jemanden teilen wollte. Er würde dann am Freitag seine Version und ich meine vortragen. Es wäre ja gelacht, wenn ich das nicht auch alleine hinbekommen würde.

Als ich durch die Eingangstüre trat, sah ich eine rundliche Frau im Alter von ungefähr fünfundvierzig Jahren. Sie stand in Bademantel und Pantoffeln im Flur. Fragend zog ich die Augenbrauen hoch. Wo war denn die Gestalt ausgerissen? Wurde irgendwo eine Patientin vermisst?

Ein blonder Junge mit runder Brille trat aus dem Sekretariat. Er hatte Tränen in den Augen, welche wie zwei Diamanten glänzten. Er strahlte über das ganze Gesicht. „Mutter!", sagte er leise und schlang seine Arme um die Frau. Diese lachte ebenfalls und drückte ihn an sich. „Nun können wir nach Hause gehen", flüsterte sie.

Ich schüttelte leicht den Kopf. War schon etwas peinlich, wenn ein Jugendlicher von der Mutter in Bademantel und Pantoffeln abgeholt und nach Hause gebracht wird. Eine sehr eigenartige Schule!

Da der Junge mit der Mutter die ganze Breite des Flures in Besitz nahm, schlängelte ich mich vorsichtig an ihnen vorbei. Ich war bedacht, sie auf keinen Fall zu berühren, so als hätten sie eine ansteckende Krankheit.

Angelika saß an einem weißen Bürotisch und fixierte mich mit ihren Augen. Ihr Blick war wie immer sehr liebevoll, doch ich spürte, dass sie mich beobachtete.

„Toilette", sagte ich leicht lächelnd und versuchte so schnell wie möglich aus ihrem Gesichtsfeld zu kommen.

Ok, das war eine Notlüge. Sie musste ja nicht unbedingt erfahren, dass Ben und ich – kaum hatten wir uns kennengelernt – schon getrennte Wege gingen.

Da sich im Musikzimmer niemand aufhielt, setzte ich mich auf den Boden und lehnte mit dem Rücken an der Wand. Der Bleistift und das Blatt befanden sich auf meinen Oberschenkeln und waren bereit. *Also gut! Transformation. Wie stellst du dieses Wort vor?* Ich überlegte und überlegte, doch es fiel mir nichts ein. Immer wieder tauchte das Gesicht von Ben auf. Einmal sah ich ihn, wie er mit geschlossenen Augen im Bett lag, dann sah ich ihn wieder auf der Bank sitzend, wütend den Blick auf den See gerichtet und mit mahlendem Kiefer. Ich schüttelte den Kopf. Wieso drängte er sich immer wieder in meine Gedanken? Seine Tätlichkeit war ja nicht gerade etwas, an das ich mich gerne erinnerte.

„Hey, Caroline, nicht wahr?", unterbrach eine Stimme meine Gedanken. Ich riss die Augen auf und sah hoch. Das Mädchen mit dem Pferdeschwanz stand in der Tür. „Molly und ich gehen essen. Kommst du mit?" Mittagszeit? *Habe ich die letzten Stunden etwa verschlafen?* Am Projekt hatte ich jedenfalls nicht gearbeitet, denn das Blatt Papier war immer noch leer. „Ja, gern", antwortete ich. Rasch schmiss ich alles in den Rucksack und sprang auf. „Ich heiße übrigens Simone." Sie streckte mir ihre Hand hin. „Caroline. Aber das weißt du ja bereits", lächelte ich und schüttelte ihre Hand.

Wir gingen den Flur entlang und hinter einer weißen Türe, die mir bis jetzt nicht aufgefallen war, befand sich das Esszimmer. Mehrere rechteckige Tische, an welchen jeweils sechs Personen Platz nehmen konnten, waren im Raum verteilt. An der linken Wand war ein großes Fenster, das auf einen Innenhof gerichtet war. Ich sah dort verschiedenfarbige Blumen. Auf der anderen Seite des Raumes befand sich eine lange Theke, an der das Essen geschöpft werden konnte.

Wir stellten uns zu den wartenden Mitschülern.

Anscheinend gab es in dieser Schule doch noch mehrere Klassen. Ich zählte rasch mal so um die 20 Schüler, die entweder gerade ihr Essen nahmen, anstanden oder bereits aßen.

Molly, eine kleine zierliche Chinesin, schloss sich uns an. „Molly, Caroline", stellte uns Simone vor und zeigte jeweils kurz auf uns. „Hi", lächelte ich. Ich war wirklich froh, dass ich nicht wie die meisten Neulinge alleine anstehen musste und versucht war, irgendwie Anschluss zu finden.

Die beiden waren auf Anhieb sympathisch, und es tat gut, mit netten Leuten zu reden. Molly war eine lustige Person. Sie erzählte uns von ihrem Klobesuch und Isabell, einer Mitschülerin, welche ein Stück Toilettenpapier aus der Jeans hängen hatte, als sie den Raum verließ. Sie kicherte amüsiert. Obwohl ich das nicht so lustig fand, war ihre Art irgendwie ansteckend.

Das Anstehen verging so rasant, und kaum ein paar gefühlte Sekunden später waren wir an der Reihe. Ich wählte den Kartoffelauflauf und ein Stück Braten mit etwas Sauce. Zu Trinken gönnte ich mir eine Cola. Nach dieser eigenartigen Begegnung mit Ben benötigte ich etwas Zuckerhaltiges.

Wo war er überhaupt? Als wir zu einem freien Tisch gingen, blickte ich mich im Raum um. Von ihm war keine Spur zu sehen. *Egal*, dachte ich, *was er macht, geht mich schließlich nichts an.* Aber warum geisterte er in meinem Hirn herum? Das war wirklich lästig.

Der Kartoffelauflauf war nicht schlecht, aber unglaublich heiß. Wahrscheinlich war er vorhin frisch aus dem Ofen gekommen.

„Du kannst einem wirklich leidtun, Caroline. Du hast wirklich die Arschkarte gezogen", meinte Simone, während sie sich ein Stück Karotte in den Mund stopfte. „Warum denn?" Ich nahm eine viel zu große Gabel Auflauf in den Mund. *Oh Mann, ist der heiß!* Ich verbrannte mir fast den Mund.

Mit der Gabel versuchte ich, die Kartoffeln etwas auseinander zu legen, damit sie auskühlen konnten. „Du musst bestimmt das Projekt ganz alleine vorbereiten. Ben macht ja nie was dafür, und sagen tut er ja eh nie was. Ist schwierig, mit einem Typen ein Projekt zu gestalten, wenn er stumm wie ein Fisch ist." Ich stocherte immer noch in meinem Auflauf herum. „Nichts sagen wäre das eine. Er spricht in Rätseln, und wenn ich etwas nachfrage, dann antwortet er einfach nicht mehr." Ich stopfte vorsichtig ein Stück Kartoffel in den Mund. Simone und Molly starrten mich mit weit aufgerissenen Augen an. Ihre Gabeln waren auf halbem Weg zum Mund stehengeblieben. Ich blickte fragend von einer zur anderen. „Ist was?", fragte ich mit vollem Mund. Simone legte langsam die Gabel auf den Tisch, während Molly mich anblickte, als befände sich ein Geist an meiner Stelle. „Du hast mit Ben gesprochen?", fragt Simone langsam. Ich schluckte meine heiße Kartoffel hinunter. Sie war immer noch viel zu heiß. „Ja", antwortete ich. Was hatte diese Frage zu bedeuten? Simone schnaubte laut. „Wieso fragst du? Kann er mich etwa verhexen, wenn ich mit ihm spreche, oder hüpft seine eigenartige Art zu mir rüber?", witzelte ich. „Er hat noch nie mit jemandem geredet", meinte Molly, die endlich aus ihrer Starre erwacht war. „Wie meinst du das, nie?", fragte ich nach. „Er hat noch nie etwas zu jemandem von uns gesagt, nur zu Angelika unter vier Augen. Und glaube mir, er ist schon eine Ewigkeit hier." Nun war ich etwas überrascht. „Wie hast du das hinbekommen?", fragte Simone neugierig. Hinbekommen? Ich hatte das nicht hinbekommen – er hatte ja einfach so gesprochen. „Ähm", antwortete ich, „ich habe gar nichts Besonderes gemacht." Außer ihn ‚Benjaminchen' zu nennen und ihn dadurch so in Rage zu bringen, dass er mich am T-Shirt gepackt hat. Aber dies behielt ich für mich.

„Ich habe einfach ganz normal gesprochen." Ich zog die Schultern unschuldig hoch.

Simone aß einen weiteren Happen, während sie mir anerkennend zunickte. „Wieso spricht er denn mit niemandem?", fragte ich weiter. Meine Neugierde war geweckt. Wieso sprach er ausgerechnet mit mir? Ok, vielleicht, weil er pinkeln wollte und ich ihm wie ein Hündchen in den Park gefolgt war. Das hätte ich mir nicht gerade ansehen müssen.

„Keine Ahnung. Am besten fragst du ihn doch selber. Mit dir spricht er ja schließlich."

Molly nickte zum Eingang hin. Mein Blick folgte ihr und blieb auf Ben, der gerade hereinkam, ruhen. Er stellte sich ans Ende der Schlange und tippte nervös mit den Fingerkuppen auf sein Bein. Der Blick war nach vorne gerichtet. Eine bedrohliche Kühle schien von ihm auszugehen. Trotzdem, irgendetwas an ihm faszinierte mich. Er weckte in mir die Neugierde, hinter seine dunklen Geheimnisse zu kommen. Egal, ob er nun welche hatte oder nicht. Und egal, wie sehr ich auch versuchte, es nicht zu beachten. Dieses Kribbeln in der Magengegend stellte sich ein, sobald er in mein Blickfeld trat.

Keine Ahnung, wie lange ich ihn angestarrt hatte. Er musste meinen Blick jedenfalls gespürt haben, denn er drehte seinen Kopf langsam zu mir herüber. Seine Augen schienen aus der Ferne wie zwei pechschwarze Punkte, welche mich zu durchbohren versuchten. Ein Schauder durchzog mich.

Sein Mund war zu einer dünnen Linie zusammengepresst. Es schien, als wäre er mir immer noch böse darüber, wie ich ihn genannt hatte.

Seine kalten Augen bohrten sich noch tiefer in mich hinein. Mein Atem begann zu stocken, und mein Hals fühlte sich plötzlich wie zugeschnürt an.

Bevor ich richtig realisieren konnte, was überhaupt in mir vor sich ging, wandte er seinen Blick ab und sah wieder starr nach vorne. Ich atmete tief durch. Mit diesem Jungen war definitiv nicht gut Kirschen essen. Eine Versöhnung konnte ich wahrscheinlich auch vergessen.

Molly zupfte mich am Arm und zeigte auf ein kleines, braunhaariges Mädchen, welches zwei Tische entfernt saß. Kichernd erzählte sie uns nochmals die

Klo-Geschichte von vorhin und wir lachten alle gemeinsam.

Nach dem Essen schlossen sich Simone und Molly wieder ihren Projektpartnern an. Da es im Musikzimmer unglaublich schwül war, entschied ich mich, wieder in den Park zu gehen. Von Ben war keine Spur zu sehen. Obwohl der Tisch, an dem wir uns am Morgen gestritten hatten, leer war, setzte ich mich weiter unten auf eine Bank in der Nähe des Sees. Eine leichte Brise zog vorbei und kühlte meinen erhitzten Körper.
Transformation! Ich hatte keine Ahnung, was ich zu diesem Thema vortragen sollte – und wie, auch nicht. Große Lust, irgendwas vorzubereiten, war nicht vorhanden. Es schlich sich eher eine Langweile ein, wenn ich an die Arbeit dachte.
Ich entschloss, zuerst den Kopf frei zu bekommen.
Die vererbten Gene meines Vaters waren nicht so stark vorhanden, doch es reichte, dass ich mit dem Bleistift einen Baum doch recht gut skizzieren konnte. Schwarz auf weiß zu zeichnen gefiel mir sowieso am besten.
Ich versuchte, die Tanne, welche sich links vom See befand, möglichst genau zu zeichnen. Mit dem Bleistift wedelte ich in der Luft herum, um die Proporti-

onen abzumessen. Keine Ahnung, ob das die Profis auch so machen würden; mir half es jedenfalls sehr.

Ein kräftiger Windstoß entriss mir mein Blatt, und es flog einige Meter weiter ins Gras. Rasch stand ich auf und wollte es gerade wieder zurückholen, als sich eine große, männliche Hand danach streckte und es aufhob. Überrascht blickte ich der Hand nach.

Ein Junge mit braunen, gekrausten Haaren und wunderschönen blauen Augen lächelte mir zu. Er schien ungefähr gleich alt wie ich zu sein oder sogar etwas älter. Um seinen Mund bildeten sich kleine Grübchen, wenn er lächelte, und seine Zähne strahlten in einem prächtigen Weiß.

Er hatte lange Wimpern und einen unglaublich verzaubernden Blick. Das war ein Anblick!

Ich stand etwas torkelnd auf, als hätte ich plötzlich zu viel Alkohol in meinen Adern. Er grinste mich schief von der Seite an. Unter seinem blauen Shirt zeichneten sich muskulöse Arme ab. Irgendwie ähnelte er Oliver von den Lions.

Mein Herz klopfte heftig. Sogar meine Hände zitterten vor Anspannung. So einen gutaussehenden Jungen vor mir zu haben, brachte mich gleich etwas aus der Fassung. „Das gehört, glaube ich, dir", sagte er. Seine Stimme war tief und männlich. „Ähm, ja", antwortete ich leise. Er hielt mir die Zeichnung hin.

„Schöne Tanne." „Danke", flötete ich verlegen. „Bist du neu? Ich habe dich hier noch nie gesehen", sprach er weiter. Irgendwie fühlte ich mich sehr geehrt, dass ein so toller Junge mit mir sprach. Das wäre in der alten Schule nicht vorgekommen. Da war ich einfach nur Carotte mit den roten Haaren.

„Ja. Es ist mein erster Schultag heute. Gehst du auch auf die Angelika Engel Akademie?" Der Junge lachte kurz. Sein Lachen war hell und ansteckend. „Ich gehe auf eine andere Schule, ungefähr einen Kilometer von hier entfernt. Gleich neben dem „Hell´s Kitchen." „Hell´s Kitchen?", fragte ich verwundert. „Das ist ein Restaurant. Und übrigens ein sehr leckeres", fügte er hinzu. Ich nickte. „Ich kenne noch nicht so viel. Ich bin erst seit kurzem in der Stadt." Warum ich ihm das erzählte, wusste ich gar nicht. Seine sympathische, offene Art gefiel mir irgendwie. Die Nervosität war verflogen, und ich fühlte mich locker und fröhlich. „Dann musst du da mal essen gehen, sonst verpasst du etwas." Er lächelte. „Ok", säuselte ich.

„Hey, Miles, lass uns gehen!", rief ein Mädchen in seinem Alter. Sie hatte pinke Strähnen in ihren langen schwarzen Haaren. Sie und zwei Männer standen einige Meter von uns entfernt, unterhielten sich und lachten immer wieder miteinander. „Ich muss los", sagte Miles, „sonst ziehen sie mich nachher damit auf, ich hätte zu lange mit dir geflirtet." Er zog grinsend die Braue hoch. Meine Wangen erröteten. Seine Augen funkelten belustigt und steckten mich an.

Als er sich von mir entfernte, drehte er sich nochmals um. „Ich bin übrigens Miles, und du?" „Caroline", rief ich ihm lächelnd zu. „Bis dann, Caroline", und winkte mir zum Abschied zu.

Mein Gesicht fühlte sich heiß an. Obwohl die Sonne schien, war es definitiv die innere Hitze, die das auslöste.

Mit einem Lächeln auf beiden Wangen schlenderte ich langsam zum Rucksack, der auf der Bank lag. *Unfassbar!* Es war das erste Mal, dass ein süßer, gutaussehender Junge mich ansprach und sogar mit mir flirtete.

In der alten Schule war das nie der Fall gewesen. Ob das an den kurzen Haaren lag? Vielleicht verliehen sie mir etwas Besonderes, etwas, was nicht jedes Mädchen hatte. Vielleicht wirkte ich aber auch einfach viel interessanter, freundlicher, lustiger und sexier. Wer weiß. Ich hoffte jedenfalls, dass ich ihn bald wiedersehen würde.

Kurz nachdem ich mich wieder auf die Bank gesetzt hatte, spürte ich einen Blick im Nacken. Langsam drehte ich mich um und erblickte Ben, der auf der Bank oberhalb des Hügels saß. Doch diesmal blickte er nicht auf den See hinunter, sondern fixierte mich mit seinen düsteren Augen. Es kribbelte in mir. Wie lange hatte er mich schon beobachtet und warum? Konnte er mich denn nicht in Ruhe lassen? Schließlich würde ich ihn nicht mehr damit belästigen, mir zu verraten, wie er die früheren Projekte präsentiert hatte.

Ich entschloss mich, sein Interesse für mich nicht zu würdigen, und wandte mich mit erhobenem Kopf wieder meiner Zeichnung zu.

Ich hatte den ganzen Nachmittag damit verbracht, verschiedene Bäume zu zeichnen. Mal Tannen, dann Eichen und Fichten. Bens Blick bohrte sich eine lange Zeit in meinen Nacken, bis er irgendwann die Lust darauf verlor und ging. Ich hatte ihn danach nicht mehr wiedergesehen – was mir sehr recht war.

Miles war zu meiner Enttäuschung leider auch nicht mehr aufgetaucht. Wie gern hätte ich mich noch länger mit ihm unterhalten.

Obwohl ich erst kürzlich erfahren hatte, dass meine Mutter beim Unfall verstarb, musste ich eigenartigerweise in der Schule kaum an sie denken. Irgendwie fühlte ich mich dort aufgehoben, ohne einen innerlichen Schmerz zu spüren. Dafür kam er jetzt zu Hause umso heftiger.

Die Wohnung meines Vaters erdrückte mich fast. Seine überaus große Fürsorge, die er mir gegenüber zeigte, war einfach zu heftig für mich. Seine Augen schienen mir immer „Arme Caroline, du arme Caroline", zuzuflüstern.

Ich ging ohne Abendessen ins Bett und ließ meinen Tränen freien Lauf. Wie ich sie doch vermisste. Ihr helles Lachen, wenn sie einen Witz erzählte (obwohl das nicht gerade ihre Stärke war) und der Singsang ihrer Stimme, wenn sie liebevoll mit mir sprach. Auch ihr Enthusiasmus und ihr Temperament fehlten mir sogar. Ich hätte nichts lieber gehabt, als ihre Stimme zu hören; egal, ob nett oder wütend.

Oh Gott, ich vermisste sie so sehr. Warum hatte er sie mir genommen? Gerade sie, die sich häufig mit ihm unterhielt und versucht hatte, ihn und die Spiritualität den Menschen näherzubringen. Warum gerade sie? Hatte sie ihre Sache nicht gut genug gemacht? Gott war doch nicht wertend.

Dass ihre Zeit abgelaufen war, oder sie zu etwas Höherem berufen ist, daran wollte ich nicht denken. Ich verstand nun viele der Klienten meiner Mutter, die nicht begreifen konnten, warum gerade ihnen ihre Liebsten genommen wurden. Sie versuchten, einen Sinn dahinter zu finden, doch das war aussichtslos.

Der einzige Trost waren die Jenseitskontakte, welche meine Mutter anbot, um den Menschen ein wenig vom Kummer zu nehmen.

Egal, ob die Kritiker sich gegen die Worte meiner Mutter stellten. Ich hatte es schon viele Male miterlebt, dass gebrochene Leute nach einer Botschaft aus dem Jenseits wieder in ihr Leben zurückfanden.

Ob sie mich nun auch vom Himmel her betrachtet? Sie hatte mal gesagt, ich hätte gewiss auch ein großes Potenzial, um mit Verstorbenen zu kommunizieren. Obwohl ich daran glaubte, reizte es mich nie, es selber auszuprobieren. Das bereute ich jetzt. Hätte ich es von meiner Mutter gelernt, so wäre ich nun im Stande, mit ihr zu sprechen, sie zu fragen, wie es ihr ging und (etwas neugierig war ich trotzdem), wie es denn so im Himmel aussah.

Irgendwann war ich anscheinend vor Müdigkeit eingeschlafen, denn ich bemerkte, dass ich mich wieder im Spitalzimmer befand und aus dem Fenster blickte. Draußen herrschte Dunkelheit. Das Einzige was ich sah, war mein eigenes Spiegelbild, das vom Fenster widergespiegelt wurde. An der Decke leuchteten die grellen Neonlichter. Diesmal trug ich kein

Krankenhausgewand, sondern war einigermaßen ordentlich gekleidet. Ich hatte mein verwaschenes, violettes Nachthemd an, worauf sich eine schwarze Katze mit übergroßen Augen befand. Die Ärmel gingen mir bis zu den Ellbogen und der Saum reichte bis Mitte Oberschenkel. Meine Füße sogen die Kälte des klinisch sauberen Bodens in sich auf. Um nicht so stark zu frieren, zog ich rasch die Zehen an.

Ein Piepsen des Elektrokardiogramms durchbrach meine Gedanken. Mein Blick wandte sich zur Seite. Wie im letzten Traum stand ein Bett an der Wand – diesmal aber mit verschiedenen Apparaturen daneben. Eigenartigerweise war nur das Kardiogramm eingestellt. Ein Kabelsalat breitete sich am Boden aus. Die Decke war zurückgeschlagen und das Bett stand leer.

Ich ging zum Bett und blickte auf das Elektrokardiogramm, welches vor sich hin piepste. Es zeichnete eine ruhige und normale Herzfrequenz auf. Aber von wem? Im Bett befand sich ja niemand.

Im Augenwinkel sah ich etwas hinter meinem Rücken vorbeihuschen. Erschrocken drehte ich mich um, um zu sehen, was es war. Doch das Zimmer stand leer. Ich blickte mich im Raum um.

Nichts! Wahrscheinlich hatte mir meine Phantasie einen Streich gespielt.

Schließlich war das ja ein Traum und darin konnte alles geschehen.

Ich sah wieder zum Bett und stieß einen erstickten Schrei aus.

Geistesgegenwärtig sprang ich einen Schritt zurück, wobei ich wieder mal unsanft auf meinem Hintern landete. Ben stand in seinem schrecklichen Krankenhausgewand vor mir und starrte mich mit seinen dunklen Augen an. Sein Blick hatte etwas Durchbohrendes, doch daran hatte ich mich irgendwie gewöhnt.

Es war etwas ganz anderes, was mich erschaudern ließ. Er hatte sein Springmesser in der linken Hand. Während er mich immer noch wortlos anstarrte, setzte er die Klinge an seine Stirn. „Nicht", schrie ich ihn an, doch er zog einen geraden Schnitt über die gesamte Stirn. Augenblicklich lief Blut über seinen Nasenrücken und über die Augen. Ich hielt mir vor Schrecken die Hand vor den Mund.

In meinen Ohren dröhnte der Ton des Kardiogramms, welcher immer noch ganz ruhig und regelmäßig piepste.

Ben selber blickte mich weiterhin durchdringend an, ohne auch nur eine Miene zu verziehen. Er nahm sein blutverschmiertes Messer von der Stirn und stach sich ruckartig in die Milz. Ich schrie auf. Oh

Gott, was war das für ein Traum! *Bitte, bitte Caroline, erwache aus diesem scheußlichen Albtraum!* Bens Gewand tränkte sich mit Blut. Warum tat er sich das an? Würde er als Nächstes auf mich zukommen und mich niederstechen?

Der Monitor piepste immer noch gleichmäßig.

Ich versuchte, mich mit meinen zitternden Händen aufzurichten, doch sie waren so schweißnass, dass ich abrutschte. Hastig robbte ich rückwärts, den Blick jedoch immer auf Ben gerichtet.

Dies war nur ein Traum! Ein schrecklicher Traum, aber er versetzte mich in eine unheimliche Angst.

Irgendwas stimmte mit diesem Ben einfach nicht!

Zuerst blieb Ben noch stehen, doch dann begann er, mir mit langsamen Schritten zu folgen. Panik verbreitete sich. Ich musste es irgendwie schaffen, aus dem Zimmer zu gelangen, und zwar so rasch wie möglich!

Plötzlich hielt mich etwas an meiner Schulter fest. Ich schrie laut auf und wollte es abschütteln. Doch dann sah ich die warme, weiche Hand meiner Mutter. Verängstigt blickte ich hoch. Sie lächelte und strahlte dabei eine vollkommene Ruhe und Gelassenheit aus. Mein Herz pochte wie wild. Meine Mutter? Was tat meine Mutter hier? Sie durfte nicht hier sein, sonst würde Ben ebenfalls mit dem Messer auf sie losgehen.

Ben! Hastig blickte ich wieder an die Stelle, wo er zuletzt stand. Die war aber leer. Wo war er hin?

Der Monitor hatte aufgehört zu piepsen und im Zimmer war Stille eingekehrt. Langsam und mit zitternden Beinen rappelte ich mich hoch. Meine Mutter stand neben mir und ihre Augen strahlten wie zwei funkelnde Diamanten. „Mutter", flüsterte ich und warf mich in ihre Arme. Ich schlang meine Hände um Mom und drückte sie fest an mich. Der vertraute Geruch ihres Lavendel-Duschgels drang in meine Nase. Ich zog diesen Duft tief in mich ein, um ihn nie wieder loszulassen. „Mom", schluchzte ich. Tränen liefen über mein Gesicht. Ich hatte sie so vermisst. So unglaublich vermisst.

„Mom", schluchzte ich erneut. Vorsichtig fasste sie mich an beiden Schultern und schob mich langsam von sich weg. Ich wollte nicht. Nicht schon jetzt! Ich wäre lieber noch in ihren Armen geblieben, um die Wärme ihrer Haut einzusaugen und nachher mit in die Realität zu nehmen.

„Caroline", sagte sie sanft. Sie war viel ruhiger als sonst. „Ich habe nicht viel Zeit! Hör gut zu! Lass dich nicht von deinen Augen täuschen. Die Wahrheit ist hier drin, vergiss das nie", sagte sie und legte mir ihre Hand aufs Herz. Sie umarmte mich. „Lass dich nicht täuschen! Ich liebe dich!", flüsterte sie in mein Ohr und war weg.

Ich weiß nicht mehr, ob ich danach noch etwas geträumt hatte. Als ich erwachte, konnte ich mich nur noch an ihre Worte erinnern. An ihre warnenden Worte! Aber wovor wollte sie mich warnen? Vor Ben etwa? Das musste sie mir nicht sagen, das wusste ich schon. Er war ein komischer Kauz, dem ich nicht über den Weg traute. So richtig warm schien ja sowieso niemand mit ihm zu werden.

Normalerweise frühstückte ich nicht, doch an diesem Morgen hatte ich mir ein kleines Brötchen mit Butter und Konfitüre gegönnt. Vater war bereits auf dem Weg zur Arbeit.

Um mich nicht wieder in die vollbesetzte Straßenbahn drängen zu müssen, hatte ich mir gestern bei der Heimfahrt gemerkt, wo sie genau durchfährt. Heute würde ich den Weg zu Fuß gehen.

Obwohl es erst sieben Uhr fünfzehn war, schien es nicht mehr frisch zu sein. Der Weg nach Hause würde mich nach der Schule zum Schwitzen bringen. Trotzdem, ich würde laufen. Momentan war es aber zum Glück noch angenehm kühl.

Der Tag begann langsam anzubrechen, und die Straßen füllten sich allmählich. Doch das war kein Vergleich zu der Straßenbahn. Jeder hatte genügend Platz um aneinander vorbeizugehen, ohne gestoßen zu werden. Ich genoss es sogar richtig, meine Lungen mit frischer Luft zu füllen.

Ich betrachtete die verschiedenen Geschäfte, welche sich an der Straße befanden. Da war ein Elektrofachgeschäft, eine Konditorei, ein Laden für Damenunterwäsche und sogar ein Süßwarenladen. Letzterem würde ich heute nach der Schule einen Besuch abstatten. Ich erfreute mich schon jetzt an den Leckereien, welche sie im Schaufenster ausgestellt hatten.

Als ich um eine Ecke bog, erblickte ich ein großes, weißes Gebäude mit der Aufschrift „Krankenhaus". Augenblicklich erinnerte ich mich an den nächtlichen Traum. Es schauderte mich bei dem Gedanken, als ich Ben zusah, wie er sich mit dem Messer traktierte. Hastig schüttelte ich den Kopf, um den Gedanken wieder los zu werden. Der Geruch des Duschgels meiner Mutter drang in meine Nase, und ich spürte ihre weichen Hände auf meiner Haut. Wie ich sie doch vermisste. Warnend wiederholten sich ihre Worte in meinen Ohren. „Lass dich nicht täuschen!" Das würde ich nicht, Mutter. Ich würde mich gewiss nicht von Ben täuschen lassen. Egal, wie durchbohrend er mich auch ansah, ich würde ihm nicht gestatten, in meine Seele einzudringen.

Mit eiligen Schritten ging ich weiter. Die Zeiger auf meiner Uhr zeigten bereits fünf vor halb acht an. In fünf Minuten begann die Schulstunde. Ich begann zu rennen. Ob Angelika es bemerken würde, wenn ich zu spät zum Unterricht erschien? Schließlich konnten wir frei bestimmen, an welchem Ort wir am Projekt arbeiteten. *Meinem Projekt,* korrigierte ich mich. Ich würde es alleine durchziehen, ohne einen durchgeknallten Messer-spielenden Verrückten mit dunklen, faszinierenden Augen. Ich stockte. Was war das gerade? Hatte ich wirklich faszinierend gedacht?

„Lass dich nicht täuschen", flüsterte ich mir selber zu.

Ich war gerade dabei, die Türe der Akademie aufstoßen, als eine leise Stimme hinter meinem Rücken „Von wem?" fragte. Erschrocken drehte ich mich um und blickte zu meiner Überraschung in zwei strahlend blaue Augen. „Miles!" Beruhigt atmete ich tief durch. „Ich habe dich doch nicht etwa erschreckt, oder?" Er lächelte und seine weißen Zähne blitzten im Sonnenlicht. *Wie bekommt er die nur so weiß hin,* dachte ich. „Alles ok?", fragte er. Ich richtete meinen Blick wieder auf seine Augen. „Ähm, ja natürlich. Alles ok." „Gut." Er grinste. „Ich habe dir

vorhin von der anderen Straßenseite aus zugerufen, doch du schienst irgendwie in einer anderen Welt zu sein." Ich errötete. Er hatte mich auf der Straße erkannt, und ich Dummchen war nur damit beschäftigt, mir nicht von Ben in die Seele blicken zu lassen. *Super!*
„Ach so. Ich war nur in Gedanken an einem Projekt, das wir auf die Beine stellen müssen", flunkerte ich. „Dann ist ja gut", lächelte er, „es wäre sonst sehr schade, wenn du mich ignorieren würdest." Die Tür schwang auf und Angelika blieb abrupt im Türrahmen stehen. Miles´ Lächeln erstarrte kurz, als er sie sah. Er wandte sich mir zu und legte seine Hand auf meine Schulter. „Wir sehen uns", flüsterte er mir ins Ohr und gab mir einen Kuss auf die Wange. Ich errötete sogleich und mein Herz überschlug sich beinahe, so schnell schlug es. Miles winkte mir grinsend zu, während er um die Ecke bog. Ob Miles meine Verlegenheit bemerkt hatte? Hoffentlich nicht. Das wäre mir peinlich.
Ich grinste innerlich. Er war schon sehr süß und irgendwie erinnerte er mich immer wieder an Oliver von den Lions.
„Kann ich kurz mit dir sprechen, Caroline?", fragte Angelika bestimmt. Oh je! Anscheinend hatte sie die

Verspätung bemerkt. *Es sind aber doch nur zwei Minuten!*

Angelika ging hinein und ich folgte ihr mit gesenktem Kopf. Vor dem Sekretariat stutzte ich kurz. War diese Tür gestern nicht noch grün gestrichen? Heute glänzte sie in einem leuchtenden Gelb. Hm, ich musste mich getäuscht haben.

Wortlos trat ich ins Sekretariat. „Setz dich doch", sagte Angelika freundlich und schloss die Türe hinter sich. Die Farbe der Tür ging mir nicht aus den Kopf. Ich hätte wirklich schwören können, die war gestern grün.

Während ich mich setzte, nahm ich den Rucksack von den Schultern und legte ihn neben den Stuhl auf den Boden. Angelika setzte sich mir gegenüber an den Schreibtisch.

Das Büro war ganz in Weiß gehalten. Nicht nur die Wände glänzten in Weiß, nein, sogar das gesamte Inventar – der Schreibtisch, die Stühle und das Bücherregal. Ein Büro, welches nur aus einer Farbe bestand, hatte ich noch nie gesehen.

„Ich weiß, ich bin zu spät", sagte ich ertappt und starrte auf die Tischplatte, „aber nur zwei Minuten". Angelika atmete tief durch. „Ich möchte über Ben sprechen." Ruckartig hob ich meinen Kopf. „Ben?" Hatte sie irgendwie mitbekommen, was gestern im

Park vorgefallen war? Bestimmt hatte er mit ihr darüber gesprochen. *Diese miese Petze!*

„Ich kann mir vorstellen, dass es nicht gerade einfach ist, mit ihm zusammenzuarbeiten", sagte sie. *Einfach?* Er hatte mich am Shirt gepackt und mir dabei Angst eingejagt. *Einfach* war definitiv das falsche Wort. Ich hätte es eher gefährlich genannt.

„Er ist nicht so wie die anderen hier. Seine Art ist – sagen wir mal – sehr besonders." *Oh ja, und wie,* antwortete ich in Gedanken. „Es ist aber äußerst wichtig, dass Ihr zwei dieses Projekt zusammen beendet und nicht alleine." Ich wollte gerade etwas anbringen, als sie weiter sprach. „Mit ihm habe ich bereits gesprochen und ich dulde keine Einzelpräsentationen." *Mist, wieso weiß sie, dass ich das geplant habe?* „Ihr werdet es am Freitag vorstellen, und zwar gemeinsam! Einverstanden?" *War das ernsthaft eine Frage? Ich habe ja kaum eine andere Wahl!*

„Ich kann und werde euch nicht dazu zwingen, doch es ist für Eure Entwicklung sehr wichtig, dass Ihr das Projekt zusammen beendet und nicht einzeln." Sie blickte mich forschend an, so als würde sie durch meine Augen dringen und mit meiner Seele sprechen. Ich nickte. Als würde ein einzelnes Projekt für unsere Entwicklung entscheidend sein.

Aber was wusste ich schon.

Hier schienen wirklich keine normalen Regeln wie in den anderen Schulen zu gelten. Alles, was ich bis jetzt kannte, konnte ich komplett vergessen. Ich musste nur anders denken, und vielleicht würde ich dann hinter das System dieser Schule kommen.

„Ben ist im Park, wenn du ihn suchst."

Ich stand dankend auf und packte meinen Rucksack. Im Türrahmen hielt ich kurz inne. „Stört es Sie, ähm, ich meine, dich" – das Du-sagen lag mir irgendwie nicht –, „dass er immer im Park ist?" Angelika lächelte hinter dem Pult hervor. „Jeder Ort ist gut, um an seinem Projekt zu arbeiten." Ich versuchte, zurückzulächeln, verzog das Gesicht aber eher zu einer leichten Grimasse. „Und Caroline …" „Ja?" „Was Miles angeht …" sie zauderte, „… mache dir dein eigenes Bild über ihn." Ich nickte und verließ das Sekretariat. Sie kannte die Schüler der anderen Schule beim Namen? Definitiv eine sehr, sehr eigenartige Frau.

Die Einladung

Ben saß wie immer rittlings auf der steinernen Bank. Sein Blick war auf den See gerichtet, und er spielte (wie konnte es auch anders sein) mit dem Messer in seiner Hand.

Was passierte, wenn ihm jemand das Messer stehlen würde? Wäre er verstört und würde dann beginnen, an seinen Fingernägeln zu kauen?

Meine innere Neugierde wäre dem Gedanken sehr gerne nachgegangen, doch mein Verstand warnte mich davor, diese Idee in die Tat umzusetzen. Schließlich hatte ich keine Lust, das Messer doch noch in den Bauch gerammt zu kriegen.

Ich hätte Angelika von seiner Waffe erzählen sollen, dann würde ich mich vielleicht nicht mehr so fürchten. Obwohl, dann wüsste Ben, dass er mich einschüchtern kann und hätte ein Druckmittel gegen mich. Und eine Petze wäre ich auch noch. Das wollte ich auf keinen Fall. Ich musste ihm die Stirn bieten, ihm zeigen, dass ich keine Angst habe und genauso stark wie er bin.

„Hi", sagte ich etwas zu freundlich. Ok, das war jetzt zu aufgesetzt. Daran musste ich noch arbeiten. Ben hielt nur kurz inne, spielte jedoch gleich mit seinem Messer weiter. „Ja, ich finde es heute auch einen

wunderschönen Tag. Es wird bestimmt heiß", plauderte ich, während ich mich setzte. Den Rucksack legte ich neben mich auf die Bank. „Es soll ja über 30 Grad werden heute." Ich nahm das schwarze Blatt hervor. „Nur im Norden wird es einige Quellwolken geben, hier bleibt es schön und trocken."
„Hast du den Wetterbericht verschluckt?", fragte Ben etwas genervt. Wenigstens hatte ich nun seine Aufmerksamkeit. Vielleicht konnte ich ihn nun dazu bringen, sich ordentlich hinzusetzen und sich dem Projekt zu widmen. „Wir können auch gerne über etwas anderes reden. Hm, mal überlegen. Zum Beispiel, wie Wolken entstehen, was besser ist, Himbeer- oder Erdbeermarmelade, oder zum Beispiel, warum du immer in den See starrst", stachelte ich. Ben stoppte sein Spiel und betrachte mich von der Seite. Seine dunklen, kalten Augen ließen mich erschaudern. *Biete ihm die Stirn,* ermutigte ich mich gedanklich. *Keine Schwäche zeigen!*
„Obwohl, Letzteres scheint mir doch nicht so interessant." Ich grinste und versuchte, ihn genau so kühl anzublicken. „Was willst du!", fragte er schroff. „Was ich möchte?", antwortete ich überspitzt. „Naja, da gibt es so ein Projekt, das am Freitag fertig sein muss, und da du es ja anscheinend – wieso auch immer – schon mehrmals gemacht hast, könntest du

ja so nett sein und deine Unterlagen der letzten Präsentationen hervorzaubern. Wäre das was?"

Ben setzte sich so hin, dass sein Oberkörper mir zugewandt war. Seine Unterarme ruhten dabei auf der Tischplatte. Das Messer hielt er immer noch fest in seiner Hand.

Mein Puls beschleunigte sich, als ich es sah. Ich blickte nur kurz darauf und richtete meine Aufmerksamkeit gleich wieder auf ihn.

„Keine Ahnung, was du da gerade für ein Spiel abziehen willst, Kleine", sagte er. *Wie hat er mich gerade genannt? Kleine? Geht's ihm noch gut, mich so zu nennen?* „Bei mir zieht es aber nicht." *Ok, falsche Masche*, dachte ich. Ich musste anders vorgehen. „Ich möchte nur dieses Projekt machen. Besser gesagt, überhaupt mal beginnen, wäre schön." „Ich halte dich nicht davon ab", antwortete Ben. „Angelika hat aber gesagt, wir …" Er unterbrach mich. „Was Angelika möchte, interessiert mich überhaupt nicht! Ich habe an den letzten Projekten nicht gearbeitet und werde es bei diesem auch nicht! Willst du weiterkommen, dann tue es selbst!"

Dieser Typ nervt echt! Wut stieg in mir auf. Was hatte Angelika eigentlich mit ihm besprochen? Er war so kooperativ wie eine Katze, der man das „Sitz und Platz" beibringen wollte.

„Wenn du mich schon nicht unterstützen willst, rück wenigstens deine Unterlagen heraus", keifte ich ihn an.

Von der überschäumend guten Stimmung von vorhin war nichts mehr zu spüren. Es fühlte sich eher an, als würde gerade eine Eiszeit zwischen uns entstehen.

Ben kritzelte mit der Messerklinge auf dem Tisch umher. „Du scheinst nicht zugehört zu haben, Kleine." *Nicht schon wieder dieses ‚Kleine'*, dachte ich. „Ich habe weder jetzt noch hatte ich früher irgendwelche Unterlagen zu diesem Projekt. Es interessiert mich nicht, und ich werde es nie ...", Ben drückte sein Messer in die Tischplatte, dass seine Finger ganz rot wurden „... nie zu Ende bringen!" Eine unglaubliche Verbitterung lag in seiner Stimme.

Ich war sprachlos. Irgendwie hatte ich schon damit gerechnet, dass er seine Unterlagen nicht hergeben würde, doch dass diese Aufgabe in ihm so eine starke Empfindung auslöste, erstaunte mich. Was war bloß vorgefallen?

Meine Neugierde klopfte an. Wer weiß, vielleicht würde ich es noch herausfinden. Ich mochte es, Geheimnissen auf die Spur zu kommen.

Von meiner Wut war auch keine Spur mehr zu erkennen. Sie hatte sich aufgelöst.

Ben klappte das Messer zusammen und stand auf. „Ich gehe pissen", zischte er, während er an mir vorbeiging." „Als würde mich das interessieren", sagte ich leise. Hauptsache, ich hatte wieder Luft zum Atmen.

Befand er sich in meiner Nähe, wurde die Luft merklich dünner, und ich hatte das Verlangen nach einer Sauerstoffflasche. So, als würde er mir die Luft einfach stehlen.

Ein Pfiff durchbrach die Stille, und ich blickte verwundert auf. Miles und seine Freunde standen beim See und scherzten miteinander. Er lachte und winkte mich zu sich. Bei seinem Anblick hüpfte mein Herz in der Brust. Es schlug augenblicklich schneller, als ich an den Kuss von heute Morgen dachte. *Ich hätte nichts dagegen, noch einen zu bekommen.*

Um möglichst cool zu wirken, schlenderte ich langsam die Böschung hinunter. Miles kam mir entgegen. *Nur langsam, Caroline. Nicht, dass er noch auf die Idee kommt, ich hätte es eilig.* Dass dies eigentlich so war, brauchte er nicht zu wissen.

„Hey!", begrüßte mich das Mädchen mit dem farbigen Haar von weitem und hob die Hand zum Gruß. Sie und ein anderer Junge lachten und versuchten, sich gegenseitig in den See zu werfen. „Hallo Caroline", grüßte er und küsste mich erneut auf die Wange.

Schlagartig hatte ich eine Hitzewallung. *Mein Wunsch ist in Erfüllung gegangen,* dachte ich, während ich nervös ein „Hallo", herausbrach. Miles grinste. „Ich habe gedacht – nein, besser gesagt, gehofft – dich im Park zu treffen." Gehofft? Das ließ Gutes erwarten. „Ja, hier bin ich."
Ich konnte nicht anders, ich musste ihm in die wundervollen, blauen Augen starren. Ich hatte noch nie so blaue Augen gesehen.
Früher träumte ich von so einem Jungen. Naja, eigentlich träumte ich immer noch davon. Groß, blaue Augen, tolles Lächeln, freundliche Art und charmant. Miles kam wirklich sehr nah an dieses Bild heran. Er war praktisch der lebende Klon von Oliver.
„Heute ist Isabelles Geburtstag …" er nickte zum Mädchen mit den farbigen Haaren „… und sie gibt heute Abend eine Fete bei sich zu Hause." Verlegen kratzte er sich am Hinterkopf. „Ich hoffte, du würdest mich vielleicht begleiten." Miles lächelte und mein Herz hüpfte.
Hatte ich wirklich richtig gehört? Caroline wurde zu einer Party eingeladen? Sonst wurde ich immer vergessen, aber jetzt wollte sich dieser süße Junge mit mir verabreden? „Was denkst du?", fragte Miles erneut.

Natürlich! Was für eine Frage! schrie es in mir.
Ich wollte ihm gerade zusagen, als mir in Sinn kam, dass gerade heute das Schulfest stattfand.
Hätte mich Molly gestern nicht darauf hingewiesen, hätte ich es auch nicht gewusst. Es war ja nicht mal in der Schule angeschlagen. Anscheinend war so was nicht nötig, da es schon jeder wusste. Jeder natürlich außer mir. Mist auch!
„Miles, ähm, ich würde unglaublich gerne mitkommen …" „… aber du kannst nicht", beendete er traurig den Satz. „Ja, leider", antwortete ich mit belegter Stimme. „Lass mich raten, Ihr habt genau heute ein Schulfest, richtig?" Wieso wusste er davon? Ich nickte überrascht. „Alles klar", Miles nickte, „Angelika ist sehr – sagen wir mal – raffiniert."
Hä? Musste ich Letzteres jetzt verstehen? „Ein Schulfest an einem Dienstag ist nicht gerade normal, ich weiß. In dieser Schule ist vieles so eigenartig. Da erstaunt mich langsam nichts mehr." Ich lächelte gequält. „Da ist nichts zu machen. Dann hoffe ich, du wirst einen schönen Abend erleben." „Mal sehen."
Dass ich lieber mit ihm auf die Fete gehen würde, sagte ich nicht. So wie er mich jedoch ansah, konnte er es sowieso von meinem Blick ablesen. „Es gibt immer wieder mal eine Fete. Vielleicht klappt es

dann. Bis zum nächsten Mal!" Er zwinkerte mir zu und ging zu seinen Freunden. *Wo war der Abschiedskuss?*

Ich sah ihnen nach und hob die Hand zum Gruß. Wieso musste dieses Fest genau heute stattfinden?

Wie gerne wäre ich mit Miles mitgegangen. Es wäre bestimmt toll gewesen. Ich konnte nur innerlich beten, dass er mich das nächste Mal auch wirklich wieder fragte. Und dann würde ich auf die Party gehen; egal, was anstand!

Nach einer gefühlten Ewigkeit, in der ich einfach so dastand, machte ich mich wieder auf den Weg zu meinem leeren Blatt Papier, welches sehnsüchtig auf mich wartete.

Ben hatte sich an seinen gewohnten Platz gesetzt und traktierte mich mit seinen dunklen Augen. Ohne ihn zu beachten, setzte ich mich und klopfte nervös mit dem Bleistift auf das Blatt Papier. Meine Wangen waren immer noch heiß von Miles´ Kuss, und in meinen Gedanken spielte ich die Vorstellung durch, wie es wäre, mit ihm auf dem Fest zu sein.

Ich sah uns beide lachen, sich gegenseitig necken, mit einem Glas Bowle anstoßen und eng umschlungen tanzen.

„Es ist nicht sehr schlau von dir, dich mit ihm abzugeben", unterbrach Ben meinen wunderschönen

Tagtraum. Er hatte sich unterdessen zu mir hingedreht. Sein Messer lag geschlossen auf dem Tisch. „Was?", fragte ich ihn verdattert. „Miles! Bist du sicher, dass er der richtige Umgang für dich ist?" Seit wann interessierte sich Ben dafür, was ich tat? „Was kümmert es dich, mit wem ich rede?", schnauzte ich ihn an. Ich hatte mich so beflügelt gefühlt, und nun machte Ben alles zunichte.

„Ich hätte dich für klüger gehalten." „Bist du etwa eifersüchtig oder was?" Ben lachte laut auf. „Nein, definitiv nicht. Ich hätte nur nicht gedacht, dass du auf so falsche Typen stehst, die Mädchen wie dich um den Finger wickeln." War das so offensichtlich, dass ich auf Miles stand?

„Das geht dich nichts an!", funkelte ich wütend, „das ist ganz allein meine Sache!" „Du dummes Mädchen!" *Dummes Mädchen? Hallo!* „Du siehst nur das, was du sehen willst. Nämlich das, was du dir von einem Typen erwünschst. Dabei erkennst du aber nicht, dass er es nur vorgibt, aber nicht ist." „Halt die Klappe, Ben!", schrie ich ihn laut an, und die Unterhaltung mit ihm war hiermit beendet.

Wütend packte ich meine Sachen zusammen und setzte mich auf die gleiche Bank wie gestern.

Der Vormittag trottete unglaublich langsam vor sich hin. Immer wieder hatte ich auf meine Armbanduhr geschaut, doch die Zeiger wollten und wollten sich nicht bewegen. Ben saß wie gewohnt auf seiner Bank und spielte mit dem Messer (wurde das nicht irgendwann langweilig?), während ich mir den Kopf zerbrach, wie ich das Wort *Transformation* präsentieren konnte. Wir hatten kein Wort mehr miteinander gewechselt. Jeder schwebte gedanklich in seiner eigenen Welt.

Mir kam einfach keine passende Idee. Immer wieder musste ich an meinen nächtlichen Traum denken. Daran, dass der Junge, der sich in unmittelbarer Nähe von mir befand, sich mit dem Messer die Stirn aufgeschlitzt hatte. Was wollte mir dieser Traum sagen?

Ben machte keine Anstalten, mit mir zu reden, geschweige denn, mir zu helfen.

Als es Mittag war, packte ich meine Sachen und lief extra nahe an seiner Bank vorbei. Auf seiner Höhe blickte ich ihn an. „Das war so ein kreativer Morgen, den wir zusammen verbracht haben, da bekommt man richtig Hunger, nicht?" Ben starrte mich fragend an. Ich grinste und ging, ohne ihn weiter zu beachten, weiter.

Wenn er sich auf ein Spielchen einlassen wollte, dann konnte er das haben!

Im Essraum wimmelte es vor Schülern.

War es so, oder wurden die Schüler von Tag zu Tag mehr? Jedenfalls schien mir das so.

Molly und Simone saßen am gewohnten Platz. Mit meinem vollen Tablett (heute hatte ich mich für Lasagne und Salat entschieden) setzte ich mich gegenüber von ihnen. „Wo hast du Ben gelassen?", fragte Molly grinsend. Ich schwieg. Über unsere Auseinandersetzung hatte ich keine Lust zu sprechen. Sonst müsste ich ihnen noch von Miles erzählen, und danach war mir nicht zumute. Ich wollte ihn für mich und mit niemandem teilen.

Simone grinste. „Du fragst in letzter Zeit aber häufig nach ihm. Bist du sicher, dass du ihn nicht doch ein bisschen mehr als nur süß findest?"

Mollys Wangen erröteten leicht, und sie blickte verlegen auf ihre Pommes. „Er ist doch süß, nicht wahr, Caroline?", fragte Simone neckend. Ich blickte sie nur kauend an. Ich hatte mir gerade eine viel zu große Gabel Lasagne eingeschaufelt und war nicht imstande zu antworten. *Warum sprachen die Leute immer dann mit mir, wenn ich den Mund voll hatte?* Ich hätte auch nicht gewusst, was antworten.

Ich wusste nicht, ob ich Ben als süß bezeichnen würde. Es schien eher etwas Unheimliches von ihm auszugehen, was mein Inneres zum Kribbeln brachte. Dies hatte ich jedoch nie als süß oder dergleichen interpretiert. Für mich war es eher ein Zeichen, dass er mir nicht geheuer war und ich aufpassen musste. Schließlich hatte er mich ja schon am Shirt gepackt, um mir Angst einzujagen. Das machte einen Jungen nicht gerade attraktiv.

„Hm", antwortete ich daher etwas neutral. Simone könnte sich dann selbst das hineininterpretieren, was ihr gefiel. „Am liebsten wärst du mit ihm in die gleiche Gruppe gewählt worden, nicht? Dann wärst du ihm ganz nahe", foppte Simone weiter und lachte heiter. *Gegen den Tausch hätte ich nichts einzuwenden*, dachte ich.

Molly kniff Simone belustigt in die Seite, dass sie vor Schmerz leise aufschrie. „Ich habe nur gesagt, er sei süß, nicht mehr", verteidigte sich Molly. Ihr Lächeln und die plötzlich aus dem Nichts erschienenen roten Stresspunkte am Hals gaben aber eine andere Antwort. Da war mehr im Spiel, als nur jemanden süß zu finden.

Ben als Hauptthema zu haben, missfiel mir irgendwie und ich setzte meine Ohren die nächsten Minuten auf Durchzug.

„Simone und ich machen morgen Abend einen Filmabend. Du weißt schon, mit gedämpftem Licht, viel Popcorn, Getränken und einer Menge Liebesfilmen. Hast du Lust, auch zu kommen?", fragte

Molly begeistert. Liebesfilme waren nicht gerade mein Ding. Obwohl, wenn ich mir dann Miles in der Hauptrolle vorstellen würde …" Beim Gedanke an ihn begannen meine Wangen zu glühen und mein Herz pochte gleich etwas schneller.

Ein guter Grund zu kommen, war außerdem, vor dem erstickenden Zuhause meines Vaters zu flüchten. Kaum zu glauben, aber die Schule war eine angenehme Ablenkung. Hier fühlte ich den Schmerz des Verlustes kaum noch, und hier hatte ich Menschen um mich, die mich mochten. Aber in meinem neuen Zuhause erdrückten mich die ganzen Erinnerungen an Mutter. Ich heulte sehr oft und Vater verstand es einfach nicht, mich zu trösten. Besser gesagt, ich ließ es nicht zu, dass er mir zu nahe kam. Er sollte sich nur nicht einbilden, ich hätte alles Frühere vergessen und würde ihn nun einfach so wieder in mein Herz lassen. Ich war noch nicht bereit dazu.

„Einverstanden, ich komme." Molly lachte freudig. „Das wird toll, glaube mir!", sagte Simone lächelnd. „Aber jetzt etwas Wichtigeres. Was zieht Ihr heute an?", fragte Molly geheimnisvoll. Ich starrte sie mit großen Augen an. „Muss man sich da besonders anziehen? Ich dachte, Shirt und Jeans würden reichen." „Caroline!", rief Molly empört, „du kannst doch nicht mit Shirt und Jeans bei einem Fest auftauchen! Da muss schon etwas Besseres her!" Simone grinste. „Wenn es um Feste und Kleider geht, kennt Molly kein Pardon." Ich schluckte schwer. Mit so einem hochgestochenen Kleiderpflicht-Fest hatte ich nicht gerechnet.

„Weißt du was? Du kommst nach der Schule zu mir, und wir werden dir was Schönes aussuchen", meinte Molly liebevoll. Ich blickte sie etwas ungläubig an. „Ich glaube nicht, dass wir die gleiche Größe haben", antwortete ich stirnrunzelnd.

Irgendwie hatte mir diese Kleiderpflicht die Freude am Fest verdorben. Zuhause alleine in meinem Zimmer zu sein, schien mir langsam gar keine schlechte Option mehr zu sein.

„Glaube mir, sie hat eine Unmenge von Kleidern, und das in verschiedenen Größen", grinste Simone. Ich unterließ es zu fragen, warum jemand verschieden große Kleider bei sich zu Hause stapelte, denn Ben war gerade hereingekommen und bekam meine volle Aufmerksamkeit. Es kribbelte in mir.

Molly bemerkte meine geistige Abwesenheit und folgte meinem Blick. Ben warf mir einen kurzen, wie immer kühlen Blick zu und stellte sich in die Reihe. „Hast du uns was zu sagen?", fragte Molly mit leicht genervtem Unterton. „Wie bitte?", fragte ich unbeholfen. Molly starrte mich an. „Was hatte denn dieser Blick zu bedeuten, den Ihr euch zugeworfen habt? Willst du uns vielleicht etwas mitteilen?" Ihre Augen wurden zu Schlitzen. Sie schien verärgert.

Ich war mir nicht ganz sicher, was ich antworten sollte. Sicher war, dass ihr Verhalten mir gegenüber augenblicklich von nett in verhalten gewechselt hatte.

„Ich weiß nicht genau, auf was du aus bist, Molly", versuchte ich sie zu beschwichtigen, „wir hatten heute schon wieder einen Streit. Er will mir einfach nicht beim Projekt helfen!", klagte ich, „Du kannst dir sicher sein, ich würde viel dafür geben, einen anderen Projektpartner zu haben." „Ach so", antwortete Molly beruhigt. Ihre Welt war wieder in Ordnung – meine jedoch nicht mehr.

Seine Blicke hatte ich immer als bedrohlich, kühl oder wütend betrachtet. Es war mir noch nie in den Sinn gekommen, sie anders zu deuten.

Ich wusste, was Molly damit angedeutet hatte, doch wie sie darauf kam, verstand ich nicht. Hatte sie echt das Gefühl, Ben würde mich anders ansehen als die anderen? Gerade mich? Das Einzige was uns verband, war die Präsentation, und nicht mal die konnte uns irgendwie zusammenbringen.

Ich beobachtete, wie Ben in der Reihe stand. War da wirklich etwas in seinen Augen, was ich bis jetzt nicht erkannt hatte? Und warum überhaupt grübelte ich über ihn nach? Vielleicht war doch mehr dran, als ich dachte.

Just in diesem Augenblick warf er mir einen knappen, finsteren Blick zu. Ertappt sanken meinen Augen rasch auf das Essen. Das Kribbeln in meinem Körper war nun überall zu spüren. Es ging sogar so weit, dass meine Hände leicht zitterten. Nun war aber definitiv genug herumgesponnen. Ich schlang die Lasagne hinunter und ging.

Nach dem Essen hatte ich noch eine Zeit lang alleine im Musikzimmer verbracht, um mich wieder zu beruhigen. Ich konnte mich selber davon überzeugen, dass ich, wenn es um Ben ging, durch den letzten Traum einfach nervlich angeschlagen war. Ich hakte das Thema ab und ging wieder zurück in den Park. Vielleicht konnte ich ihn ja mit vollem Magen motivieren, etwas für unsere Präsentation zu tun. Doch im Unterbewussten gingen mir Mollys Worte nicht mehr aus dem Kopf. Wieso genau das so war, wusste ich nicht. Ich konnte ja nicht mal nachvollziehen, wie man einen Jungen süß finden kann, der jeden um sich herum nicht beachtet und womöglich sogar hasst.

Nein, Caroline, Themawechsel!

Nervös klopfte ich mit dem Bleistift auf das leere Stück Papier, welches vor mir auf dem Tisch lag. Von Ben war nichts zu sehen.

Nachdem ich über 30 Minuten gewartet hatte, beschloss ich, meine Gedanken einfach dem Bleistift zu überlassen. So konnte ich meinen Kopf leeren und wäre danach bereit, selbständig an meinem Projekt zu arbeiten. „Keine Einzelarbeit", hatte Angelika gesagt, doch dies war unmöglich, wenn nur eine Person Interesse daran zeigte.

Ich ließ los. Ich ließ einfach alles frei, was sich in mir staute.

Zuerst zeichnete ich nur viele schwarze, kurze Striche im oberen Drittel des Blattes. Ich wollte frei sein. Frei von den Belastungen der letzten Tage, der letzten Zeit, und frei von Gedanken an irgendwelche Mitschüler oder an Verpflichtungen der Schule gegenüber. Ich zeichnete und ließ mein inneres Ich den Stift führen. Ich war frei! Frei! Frei!

Nach einer Weile sortierte ich meine Gedanken neu. Als wäre ich in einer anderen Welt gewesen, kam ich wieder zurück ins Hier und Jetzt. Ich blickte auf das gezeichnete Blatt und erstarrte. Mein Unterbewusstsein, welches so frei von allen Belangen war, hatte in dieser Zeit ein Portrait von Ben gezeichnet. *Ben! Wieso gerade Ben?* Seine dunklen, vollen Haare, seine kantigen Gesichtszüge und seine fast schwarzen Augen. Sie waren genauso hypnotisierend wie die echten. Der Unterschied war jedoch, dass sie auf diesem Bild strahlten.

So hatte ich ihn noch nie gesehen. Sein Mund stand offen und lachte. Seine Augen versprühten eine Fröhlichkeit, eine Gelassenheit und völlige Zufriedenheit. So kannte ich ihn nicht, überhaupt nicht. Wie war ich dann im Stande, ihn so zu zeichnen?

Ich starrte auf das Portrait. Das Bild löste in mir dieses besondere Kribbeln aus. *Wie kann ein Blatt Papier so etwas auslösen?* Ich hatte keine Ahnung ...

„Ein schönes Bild", sagte eine sanfte Frauenstimme plötzlich hinter meinem Rücken. Erschrocken wandte ich mich um und sah in das Gesicht einer mir völlig unbekannten Frau. Ihr Blick war liebevoll auf meine Zeichnung gerichtet, wobei sich ein feines Lächeln um ihre Lippen bildete. „Wenn er lacht, dann lacht die Welt mit ihm." *Wer ist denn das*, fragte ich mich in Gedanken.

Die Frau setzte sich ungefragt neben mich auf die Bank, ohne ihre Augen vom Bild zu lösen. Ich runzelte die Stirn. *Was soll das Ganze?* „Das Lachen hat er leider vor einiger Zeit verloren", sagte sie etwas leiser und mit trauriger Stimme. „Nun herrscht nur noch Dunkelheit und diese schreckliche Verbitterung in ihm." Ich blickte sie fragend an. „Wer sind sie?", platzte es etwas barsch aus mir heraus. Ich mochte es nicht, wenn man mir beim Zeichnen über die Schultern schaute, und sich dann noch ungefragt neben mich zu setzen, fand ich nicht gerade toll. „Die Haare hat er von mir, den Mund übrigens auch." Sie lächelte das Bild an.

Das ist Bens Mutter? Erst jetzt fiel es mir auf. Ihre Haare waren ebenfalls dunkel und sie erinnerte mich wirklich irgendwie an Ben. Über ihrer rechten Augenbraue befand sich ein kleines Muttermal und wenn sie sprach, lispelte sie leicht.

„Sie sind seine Mutter?" „Unschwer zu erkennen, nicht?", antwortete sie lächelnd und blickte mich das erste Mal an. Ihre Augen waren genau so dunkel wie seine, aber ihre wirkten irgendwie mitgenommen. „Ben ist nicht hier. Vielleicht kommt er noch", sagte ich und begann, die auf dem Tisch verstreuten Blätter aufeinanderzustapeln. Das Bild von Ben möglichst weit unten. Sie lächelte mich an. „Du bist Caroline, richtig?" *Sie kennt meinen Namen?* „Ja", antwortete ich knapp. Sie nickte. Hatte Ben womöglich zu Hause von mir erzählt? Wie sonst konnte sie meinen Namen wissen?

„Das Projekt der Transformation ist sehr wichtig", sagte sie. *Nicht schon wieder jemand, der mir das sagt ...* „Vor allem für Ben", fügte sie leise hinzu. Ich runzelte die Stirn. *Ach ja? Für Ben wichtig? Das ist mir ja ganz neu ...*

Ihre Augen betrachteten den Stapel Blätter. Erste jetzt bemerkte ich, dass ich die Blätter umklammerte, so als würde ich etwas beschützen.

Diese Frau jagte mir irgendwie Angst ein. *Kein Wunder, dass ihr Sohn genauso eigenartig ist.*

„Ich muss nun wieder gehen. Es braucht sehr viel Energie, hier zu sein", sagte sie. *Ach ja? Braucht es das?* „Kannst du ihm etwas ausrichten?" Sie sah mich durchdringend an. *Den Blick hat er ohne Zweifel von der Mutter geerbt,* schoss es mir durch den Kopf. Ich nickte. „Sag ihm, er soll das Geschehene vergessen und seinem Vater verzeihen. Es ist nicht nötig, daran festzuhalten. Er hat es viel zu lange gemacht! Es genügt jetzt!" Ich nickte erneut. Konnte sie ihm das nicht selber ausrichten? Was gingen mich seine familiären Probleme an? Ich hatte schon selber genug! Die Frau stand langsam auf. „Und sag ihm, dass ich ihn liebe. Egal, was ist." Ich nickte wortlos. Eine eigenartige Familie war das. Eine unglaublich eigenartige Familie! Ich blickte Bens Mutter hinterher, bis sie hinter einer Kurve verschwand.

Meinem Vater hatte ich per Kurznachricht mitgeteilt, dass ich nach der Schule direkt zu Molly ging. Sie wohnte in einem gräulichen, dreistöckigen Haus. Ihre Eltern waren ihren Angaben nach nicht Zuhause. Wo sie sich genau aufhielten, hatte sie mir nicht gesagt.

Mollys Zimmer befand sich im obersten Stock und war riesengroß. Es umfasste praktisch das ganze Geschoss, und sie besaß sogar ein eigenes Badezimmer. „Wow", entfuhr es mir, als ich das alles sah. „Toll, nicht?", sagte Molly stolz. „Seid Ihr reich oder so was?", fragte ich. „Naja, Geld wird überbewertet", antwortete sie. Das konnte auch nur jemand sagen, der so was wie das hier hatte.

Ich ließ meinen Rucksack auf das Bett fallen und blickte mich um. Was für ein Zimmer! Sie besaß ein riesen Bett, einen Schreibtisch, Kommoden – ja, nicht nur eine – und sogar einen Schminktisch! *Wie cool! So was hätte ich auch gerne!*

„Das Tollste hast du aber noch gar nicht gesehen." Sie ging zu der Wand und öffnete eine Schiebetür. Dahinter kam ein riesengroßer begehbarer Kleiderschrank zum Vorschein, welcher mit Kleidern regelrecht vollgestopft war.

Mir blieb der Mund vor Staunen offen. So was kannte ich nur vom Fernsehen. Dass ausgerechnet eine Mitschülerin so was besaß, hätte ich nicht für möglich gehalten. „Hier drin werden wir bestimmt dein Kleid für die Fete finden", lächelte sie und strich über die Kleider. Mollys Eltern waren bestimmt reich. Wie konnte man sonst so etwas bezahlen?

Sie hatte einfach alles! Rote, blaue, gelbe, grüne und schwarze Kleider. Solche aus Samt, aus Polyester, Viskose und so weiter. Alles, was das Herz eines Mädchens begehrt.

Obwohl ich nicht so viel von Mode hielt, war das, was ich sah, ganz klar mein Ding. *Ich werde heute Abend bestimmt bezaubernd aussehen*, dachte ich und lachte vor lauter Freude laut auf.

„Wie ist das überhaupt möglich, dass du so viele Kleider besitzt?", fragte ich, „und dann noch in unterschiedlichen Größen? Was hat das überhaupt für einen Sinn?" Molly lächelte verlegen und kratzte sich am Kopf. „Ich nehme an, du hattest das „Unter-Vier-Augen-Gespräch" mit Angelika noch nicht?" Meinte sie etwa das, bei dem Angelika mir sagte, ich dürfte keine Einzelpräsentation machen? „So komisch, wie du aus der Wäsche schaust, anscheinend nicht." „Was ist mit dem Gespräch?", fragte ich neugierig nach. „Naja, das ist kompliziert." Sie kratz-

te sich erneut verlegen am Kopf. „Am besten sprichst du Angelika darauf an; sie kann alles erklären. Und jetzt such dir ein Kleid aus, sonst können wir nie auf die Party!"
Sie lachte und zog mich mitten in die Pracht der bunten Kleider hinein.

Seelenlos

Mit Simone hatten wir vereinbart, vor dem Eingang der Schule aufeinander zu warten, um gemeinsam hineinzugehen. Molly hatte sich für ein schulterfreies, rotes, knielanges Kleid mit recht gewagtem Ausschnitt entschieden. Es war eng geschnitten und setzte ihre zierliche Figur perfekt in Szene. Ihre langen schwarzen Haare hatte sie zu einer Banane hochgesteckt, und um ihren Hals hing eine goldene Kette mit einem großen, roten Stein. Molly stach mit ihrem Outfit jedem sofort ins Auge. Das gönnte ich ihr aus vollem Herzen. Sie sah wirklich bezaubernd aus!

Für mich wäre das aber nichts. Ich hatte mich für etwas eher Dezentes entschieden. Ich wollte nicht angestarrt werden, aber trotzdem toll aussehen.

Mein Kleid war aus einem matten, weiß-blauen Stoff, welcher am Oberkörper etwas anliegender war, und an der Hüfte ganz leicht auseinander ging. Es reichte mir bis zu meinen Fußknöcheln.

Ich hatte in meinem jetzigen Leben bisher noch nie so ein langes Kleid getragen. Die meisten endeten oberhalb der Knie. Das Kleid war ein sogenanntes „Neckholder"-Kleid: schulterfrei und im Nacken gebunden. Meine Schultern waren überhäuft von

Sommersprossen, was mir zunächst etwas unangenehm war; trotzdem gefiel mir dieses Kleid von allem am besten. Ich würde es einfach riskieren!

In der alten Schule hatten mich einige wegen meinen roten Haaren und den vielen Sommersprossen gehänselt. Hier hatte bis jetzt noch nie irgendjemand etwas gesagt. Ich hoffte, das würde auch so bleiben.

An meine Füße schmiegten sich zwei Schuhe im gleichen Farbton wie das Kleid. Sie besaßen einen kleinen Absatz, sodass ich gerade noch damit gehen konnte. Hohe Bleistiftabsätze waren nicht mein Ding. Ich kam mit ihnen einfach nicht klar.

Als ich Molly danach fragte, warum sie Schuhe in meiner Größe besaß (wir hatten definitiv nicht die gleiche Größe), hatte sie mir nur keck zugelächelt und geantwortet, das sei das Tolle hier. Wenn man es erstmal wüsste, dann könnte man fast alles haben, was man möchte. Was mit „es" gemeint war, wollte sie mir trotz mehrmaligem Nachfragen dann aber doch nicht verraten. Ich ließ es dabei bewenden. Die Freude über meine tolle Verwandlung war einfach zu groß.

Molly hatte darauf bestanden, uns dementsprechend zu schminken. Mit einem etwas mulmigen Gefühl hatte ich mich auf einem Stuhl in ihrem Zimmer niedergelassen und ließ mich von ihr schminken.

Ich war erstaunt über ihr Können. Sie hatte wirklich ein Händchen dafür. Ich sah einfach toll aus!

Molly und ich standen vor der Eingangstüre, während immer mehr Schüler kamen und hineingingen. Einige hatten sich ebenfalls in Schale geworfen, andere kamen in gewöhnlicher Alltagskleidung. Molly schimpfte hinter vorgehaltener Hand, wenn sie so jemanden erblickte. Ihrer Meinung nach war es Pflicht, sich für ein Fest auch dementsprechend zu kleiden – egal, ob es sich nur um ein banales Schulfest handelte.

Ich sah mich um. Von Simone war noch nichts zu sehen. „Sie kann einfach nicht pünktlich sein!", beklagte sich Molly und schaute sicher schon zum zehnten Mal auf ihre Uhr. Ich blickte mich suchend um. Wer weiß, vielleicht trat sie ja genau in dieser Minute in mein Blickfeld.

Augenblicklich durchfuhr mich ein Schauer. Ungefähr zehn Meter von uns entfernt, auf der gegenüberliegenden Straßenseite, befand sich ein unauffälliges Möbelgeschäft. Davor parkten einige Autos. Ich hatte nie Notiz davon genommen – bis dahin war auch alles ganz normal gewesen. Bis heute! Ein Mann in einem grauen Anzug stand regungslos da und starrte uns an. Seine Haut war schneeweiß, die kurzen Haare ebenfalls. Sogar seine Augenbrauen waren weiß! Ich hatte bis jetzt noch nie einen Albino gesehen.

Ich starrte zurück. In mir regte sich etwas. Zuerst konnte ich es nicht genau deuten, doch dann bemerkte ich, dass ich mich vor ihm fürchtete.

Er stand nur da und beobachtete uns. Ich fröstelte, obwohl es eigentlich noch angenehm warm war. Der Albino strahlte etwas Leeres aus, etwas völlig Seelenloses.

Angst überkam mich, und es war unmöglich, ihn nicht anzustarren. Meine Atmung ging nur noch schwach und oberflächlich. Ich hatte Angst! Ja, er löste wirklich eine unglaubliche Angst in mir aus.

„Da bist du ja!", rief Molly laut und packte mich am Arm. Ich zuckte merklich zusammen. Molly war jedoch so damit beschäftigt, mich zu Simone zu schleifen, dass ihr meine Reaktion entging. „Es tut mir leid. Ich musste noch aufs Klo, und dann konnte ich die Schuhe nicht finden!", entschuldigte sich Simone atemlos.

Ihre Worte drangen nur leise zu mir durch. Ich dachte immer noch an den Albino.

„Wow, Caroline, du siehst echt toll aus!", rief sie. „Habe ich dir nicht gesagt, dass sie das passende Outfit für dich hat?" Simone lachte heiter. Ich grinste ihr etwas gequält zu.

Meine Gedanken schwirrten um den seelenlosen Mann. Warum stand er einfach so da und beobachtete die Schule? Oder beobachtete er etwa uns? Es schauderte mich bei dem Gedanken.

„Lass uns jetzt aber reingehen", drängte Molly, „sonst sind wir noch die Letzten!" und stieß uns sanft zur Eingangstür. Währenddessen versuchte ich einen Blick zum Möbelhaus zu erhaschen, doch der Ort, an dem sich vorhin der Albino befand, war plötzlich menschenleer. Ich blieb an der Tür stehen und blickte mich um. Niemand zu sehen. Nirgendwo ein Albino. Er war einfach verschwunden.

Das Fest

Laute Musik hallte durch den Flur. Vor der Sekretariatstür stand ein blondes, mir unbekanntes Mädchen. Ihr liefen Tränen über die Wangen, während sie herzlich lachte. Ein Mann, der ungefähr sechzig Jahre alt war, stand gegenüber und strich ihr über den Arm. Auch er grinste über das ganze Gesicht. Molly und Simone blieben im Flur stehen und beobachteten die Szene. Mich interessierte jedoch etwas ganz anderes. Und zwar die Sekretariatstür, welche nun in blau leuchtete. War sie heute Morgen nicht noch grün, oder war sie gelb? Ich war verwirrt.

Wer machte sich die Mühe und strich die Tür immer und immer wieder um? Das war doch irgendwie völlig sinnlos, fand ich.

Molly seufzte laut und hielt ihre Hand aufs Herz. „Das ist einfach wunderschön", flötete sie und sah ganz hingerissen zu, wie sich das blonde Mädchen und der Mann umarmten. „Sie hat es geschafft", fügte Simone hinzu. Auch sie war von der Szene ganz bewegt.

Ich blickte von einer zur anderen. Was sollte daran faszinierend sein, wenn sich ein Mädchen und ein Mann umarmten? Und das noch im Flur einer Schule? „Ich kann es kaum erwarten, bis ich abgeholt werde", meinte Molly. „Was soll denn daran so toll sein?", fragte ich verwirrt. Simone räusperte sich und versetzte Molly einen leichten Schlag auf die Schulter. „Hey!", protestierte diese. „Naja, das ist schwierig zu erklären", antwortete Simone vorsichtig. „Genau", fügte Molly rasch hinzu, „und vor allem geht es sehr lange, das alles zu erklären. Dafür haben wir nun wirklich keine Zeit. Angelika wird es dir dann schon erklären." Simone nickte zustimmend. „Vergiss das Mädchen und ihren Vater, ok?", sagte Molly, „denn … die Party ruft!" Mit eiligen Schritten zog sie mich weg. Ich sah dem Mädchen nach. „Wieso weißt du, dass es ihr Vater ist?", fragte ich neugierig. „Weil es immer ein Verwandter ist", sagte Molly abgelenkt. Abrupt blieb sie stehen und starrte mich mit weit aufgerissenen Augen an. Simone schluckte leer. Ich hingegen blickte verständnislos zurück. Hatte ich irgendetwas verpasst? Plötzlich begann sie, laut und künstlich zu lachen. „Dieses Fest macht mich noch ganz verrückt! Los, komm schon, ich kann es kaum erwarten!" Molly packte mich am Arm und riss mich den Flur entlang.

Der Bass dröhnte. Hinter einer knallgelben Tür – welche mir noch nie aufgefallen war – sah ich Menschen herumstehen und miteinander sprechen. Diese Schule verblüffte mich immer wieder. Hier gab es

Türen, die vorher noch nicht da waren; jedenfalls kam mir das so vor.

Molly und Simone begannen, sich im Rhythmus der Musik zu bewegen und traten grinsend hinein. Ich blieb unter dem Türrahmen stehen und blickte mich verblüfft um.

Der Raum, in dem sich die Party befand, war so groß wie zwei Turnhallen zusammen. Wurde hier sonst Sport gelehrt?

An den Decken hingen verschiedenfarbige Tücher und Lametta. *So farbig wie die Schultüren,* dachte ich. Eine sich drehende Discokugel projizierte kleine, helle Punkte an die Wände.

Auf einer Seite war ein großes DJ-Pult aufgestellt, an dem sich ein Mann im Alter von ca. 25 Jahren befand und im Rhythmus der Musik tanzte. Er hielt einen Kopfhörer ans Ohr, um das nächste Lied vorzubereiten. Etwas weiter vorne tanzten einige Schüler.

Auf der gegenüberliegenden Seite standen mehrere Tische an den Wänden. Einige waren von salzigen und süßen Leckereien überhäuft, und auf den anderen standen Unmengen von Getränken. Alles war in knalligen Farben dekoriert, welche so zusammengestellt wurden, dass sie perfekt harmonierten.

In der Mitte und am Rand des Raumes befanden sich Sitzgelegenheiten. Bequeme Ledersofas in einem hellen Braunton trennten die Tanzfläche von der Buffetseite. Links und rechts vom Eingang stand in verschiedenen Abständen eine Reihe von Holzstühlen.

„Kann ich mal durch", fragte ein mir unbekannter Junge und drängte sich an mir vorbei.

Molly und Simone hatten sich in der Zwischenzeit einen Platz auf der Tanzfläche gesichert und winkten mich eifrig zu sich. Langsam ging ich zu ihnen.

Tanzen war nicht gerade meine Lieblingsbeschäftigung. Ich hätte lieber auf dem Sofa gesessen und den anderen dabei zugesehen.

Da ich mich für Molly zu wenig schnell bewegte, kam sie mir eilig entgegen und schleifte mich zu Simone. Diese tanzte ausgelassen und schwang ihre Arme auf alle Seiten. Ihr war es völlig egal, wie sie dabei aussah. Sie hatte Spaß, und das war das Einzige, was sie interessierte.

Ihre Ausgelassenheit war ansteckend. Ich begann, mich ebenfalls im Rhythmus der Musik zu bewegen, jedoch viel verhaltener als die anderen zwei. In meinem Innern spürte ich eine Angst hinaufkriechen, welche mich davor beschützen wollte, wegen meines Tanzstils ausgelacht zu werden.

Doch ich konnte unbesorgt sein. Hier wollte niemand den anderen auslachen. Hier wollte jeder nur Spaß!

Ich lachte. Die Fröhlichkeit und diese Leichtigkeit, welche im Raum vorhanden waren, hatten mich beflügelt, und ich getraute mich, alle Hemmungen fallenzulassen. Ich fühlte mich so frei, so voller Glück und ohne einen Schmerz in der Brust. Alles war einfach wundervoll harmonisch und leicht.

Ich schloss die Augen und sog dieses Gefühl in mir auf. Unglaublich! Es war so toll. Dieses Gefühl war so unbeschwert! Ich fühlte mich frei!

Lachend öffnete ich die Augen und erblickte Ben, der neben dem Eingang stand. Er lehnte mit dem Rücken an der Wand, sein Knie war angewinkelt, während sein Fuß ebenfalls an der Wand ruhte. In seiner Hand hielt er ausnahmsweise mal kein Messer, sondern einen Becher. Er trug ein kurzärmliges, schwarzes Hemd – welches seine gute Figur betonte – und dunkelblaue Jeans.

Sein Blick ruhte auf mir.

Ich hielt beim Tanzen inne. Das Kribbeln in meiner Magengegend verdrängte die Ruhe in mir. Meine Hände begannen zu schwitzen und mein Puls beschleunigte sich.

Ich konnte es nicht begreifen.

Wie gelingt es ihm nur, dass ich mich bei seinen Blicken immer unbehaglich fühle? „Ich muss was trinken", rief ich Molly zu. Diese nickte. „Wir kommen später!"
Hastig – so schnell es jedenfalls mit Absatzschuhen ging – begab ich mich zum Buffet. Meine Hände zitterten leicht, als ich mir eine alkoholfreie Früchtebowle einschenkte. An diesem Fest war alles alkoholfrei, was hier niemanden zu stören schien.
Mit tiefen Atemzügen versuchte ich, mich wieder zu beruhigen. Ich würde mich auf eines der Sofas in der Mitte des Raumes setzen und ihn einfach nicht beachten. Dann würde er vielleicht schnallen, dass er mich nicht ständig beobachten soll.
Mit dem vollen Becher in der Hand wandte ich mich um und konnte gerade noch verhindern, das Getränk zu verschütten. Ben stand vor mir und seine dunklen Augen durchbohrten mich. Seine Gesichtszüge waren ausdruckslos.
Augenblicklich schoss mein Puls wieder in die Höhe.
„Darf ich?", fragte er, und stellte sich neben mich, um sich ebenfalls einen Becher Bowle einzuschenken. Sein herbes, männliches Aftershave stieg mir in die Nase.
Ich schluckte schwer, als sein behaarter Arm beim Einschenken meinen streifte.
In meinem Kopf war ein einziges Wirrwarr.

Ich versuchte, die Gedanken zu sortieren. *Wieso ist er mir nachgelaufen?* „Verfolgst du mich?", platzte es aus mir heraus. Ben stellte sich zu mir und nahm einen Schluck. „Entschuldige! Ich wusste nicht, dass es verboten ist, sich etwas zu trinken zu holen", antwortete er ruhig. Seit wann war er so sarkastisch? „Ist das Kleid von Molly?", fragt er weiter. Seit wann interessierte er sich für meine Kleidung? „Wieso?", fragte ich scharf. „Mir war nicht bewusst, dass es nicht erlaubt ist, mit geliehenen Kleidern aufzutauchen!" Ben grinste kurz. *Er lacht?* Das war das erste Mal überhaupt!

Obwohl es nur von kurzer Dauer war, veränderte es sein sonst so finsteres Gesicht zu etwas Zartem. „Es ist bekannt", antwortete er mit ruhiger, aber fester Stimme, „dass Molly einfach alles hat. Mehr nicht."

Sprachlos! Ich war einfach nur sprachlos! Diesen Ben, den ich vor mir sah, kannte ich nicht. Was war geschehen? Er strahlte nichts Kühles aus; keine unterdrückte Wut oder durchbohrende Blicke waren zu spüren. Es war irgendwie – prickelnd. Unheimlich prickelnd.

„Sieht gut aus", erwähnte er beiläufig und ließ mich verdattert stehen, während er gelassen durch den Raum ging. *War das gerade ein Kompliment?* Nette Worte von dem Ben, der tagtäglich auf den See starrte und mit seinem Messer spielte? Ich war platt. Und unglaublich sprachlos.

Molly und Simone traten mit eiligen Schritten zu mir. „War das gerade Ben?", fragte Molly nervös. „Ja", antwortete ich etwas heiser. Mein Mund war staubtrocken.

Rasch, um meine innere Unruhe zu überspielen, nahm ich einen Schluck. Ich verzog das Gesicht. Die Bowle schmeckte mir nicht, aber da musste ich nun durch.

„So bezaubernd habe ich ihn noch nie erlebt!", schwärmte Molly aufgeregt. „Sieht er nicht gut aus in Hemd und Jeans?" Dass sie vorhin alle Schüler in Jeans verflucht hatte, hatte sie anscheinend vergessen.

„Komm wieder runter, Molly!", rief ihr Simone ins Ohr. „Du führst dich ja wie eine Verrückte auf!"

Ich musste unwillkürlich grinsen. Ich stellte mir vor, wie sie Ben mit verträumten Blicken durch das ganze Schulhaus folgte, und er rot vor Wut wurde. Dieses Bild war einfach zu köstlich. Simone und ich begannen zu lachen und machten uns einen Spaß daraus, Molly etwas zu necken.

Die Stunden verflogen, und wir drei wechselten immer wieder zwischen Tanzfläche und Buffet. Von Ben war keine Spur mehr zu sehen.

Meine nicht Absatz-trainierten Füße machten sich bemerkbar. Langsam war es mit dem Tanzen vorbei, obwohl es mir unglaublich Spaß machte. Etwas, was ich nie im Leben für möglich gehalten hätte.
Ich hatte gerade meinen leeren Becher auf einen Tisch gestellt, als mir Molly ihren Ellbogen in die Seite drückte. „Schau mal, da ist Ben wieder!", flötete sie. Simone warf mir ein verschmitztes Lächeln zu und verdrehte dabei die Augen.
Mollys Verhalten war belustigend, doch jedes Mal, wenn ich ihre glänzenden Augen sah, versetzte mir das einen leichten inneren Stich.
Ben saß auf einem Holzstuhl, die Ellbogen auf seine Knie gestützt, und dreht den Becher in seinen Fingern hin und her. Wahrscheinlich hatte er Entzugserscheinungen von seinem Messer. „Geschieht ihm recht", hörte ich mich leise sagen. Molly wandte mir ihren Kopf zu und lächelte. Ihre Augen funkelten und der Gesichtsausdruck war anders als sonst. „Ist was?", fragte ich langsam. „Du bist mir einen Gefallen schuldig", sagte sie. „Ach ja?" Fragend zog ich die Augenbrauen hoch. „Eine Hand wäscht die andere." Molly grinste. „Ich habe dir das Kleid geliehen, und du tust mir einen Gefallen." „Und der wäre?" Molly kicherte in sich hinein. Simone runzelte die Stirn.

Irgendetwas heckte sie gerade aus, und ich spielte darin eine Rolle, die mir nicht geheuer war. Das gefiel mir nicht. „Du gehst rüber zu Ben und fragst ihn, ob er mit mir tanzen will." Simone prustete laut hinaus. Ich schaute sie nur mit großen Augen an. Molly wollte mit Ben tanzen?
Das Bild, die beiden auf der Tanzfläche zu sehen, eng umschlungen bei langsamer Musik, löste Bauchkrämpfe in mir aus.
„Als würde Ben tanzen", grinste Simone. „Einen Versuch ist es wert!", entgegnete Molly. „Wenn Caroline fragt, dann wäre er ja vielleicht bereit. Mit ihr spricht er wenigstens." „Ich glaube nicht, dass er tanzen möchte", entgegnete ich. Es war mir nicht drum, zu Ben rüberzugehen und in seiner Nähe zu sein. „Komm schon, Caroline!", bettelte Molly. „Ich habe dir schließlich mit dem Kleid auch einen Gefallen getan!" Dass sie es mir eigentlich aufgedrängt hatte, behielt ich für mich. Stattdessen gab ich ihrem Wunsch nach. Wieso, wusste ich selber nicht. „Ok", sagte ich knapp und setzte mich in Bewegung. Molly grinste aufgeregt.
Der Weg zu ihm schien sich in die Länge zu ziehen. So groß war mir der Raum gar nicht in Erinnerung.
Ben war immer noch damit beschäftigt, mit seinem Becher zu spielen.

Nervös setzte ich mich auf einen freien Holzstuhl neben ihn. Er blickte auf und sah mir so tief in die Augen, als würde er meine Seele suchen. Meine Hände schwitzten und zitterten leicht.

„Vermisst du dein Messer?", fragte ich ihn. Innerlich schüttelte ich ab dieser blöden Frage den Kopf. *Konnte ich nicht mit etwas Gescheiterem anfangen?*

Ben grinste und betrachtete seinen Becher. „Eigentlich nicht, nein", antwortete er ruhig. „Ist dir nicht langweilig? Es befinden sich ganz viele nette Leute hier, die sich sicher gerne mit dir unterhalten würden", sprach ich weiter. Ben lachte kurz auf. „Ja, klar." *Was schwafle ich denn da! Reiß dich zusammen! Du benimmst dich ja wie eine ...* meine Augen weiteten sich, als ich es realisierte – *... eine Verrückte!*

Nicht Molly war die Verrückte von uns beiden, sondern ich selbst! Ich war verrückt nach ihm!

Ich starrte Ben an. „Alles in Ordnung?", fragte er mich und zog seine Augenbrauen hoch. Meine Wangen röteten sich und ich hoffte inbrünstig, er konnte die Antwort nicht auf meinem Gesicht lesen.

„Willst du tanzen?", schoss es aus mir heraus. Ben zog seine Augenbraue noch höher. „Du willst mit mir tanzen?", fragte er ungläubig. Mein Herz überschlug sich beinahe, so schnell raste es. „Ja!", schrie es aus meinem Innern, doch mein Verstand sprach

etwas anderes aus. „Nein", sagte ich leise, „Molly möchte." Bens netter Ausdruck verflüchtigte sich. So kannte ich ihn. Ohne jegliche Mimik, nur einen kühlen Blick. Das war der Ben vom Park.
„Kein Interesse", erwiderte er kalt, erhob sich und ging hinaus.

Nach Bens Verschwinden und meiner unglaublichen Erkenntnis, dass da mehr im Spiel war, als ich je geglaubt hätte, war mir der Spaß am Fest reichlich vergangen. Zum Glück wurde es bald Mitternacht und das Fest endete. Schließlich stand morgen wieder ein normaler Schultag auf dem Stundenplan.
Mein Vater hatte sich angeboten, uns abzuholen. Molly schmollte im Wagen, da sie der Meinung war, ich hätte mir zu wenig Mühe gegeben, Ben zu überreden, mit ihr zu tanzen. Stattdessen hätte ich ihn vergrault, und daher wäre er Hals über Kopf hinausgestürmt.
Ich hatte einen Kloß im Hals. Ich konnte ihr unmöglich erklären, dass meine Seele sich nach diesem skurrilen Typen – der mich teilweise ängstigte und doch faszinierte – sehnte.

Simone fuhren wir zuerst nach Hause und danach Molly. Ich nahm bei ihr noch kurz meine Kleider und den Rucksack mit, den ich dort deponiert hatte. Das ausgeliehene Kleid durfte ich ihr ein anderes Mal vorbeibringen.

Als ich im Bett lag, hatte es bereits eins geschlagen, doch an Schlaf war nicht zu denken. Ich war hellwach. Ich zerbrach mir den Kopf, warum ich nicht früher darauf gekommen war, dass Ben mich faszinierte. Eigenartiger Weise, war Miles vom Aussehen und Charakter her viel eher mein Typ. Doch Ben hatte einfach das gewisse Etwas. Etwas unbeschreiblich Anziehendes.

Das viele Tanzen forderte seinen Tribut, und ich schlief dann doch noch ein.

Ich befand mich im Park. Ben saß wie immer rittlings auf der Bank, blickte auf den See und spielte mit seinem Messer. Ohne ein Wort zu sagen, setzte ich mich auf meine Seite und betrachtete ihn. Sein dunkles Haar glänzte in der Sonne.

Ich musterte sein Gesicht. Er besaß eine schöne, geschwungene Nase und ein zierliches Kinn. Das war mir früher irgendwie nicht aufgefallen.

Ben sah auf, und seine schwarzen Augen brachten meine Wangen zum Glühen. Ohne etwas zu sagen, legte er das Messer auf den Tisch. Dann kletterte er auf die Sitzbank, stieg über die Tischplatte und setzte sich rittlings zu mir. Mein Herz flimmerte fast vor Nervosität.

Ben strahlte eine unglaubliche Ruhe aus, was mich noch mehr durcheinander brachte. Sein Blick ruhte auf mir, während seine Hand langsam mein Genick umfasste. Seine Haut war weich und warm. Vorsichtig zog er meinen Kopf zu sich hin. Ich starrte ihn unentwegt an und ließ ihn gewähren. Meine Hände waren ganz feucht vom Schwitzen, und mein Körper zitterte vor Verlangen, ihm noch näher zu sein.

Der herbe Duft des Aftershaves stieg in meine Nase.

Er zog mich immer näher zu sich, bis unsere Gesichter schlussendlich nur noch einige Zentimeter voneinander entfernt waren. Sein Blick hypnotisierte mich. Ich konnte nichts anderes als zu starren. Ich hatte dieses unglaubliche Verlangen, von ihm in die Arme genommen zu werden, seinen Herzschlag neben meinem zu spüren und seine zarte Haut zu berühren. Mein Verlangen wurde immer größer, während mein Herz immer schneller schlug, sodass ich befürchtete, noch Herzflattern zu bekommen.

Endlich, nach unglaublichen langen Sekunden, zog er mich ganz zu sich. Er legte seine Lippen vorsichtig auf meine, dann etwas stärker, bis sein Mund meinen umschloss. Seine Hand umfasste liebevoll mein Genick.

Ich presste meinen Körper an ihn und fuhr mit der Hand durch seine Haare. Mit der zweiten Hand umklammerte ich seinen Rücken.

Sein Atem beschleunigte sich genauso wie meiner. Wir zogen uns gegenseitig immer näher und näher, bis kein Sandkorn mehr zwischen unsere Körper passte.

Die sanften Küsse wurden hastiger und gieriger. Ben küsste meinen Hals, während ich leise aufstöhnte. Ich war so unglaublich gierig nach seinen Küssen. Auch wenn ich es gewollt hätte, es war mir unmöglich gewesen, von ihm abzulassen.

Ich sog die Luft um mich herum ein. Seine heißen Küsse und die Streicheleinheiten auf meinem Körper brachten mich beinahe zur Ohnmacht – so wunderbar waren sie.

Meine Hand umklammerte seinen Hinterkopf, während meine Lippen gierig seine suchten. Mein Körper bebte.

Er stöhnte leise auf, als meine Hand unter sein T-Shirt glitt und die warme Haut streichelte.

Ben küsste mein Schlüsselbein. Ein angenehmer Schauder durchzog meinen Körper.

Es gab keinen Zweifel: Wir wollten uns gegenseitig – und zwar sofort.

Mein Atem raste. Hastig zog ich ihm sein Shirt über den Kopf. Sein Lächeln war bezaubernd und strahlte diese unglaubliche Ruhe aus.

Ich strich ihm über seine haarlose Brust und entdeckte oberhalb der linken Brustwarze eine beeindruckende Tätowierung. Es war ein Kreis, in dem sich ein Keltischer Knoten befand. „Hat das eine besondere Bedeutung?", fragte ich keuchend und streichelte es.

Ein lautes, hohes Piepsen schmerzte in meinen Ohren. Augenblicklich riss ich die Augen auf und schlug mit der Hand barsch auf den Wecker neben mir. Mit einem lauten Stöhnen drückte ich mich ins Kissen zurück und starrte an die Decke. Mein Herz schlug immer noch schnell, wobei mein Körper angenehm kribbelte. *Ein Traum! Es war nur ein Traum!*

Indem ich die Augen schloss, versuchte ich, einen klaren Gedanken zu fassen. Seine Nähe brachte mich definitiv durcheinander.

Doch anstatt klar zu denken, durchlebte ich immer und immer wieder unsere Küsserei. Ich stöhnte erneut. So schnell würde ich das nicht loswerden. Und tief in mir drin wollte ich das auch irgendwie nicht.

Der Angriff

Da es diesen Morgen etwas kühler war als sonst, zog ich eine leichte Jacke über mein Shirt. Der Wetterbericht kündigte für die nächsten Tage Regen an.
Ich hatte keine Ahnung wie ich Ben gegenübertreten sollte. Einerseits versuchte mein Verstand mir einzubläuen, dass er nichts von meinen Gefühlen und den nächtlichen Träumen wusste. Mein Unterbewusstsein fand jedoch, dass ich deswegen trotzdem nervös und aufgeregt sein sollte.
Mit einem inneren Kampf gegen mich selbst setzte ich mich wie gewohnt auf die Bank im Park. Um mich abzulenken, nahm ich Stift und Papier in die Hand und begann, eine Tanne zu skizzieren.
Zeichnen hatte mich schon früher wieder auf normale Gedanken gebracht. Und jetzt war es dringend nötig, den Fokus wieder auf das Wesentliche zu richten. Und dies war, endlich mal mit der Präsentation zu beginnen!
Früher war ich immer eine sehr gewissenhafte Schülerin gewesen, doch seit Mutters Tod und mit dem Eintritt in diese Akademie war alles anders geworden.
Ich hatte auch überhaupt kein schlechtes Gewissen, dass ich am Freitag vielleicht gar nichts zum Präsen-

tieren hatte. Ein Gefühl, welches mir unglaublich fremd war.

Mein Puls hatte sich normalisiert, und meine Konzentration galt ganz alleine den Tannenästen. „Guten Morgen", sagte eine leise Stimme hinter meinem Rücken. Ich erschrak! Der Bleistift zog eine tiefe, schwarze Furche über das halbe Blatt. *Mist!*

Während Ben um den Tisch an seinen Platz ging, konnte ich sein Aftershave riechen. Mein Herz klopfte wild, während ich auf den dicken Strich auf meiner Zeichnung starrte. *Mist nochmal!*

„Etwas nervös heute?", fragte er beiläufig. „Etwa schlecht geträumt?" Seine Mundwinkel zuckten belustigt, während er mich beobachtete. Wortlos starrte ich ihn an. Wieso fragte er das? Wusste er etwa Bescheid über den Traum? Nein, das war unmöglich. *Reiß dich zusammen,* ermahnte ich mich. *Wenn du so blöd aus der Wäsche guckst, dann fragt er nur zu recht.* „Etwas kurz", antwortete ich mit leicht zittriger Stimme. Ich kramte meinen Radiergummi hervor und versuchte, mich damit abzulenken, die Zeichnung irgendwie zu retten.

„Die Tanne ist im Eimer. Schade, wenn man zu nervös ist, um einen Bleistift richtig zu halten", sagte er grinsend. Ich blickte auf. Ben stützte seinen Ellbogen auf dem Tisch auf, während sein Kinn in der

Hand ruhte. Belustigt beobachtete er mein Treiben. Mein Hals war so trocken, dass ich Mühe mit Schlucken hatte. *Er kann es nicht wissen! Er kann es nicht wissen,* versuchte ich mir einzutrichtern. Je häufiger ich mir das selber sagte, desto rascher verlor ich den Glauben daran. *Du musst an etwas anderes denken,* dachte ich. *Denk an was Neutrales!* Aber an was? Meine Gedanken machten mich ganz hibbelig.

„Warum so still heute? Ist was los?", foppte Ben, „War ich im Traum unartig?" Er grinste über das ganze Gesicht. Ich hielt in der Bewegung inne und starrte ihn mit offenem Mund an. *Wenn der nichts weiß, fresse ich einen Besen,* dachte ich. Aber das konnte doch unmöglich wahr sein!

Bens dunkle Augen fixierten die meinen und verschlangen mich regelrecht. Es kribbelte im ganzen Körper. Das Verlangen, ihm so nah wie im Traum zu sein, wurde immer stärker. Mit großer Überwindung entzog ich mich seinem anziehenden Blick und starrte auf das Blatt. Der Strich war immer noch zu sehen.

Hastig begann ich wieder zu radieren. *Er weiß nichts. Er bemerkt nur deine Nervosität und will dich damit aufziehen. Denk an was anderes ... an Blumen und Bienen ...* nein, das war definitiv das falsche Bild. *An Schwäne im Wasser ...* nein, auch nicht nervenberuhigend ...

a*n deine Zeichnungen vom See, diese Zeichnung mit der Tanne* – ich stockte – *oder das Bild vom lachenden Ben!*

Das Bild! Ich hatte ganz vergessen, ihm etwas von seiner Mutter auszurichten.

Das war es! Ich hoffte inbrünstig, dass ich damit das Thema auf ihn lenken konnte.

„Ach ja, übrigens", begann ich stotternd, „deine Mutter war hier. Ich hab es ganz vergessen gestern, es war einfach zu viel los. Du weißt ja, mit dem Fest und so." Ich plapperte unbeschwert drauflos, immer noch darauf konzentriert, den Strich aus meiner Zeichnung zu radieren. „Sie stand plötzlich hinter mir und hat mich erschreckt. Kannst ihr also ausrichten, dass sie das in Zukunft unterlassen soll. Das fand ich nicht gerade witzig." „Schnauze!", schrie mich Ben von der anderen Seite an. Er war aufgesprungen und hatte ein knallrotes, wütendes Gesicht. Seine Augen funkelten pechschwarz, während die Kieferknochen wie wild mahlten.

Erschrocken blickte ich ihn an. Was war denn jetzt schon wieder? Hatte ich was Falsches gesagt? „Aber deine Mutter ...", sagte ich leise, doch ich kam nicht mehr dazu, weiterzusprechen.

Mit einem Satz sprang er auf die Bank und hechtete über die Tischplatte. Seine Hände packten meine Schultern und rissen mich ruckartig rückwärts auf den Boden, sodass ich ungebremst auf den Rücken fiel. Es verschlug mir den Atem.

Ben saß auf meinem Körper und drückte dabei immer wieder meine Schultern heftig ins Gras. Ich japste nach Luft. Meine Hände versuchten krampfhaft, Ben irgendwie zu greifen, um ihn davon abzuhalten, mich immer und immer wieder niederzudrücken. Sein Blick war unkontrolliert und voller Zorn.

„Sag so was nie wieder!", schrie er mich an. Sein Gesicht wurde immer röter und der Griff immer fester.

Panik erfüllte mich, und ich war unfähig zu schreien! Meine Lungen stachen vor Sauerstoffmangel, und in meinem Kopf begann sich alles zu drehen. „Du kennst sie nicht!", schrie er weiter. „Sie … sie …", japste ich, brachte aber kein weiteres Wort heraus. „Sprich nie wieder von ihr!" Seine Augen füllten sich mit Tränen, was seine Wut aber nicht bremste.

Um mich herum drehte sich alles immer stärker. Ben war außer Kontrolle. Ich befürchtete, er würde mich noch umbringen, wenn er so weitermachte. „Kleines Muttermal über dem Auge und lispelt", presste ich leise hervor.

Der Park drehte sich vor meinen Augen immer und immer mehr. Erst langsam bemerkte ich, dass sich Bens Griff gelockert hatte. Er schüttelte mich nicht

mehr. Geschockt starrte er mich an. Tränen liefen ihm übers Gesicht. Sein Atem ging hastig. „Wie ...", fragte er stotternd, „wie kannst du das wissen?"
Er blickte auf seine Hände und ließ abrupt meine Schultern los. „Sie kann das nicht wissen. Sie kann das nicht wissen. Das ist unmöglich!", flüsterte er sich selber zu, während er langsam aufstand. Verwirrt schweiften seine Blicke immer wieder zwischen seinen Händen und meinem schmerzenden Körper hin und her.
Die Gegend um mich herum drehte sich immer noch leicht.
Ein Gemisch aus Erleichterung, Furcht und Traurigkeit kroch in mir hoch. Wortlos begann ich zu weinen. Ben griff sich an den Kopf und starrte mich verdattert an. „Was habe ich getan! Was habe ich bloß getan", murmelte er konfus. Langsam beruhigte sich alles wieder, und ich spürte, wie frische Luft in meine Lungen drang. „Oh Gott, was habe ich getan!", flüsterte Ben und rannte stolpernd aus dem Park.
Ich blieb auf dem Gras liegen und versuchte, meine Gedanken zu ordnen. An meinen Schultern spürte ich immer noch Bens festen Griff. Mein Rücken schmerzte. Immer mehr Tränen liefen mir übers Gesicht. Mein Herz fühlte sich an, als wäre es gerade

in tausend Stücke zersprungen. *Was ist geschehen? Wieso hatte er mich angegriffen? Ich wollte ihm doch nur etwas ausrichten.* Ich schluchzte laut und rollte mich auf die Seite.

„Caroline? Caroline, alles in Ordnung?" Ich hörte Miles besorgte Stimme hinter meinen Rücken. Er keuchte. Anscheinend war er die Kuppe hinaufgerannt, um mir zu helfen.

Ich konnte ihm nicht antworten. Lautes Schluchzen drang aus meiner Kehle, während mir bittere Tränen über die Wangen rannen. Miles strich mir langsam über den Arm. Er sagte kein Wort mehr, bis mein innerer Schmerz nachließ und das Schluchzen aufhörte.

Ich versuchte, mich aufzusetzen, wobei er mir vorsichtig half. Er setzte sich aufs Gras und legte fürsorglich seinen Arm um mich. Dankend schmiegte ich mich an seine Brust und seufzte laut.

Mein Herz war unglaublich schwer. So schwer hatte es sich noch nie angefühlt: als bestehe es aus Blei und nicht aus einem Muskel.

Ich konnte nicht begreifen, warum Ben mich angegriffen hatte. Immer und immer wieder stellte ich mir die gleiche Frage.

Miles gab mir einen sanften Kuss aufs Haar. Ich fühlte weder ein Zittern noch sonst ein Gefühl in mir. Ich war momentan emotional tot. Der Kampf hatte mich innerlich erschlagen, und die Wunden mussten erst geheilt werden.

„Es tut mir leid, Caroline. Es tut mir so leid, dass ich nicht früher bei dir war", flüsterte Miles mitleidig. Ich schloss die Augen und drückte mich noch fester an seine Brust. Jemanden zu haben, der einen einfach so in den Arm nahm, tat gut. Ich fühlte mich geborgen.

Ich war mir sicher, Miles war nicht so wie Ben. Er würde nie seine Hand gegen mich richten. Nicht Miles!

„Wir sollten von hier fort", meinte er besorgt. Ich nickte. Vorsichtig half er mir hoch. Er verstaute meine Utensilien, welche auf dem Tisch lagen, in meinem Rucksack und warf ihn sich über die Schulter. Den anderen Arm legte er um mich, und wir gingen wortlos zum See hinunter.

Ich hatte keine Ahnung, wohin wir gingen – es war mir egal. Ich wollte nur weg von hier. Weg von alldem, was mich an Ben erinnerte und an die Schmerzen, die er mir zugefügt hatte.

Die Greisin

Keine Ahnung, wie lange wir so nebeneinander her gingen. Irgendwann erwachte ich wieder aus meiner Erstarrung und bemerkte, dass wir uns in einem Stadtteil befanden, den ich nicht kannte.
„Wohin gehen wir?", fragte ich leise. Miles lächelte mich liebevoll an. „Ich dachte nach all dem, würde dir ein ruhiger Ort und eine Tasse Tee gut tun." Ich nickte wortlos.
In diesem Teil der Stadt waren die Straßen recht schmutzig. Immer wieder sah ich irgendwelchen Müll auf dem Boden liegen.
Miles bemerkte meinen Blick. „Du musst den Schmutz entschuldigen. Wir haben zur Zeit gerade ein Problem mit der Müllabfuhr. Das sollte aber in einigen Tagen erledigt sein." Ich nickte. Die Probleme mit der Müllabfuhr interessierten mich nicht; ich hatte andere Sorgen.
Auf der rechten Seite hing ein großes Schild an der Wand. In fetten roten Buchstaben stand „Hell´s Kitchen" darauf. „Hell´s Kitchen", sagte ich leise. „Diabolisch gutes Essen", fügte Miles grinsend hinzu. „Du kannst es mir ruhig glauben."
Ich schmunzelte leicht. In seinen tröstenden Armen konnte ich langsam wieder klare Gedanken fassen.

„Wir sind hier." Miles öffnete eine schwere, hölzerne Tür und führte mich die Treppen hoch. „Ich hoffe, es macht dir nichts aus, dass ich dich zu mir bringe. Ein anderer ruhiger Ort ist mir auf die Schnelle nicht eingefallen." „Das ist schon in Ordnung", beruhigte ich ihn.

Die Neugierde, wie er wohl hauste, machte sich bei mir bemerkbar.

Im ersten Stock nahm er den Schlüssel aus der Hosentasche und schloss die Haustüre auf. „Voilà." Lächelnd bat er mich hinein.

Seine Wohnung war geräumig und hell. So was in der Art hatte ich mir für später auch vorgestellt. Ein weißes Sofa stand neben dem großen Fenster. Dahinter befand sich ein kleiner Balkon. Auf einem buchefarbenen Sideboard standen verschiedene Topfpflanzen. Wow! Einen grünen Daumen schien er auch zu haben. Gegenüber dem Sofa stand ein großer, schwarzer Flachbildfernseher.

Miles kratzte sich verlegen am Hinterkopf. „Nicht gerade das, was man sich von einer Junggesellenbude vorstellt, oder? Ich bin da halt anders, denn ich mag es hell und aufgeräumt. Ich hoffe, es gefällt dir trotzdem." „Du hast einen guten Geschmack, Miles. Ich finde es wirklich toll hier", antwortete ich. „Glück gehabt", schmunzelte er.

„Setz dich doch, ich mache dir einen Tee, ok?" Ich nickte und setzte mich auf das weiche Sofa.

Ein kühler Schauder durchzog mich plötzlich, und ich schlang die Arme um mich. Die ganze Aufregung im Park hatte mich mehr mitgenommen als gedacht. Ich fühlte mich einfach nur müde.

Miles war in ein anderes Zimmer verschwunden, kam aber kurz darauf mit einer blauen Decke zurück. Er setzte sich neben mich auf das Sofa. „Damit du nicht frierst", lächelte er.

Sanft legte er sie mir um die Schultern und hielt sie mit beiden Händen fest. Wortlos blickte er mich mit seinen klaren, blauen Augen an. Er sah wirklich unglaublich gut aus.

Mein Herz klopfte etwas stärker, während ich mir vor Nervosität auf die Lippen biss. War er kurz davor, das zu tun, was ich gerade dachte? Ich wurde immer nervöser.

Vorsichtig näherte sich Miles. Seine blauen Augen verzauberten einen regelrecht. Ich konnte keinen klaren Gedanken mehr fassen. Ich war richtig in seinem Bann gefangen.

Er kam noch ein Stück näher, hielt dann aber in der Bewegung inne. Er war sich offensichtlich nicht ganz sicher, ob ich das Gleiche wollte wie er. Aber ja, ich wollte seine Nähe. Und ja, ich wollte gehalten werden von seinen starken Armen und alles vergessen, was diesen Vormittag geschah.

Zögerlich näherte ich mich. Ein lieblicher, leicht süßlicher Duft kitzelte meine Nase. Ich kam ihm immer näher, bis meine Lippen vorsichtig seine umschlossen. Miles zog mich mit der Decke an sich heran, während meine Hände seinen kräftigen Rücken streichelten. Miles stöhnte kurz auf und küsste mich noch inniger.

Ich vergaß für den Moment alles um mich herum. Ich konzentrierte mich nur auf seine liebevollen Streicheleinheiten und die innigen Küsse. Mein Magen kribbelte leicht.

Eine starke Schulter zum Anlehnen, Küsse die meine Sinne vernebelten und – das Pünktchen auf dem i – ein Aussehen, das mich blendete. So einen Jungen hatte ich mir in meinen Träumen vorgestellt. In meinen kühnsten Fantasien hätte ich aber nie gedacht, dass genau so ein toller Junge mich haben wollte. Mich, das rothaarige Mädchen, das früher in der Schule gehänselt wurde.

Miles war ein Gentleman und einfach traumhaft! Genau das Gegenteil von Ben. Ben! Der Gedanke an ihn schoss mir wie ein gewaltiger Schmerz durch Mark und Bein. Ich löste meine Lippen hastig von Miles und strich mir übers Gesicht, um einen klaren

Kopf zu bekommen. Egal, was Ben mir auch angetan hatte. Egal, wie schwer er mich verletzt hatte – Er war viel zu tief in meinem Herzen.
Es war einfach dieses unbeschreibliche Gefühl, wenn er in meiner Nähe war, welches mich nicht losließ. Sich nun in die Arme eines anderen zu flüchten, nur weil ich gekränkt und verletzt war, schien mir falsch.
„Tut mir leid. Ich wurde offensichtlich etwas zu stark von meinen Gefühlen geleitet", entschuldigte sich Miles. „Es ist nur so, dass ich es lieber langsam angehen möchte", flunkerte ich. War es wirklich richtig zu lügen?
Ohne ihn anzusehen, strich ich mir übers Gesicht. Er sollte nicht merken, dass der eigentliche Grund für meine starken Gefühle Ben war. Wie sollte ich Miles beibringen, dass er das Rennen um mich verloren hatte, ohne ihn vor den Kopf zu stoßen oder sogar zu verletzen? Auch wenn wir kein Liebespaar waren, er bedeutete mir trotzdem sehr viel, und ich wollte seine Nähe nicht missen. Ja, eine Lüge zur Not war definitiv ok.
„Das verstehe ich", antwortete Miles und strich mir kurz übers Knie. „Ich mache uns einen Tee, ok?"
Ich nickte. „Danke", flüsterte ich und zog die Decke etwas enger um mich. Irgendwie fröstelte es mich immer noch.

Nachdem wir recht schweigend unseren Tee getrunken hatten, ruhte ich mich noch kurz auf dem Sofa aus. Miles war der Meinung, ich sollte mich kurz hinlegen und etwas ausspannen, während er in der Küche die Tassen abwusch. Danach würde er mich wieder zurück in die Schule bringen.

Plötzlich befand ich mich wieder im Park. Ich lag mit dem Rücken auf dem Gras und blickte zum Himmel. Es war heiß, unglaublich heiß. Schweißtropfen liefen mir übers Gesicht. Warum war es so heiß hier? Ich drehte meinen Kopf und starrte auf das Gras neben mir. Ich stockte. Die Wiese hatte sich verändert. Das sonst so satte Grün war bräunlich verfärbt und ganz ausgetrocknet. Ich hob ein Büschel hoch und ließ es durch meine Finger gleiten. *Eigenartig,* dachte ich.

Ich blickte mich um. Die Bäume um mich herum sahen nicht besser aus. Alle Blätter waren abgefallen und sie standen ganz nackt, wie sonst nur im Winter, da. Sogar die Tannen hatten ihr Nadelkleid verloren. *Das ist doch nicht möglich,* schoss es mir durch den Kopf. Und warum war es eigentlich hier plötzlich so heiß wie in einem Dampfbad?

Langsam richtete ich mich auf und drehte meinen Kopf zum See.

Entsetzt hielt ich inne.

Mit großen Augen und weit aufgesperrtem Mund starrte ich auf das Wasser – oder besser gesagt, auf den Ort, wo sich einmal Wasser befand.
Da war kein einziger Tropfen mehr davon zu sehen. Stattdessen brannte ein riesiges Feuer darauf. Flammen züngelten meterhoch zum Himmel empor. Trotz der starken Hitze lief mir ein kalter Schauer über den Rücken.
Der Park war in einem schrecklichen Zustand. Alles war durch die Hitze verkommen. Tote Baumstämme und braunes Gras, wohin das Auge reichte. Die Bank, auf der Ben und ich immer saßen, bestand nur noch aus steinernen Überresten und war kaum wiederzuerkennen.
Eine Bewegung hinter meiner rechten Schulter riss mich aus meinem Entsetzen. Ich wandte mich schnell um. Eine alte Frau mit langen, verfilzten grauen Haaren, stand kaum einen Meter von mir entfernt. Ihre Kleidung war zerrissen und ihre Haut ganz faltenreich. Ihre glasig-weißen Augen durchbohrten mich. Die Frau ängstigte mich.
Sie kam langsam näher und zeigte mit ihrem langen, verkrüppelten Zeigefingern auf mich. „Pass auf!", zischte sie und packte mich mit ihren knochigen Händen.
Ich schrie und riss die Augen auf. Mein Herz raste.

Ich spürte immer noch die Hitze auf meinem Gesicht.

Orientierungslos blickte ich mich um. Ich erkannte die Eingangstüre, das weiße Sofa, auf dem ich lag und erblickte Miles, der gerade aus der Küche gestürmt kam.

„Was ist passiert?", fragte er besorgt und kniete sich zu mir hin. Etwas bleiern richtete ich mich auf und strich eine Strähne aus dem Gesicht. „Schlecht geträumt, mehr nicht", antwortete ich matt. Miles runzelte die Stirn. „Geträumt? Was hast du denn geträumt?", fragte er mit leicht gepresster Stimme. „Träume sind Schäume, das weißt du, oder? Man kann ihnen nicht trauen!" Seine Augen sahen mich forschend an.

Diesen Blick kannte ich gar nicht an ihm. „Was hast du denn geträumt?" *Wieso ist das so wichtig für ihn?* „Vom Vormittag", flüsterte ich heiser. Irgendetwas in mir wollte nicht, dass ich ihm die Wahrheit sagte. Ich verstand sie ja selber nicht mal. Es hatte sich so real angefühlt, als wäre ich wirklich dort gewesen.

Miles legte seine Hand auf mein Knie. Seine Nähe war mir plötzlich unangenehm. Alles hier war mir plötzlich unbehaglich.

Ich musste hier raus, meinen Kopf frei bekommen.

„Ich sollte wieder zurückgehen", sagte ich, „sonst

vermissen sie mich noch." „Du kannst gerne noch bleiben. Ich würde mich jedenfalls über deine Gesellschaft freuen", entgegnete Miles. „Du musst nur sagen, ich bleibe bei dir." Er zwinkerte mir zu. „Ich könnte uns auch was Schönes kochen. Ich mache eine super Lasagne." Er lächelte hoffnungsvoll.
„So gern ich auch möchte, ich sollte wirklich zurückgehen." „Kein ‚Ich bleibe bei dir'?", fragte er erneut und schaute wie ein bettelnder Hund. Ich lächelte. „Leider nein." „Schade." Er reichte die Hand und half mir hoch. „Du weißt aber, du kannst jederzeit wiederkommen. Meine Tür steht dir offen." „Danke", flüsterte ich. Miles Augen funkelten, während er mein Gesicht in beide Hände nahm. „Ich bleibe bei dir. Du musst nur diese Worte sagen", hauchte er und drückte seine Lippen auf meine.

Asozial

Es dauerte lange, bis ich diesen wirren Traum endlich verbannen konnte. Die Erinnerung an die Greisin mit den verfilzten Haaren ließ mich immer wieder erschaudern. Ich hatte auch schon Albträume, doch so real wie dieser war noch keiner gewesen.

Als ich durch die Eingangstür der Angelika Engel Akademie schritt, war es bereits 14 Uhr. Wahrscheinlich hatten mich Simone und Molly beim Mittagessen vermisst, sich aber nicht viel dabei gedacht. Auf meinem Handy war jedenfalls keine Kurznachricht eingegangen.

Obwohl es draußen mittlerweile etwas schöner war, behielt ich mein Jäckchen an. Es fror mich immer noch. Heute Abend würde ich ein warmes Bad nehmen und all diese kalten Gefühle in meinem Körper loslassen.

Ben befand sich vermutlich wie immer im Park; daher war es für mich keine Option, dorthin zu gehen. Ich wollte ihn nicht sehen. Nicht nach dem, was er mir heute Morgen angetan hatte.

Ich beschloss, mich ins Musikzimmer zu verkrümeln.

Als ich an der Sekretariatstüre vorbei ging, leuchtete sie in einem hellen Orange. Ich schüttelte den Kopf.

Ich hatte keine Lust, über den ständigen Farbwechsel der Türen nachzudenken. Meine Gedanken waren schon genug in Mitleidenschaft gezogen worden.

Im Musikzimmer befanden sich bereits einige der anderen Schüler und arbeiteten fleißig an ihrer Präsentation. *Morgen ist die Präsentation, und ich habe nichts! Noch gar nichts,* dachte ich. Nicht gerade ein toller Einstieg in eine neue Schule.

Ben war einfach an allem schuld! Hätte er sich mehr für die Sache eingesetzt, stünden wir jetzt nicht so schlecht da.

Wir! Das Wort „wir" gab es bei dieser Präsentation gar nicht. Von Anfang an hatte er mir eingebläut, dass ich es ohne ihn durchziehen müsse. Nur wegen Angelika und ihrer Bitte, es gemeinsam zu machen, hatte ich mich daran gehalten.

Ich spähte in den Essraum. Auch hier hielten sich einige Schüler auf. Zwar hätte ich mich an einen Tisch an der Ecke setzen können, doch ich wollte alleine sein. Ganz alleine, ohne Geplapper von den anderen.

Ich ging also wieder und trat in den Flur. *Wohin jetzt?* Das fragte ich mich, als mir die gelbe Tür ins Auge stach. Da hatten wir unser Fest gefeiert und da hatte ich erkannt, dass Ben für mich mehr war als nur ein gewöhnlicher Mitschüler. Es stach in meinem Herzen. Immer wenn ich an ihn dachte, stach eine unsichtbare, riesige Nadel in mein Herz und ließ es bluten.

Ich öffnete die Tür und spähte hinein. Der Raum war riesig! Nichts erinnerte mehr daran, dass hier erst vor kurzem ein Fest gefeiert wurde – dass gelacht, getanzt und gegessen wurde. Ich blickte bloß in einen riesigen, leeren Raum mit grauen Wänden. Nicht mal die Discokugel hing noch an der Decke. Das turnhallenartige Zimmer stand einfach komplett leer.

Ich ging in die Mitte des Raumes und schloss die Augen. Vorsichtig versuchte ich, die Erinnerungen heraufzubeschwören. Die tolle, entspannte Zeit, welche ich hier mit Simone und Molly verbracht hatte, das Gefühl der Freiheit, die gemütlichen Sofas und das leckere Essen. Ich atmete tief.

In meiner Erinnerung erkannte ich zu meiner Linken die große Tanzfläche. Der DJ bewegte sich im Rhythmus der Musik, während er das Mischpult bediente. Zu meiner Rechten befand sich das große Buffet mit den verschiedenen Leckereien. Ich konnte nicht mal alle probieren – Es waren so viele. Was hatten sie mit dem Rest gemacht? Weggeworfen oder jemandem mitgegeben? Ich wusste es nicht. Ich erkannte die bunten Farben um mich herum.

Erneut atmete ich tief ein und aus. Das entspannte Gefühl des Abends stieg langsam aus meiner Erinnerung hoch. Ich spürte die Freude in mir, mein Strahlen, die Hitze während des Tanzens und den Geruch von Bens Aftershave.

Augenblicklich riss ich die Augen auf und fuhr wie eine Furie herum. Mein Herz pochte mir bis zum Hals.

Ben stand kaum einen Meter entfernt und blickte mich wortlos an. Ich schluckte leer. Seine sonst so grimmigen Augen hatten etwas Trauriges, aber Angespanntes. Sie waren gerötet, und darunter hatten sich dunkle Ringe gebildet. *Hat er etwa geweint?*

Ben fand immer noch keine Worte. Er blickte mich nur an. Meine Hände begannen zu zittern. Ich wusste nicht, was ich tun sollte.

Wie ein Fluchttier wollte ich einerseits vor dieser Person flüchten. Andererseits sehnte sich etwas in mir, ihn zu berühren und sogar zu küssen.

Ich hatte immer noch keine Entscheidung gefällt, als er leise zu sprechen begann. „Es tut mir so leid", flüsterte er beinahe lautlos. Ich sah ihn wortlos an. „Ich … es …", stotterte er, „bitte, verzeih mir einfach." Zorn überkam mich. Verzeihen! Er hatte mich angegriffen, und das Einzige, was er sagte, war ‚Verzeih mir'? Einfach so?

„Verzeihen?", zischte ich, „Ich soll dir verzeihen? Du hast mich angefallen wie ein Raubtier! Du hättest mich töten können!" In seinen Augen bildeten sich kleine Tränen. „Ich kann dich nicht töten", widersprach er leise. „Ach ja?", schrie ich weiter, „du bist unberechenbar, spielst wie ein Verrückter den ganzen Tag mit einem Messer und ...", „Ich brauche das Messer nicht mehr", unterbrach er. „Unterbrich mich nicht!", schrie ich ihn an. Meine Augen funkelten vor aufgestauter Wut. Hätte ich es gekonnt, hätte ich ihn am liebsten gepackt und auf den Boden geworfen, so wütend war ich.

„Du bist einfach nur unmöglich! Man kann weder mit dir richtig reden noch eine einfache Präsentation – die übrigens morgen fertig sein sollte – vorbereiten! Du versuchst, allen Angst einzujagen, weil du ein überheblicher, dummer Junge bist, der kein Selbstwertgefühl hat! Und ich – doofe Kuh – war so dumm, dass ich es immer aufs Neue versucht habe mit dir!" Ich war richtig in Rage. „Du bist asozial! Verstehst du? ASOZIAL!", schrie ich laut und stampfte an ihm vorbei.

„Meine Mutter ist tot!", rief er mir zu, kurz bevor ich die Tür erreichte. Ich blieb abrupt stehen und starrte in die offene Tür. *Was hat er gerade gesagt?* „Wieso kannst du dann wissen, wie sie aussieht?"

Ich spürte seinen forschenden Blick an meinem Hinterkopf. Ich hörte Schritte, die sich langsam näherten. „Wie ist das also möglich?", fragte er angespannt. Ich drehte mich langsam um. Mein Herz klopfte wild. Ich verstand es nun. Für mich war alles logisch. Sein Verhalten – welches unglaublich brutal war, aber auch seine Fassungslosigkeit, die sich in seinen Augen spiegelte.

„Wieso weißt du es!", fragte er laut. Er war innerlich aufgewühlt. „Ich kann mit Toten sprechen", sagte ich sanft, im Versuch die Situation aufzulockern. „Das ist nicht witzig!", zischte er. Seine Augen funkelten zornig, und die Kiefer mahlten wie immer, wenn er angespannt war. Vom entschuldigenden Blick von vorhin war nichts mehr zu sehen. „Was, wenn es die Wahrheit ist?", sagte ich langsam.

Wie sollte ich ihm erklären, dass ich anscheinend genau die gleiche Gabe hatte wie meine Mutter?

„Erzähl keinen Müll, Caroline." Er kam noch näher. Ich fürchtete mich leicht, wollte es ihm aber nicht zeigen. Seine Stimme wurde leise, zischte aber gefährlicher als sonst. „Du spielst mit den Gefühlen von anderen, und es scheint dir großen Spaß zu bereiten. Dabei solltest du lieber aufpassen, denn du stocherst in Wunden, von denen du keine Ahnung hast." Energisch schüttelte ich den Kopf. Ich wollte

gerade zu einer Rechtfertigung ansetzen, als er fortfuhr. „DU bist der Abschaum von uns beiden! DU bist asozial!" Er wollte, ohne mir eine Chance auf Rechtfertigung zu geben, an mir vorbeirauschen. Doch so was ließ ich nicht auf mir sitzen!
Ich ging schlagartig einen Schritt rückwärts und stemmte die Arme beidseitig in den Türrahmen. Wollte er an mir vorbei, würde er mich rammen müssen!
Mit heftigem Herzklopfen stand ich wie ein Fels in der Tür.
Zornesröte kroch über Bens Gesicht. Seine Pupillen wirkten noch viel schwärzer als sonst, und sein Mund war vor Wut nur noch ein Strich. „Wie kannst du es wagen", zischte er. Ich blickte ihm wortlos in die Augen. Ich würde ihn nicht vorbei lassen - nicht jetzt! Würde ich das zulassen, wäre alles vorbei! Wir hätten morgen nichts Gemeinsames zu präsentieren, und wir würden uns danach nie wieder eines Blickes würdigen. *Ich möchte dich nicht für immer verlieren!*
„Dummkopf! Hast du wirklich das Gefühl, du könntest mich daran hindern, an dir vorbeizukommen?" Die Beleidigung stach wie eine Nadel in mein Herz. Aber nein, ich würde trotzdem nicht aufgeben. „Ich brauche nicht mal viel Kraft, um dich auf die Seite zu schieben! Verschwinde also aus meinem Sichtfeld,

Kleine!" „Nein, Ben", flüsterte ich, „das werde ich nicht."

Mein Herz überschlug sich fast, so schnell schlug es in meiner Brust. „Du hast keine Ahnung, wozu ich fähig bin." Er kam mit seinem Gesicht immer näher. Ich zitterte innerlich. Er war wutentbrannt, und ich hatte wirklich keine Ahnung, wozu er in diesem Zustand alles fähig war.

„Ich könnte dir das Messer in den Bauch rammen oder dein hübsches Gesicht gegen die Wand schlagen oder dir einfach den Hals umdrehen." Nun zitterte nicht nur mein Inneres, sondern der gesamte Körper. Wieso sagte er so grausame Dinge? Und wäre er wirklich im Stande, so etwas zu tun?

Er legte seine Hände um meinen Hals.

Ich hatte Angst, unglaubliche Angst. Ben war so in Rage, dass er sich nicht mehr unter Kontrolle hatte. Doch ich war unfähig zu handeln. Ich stand da wie ein Fels in der Brandung und starrte ihn angsterfüllt an.

Würde er wirklich zudrücken? Würde er das wirklich tun?

Meine Lippen bebten, und ich drückte die Augenlider so fest ich konnte zu. *Bitte, Ben, tu das nicht!* Ich spürte seine warmen Hände, welche meinen Hals umschlossen.

Mein ganzer Körper bebte, und eine Träne lief mir über die Wange.
Die Angst war unglaublich groß. Ich wollte ihn nicht verlieren, doch ich konnte nicht mehr lange standhaft sein. Ich würde ihn für immer verlieren – das wusste ich!
Weitere Tränen rannen über mein Gesicht, während ich langsam meine Arme senkte. Ich konnte nicht mehr! Ich konnte einfach nicht mehr! Entweder er würde jetzt zudrücken und meinem Leben ein Ende setzen oder für immer gehen.

Einige Sekunden geschah gar nichts. Doch dann – seine Hände immer noch an meinem Hals – spürte ich plötzlich seine weichen Lippen auf meinen. Sein Atem ging hastig. Und mein Herz zersprang! Zersprang vor tiefer Sehnsucht. Dieses tiefe Verlangen nach ihm, seiner Nähe und seiner Wärme überwältigte mich.
So schnell wie seine Lippen auf meinen waren, so rasch waren sie wieder weg. Ich zog die letzte Sekunde des Kusses tief in mich hinein. Ich war mir sicher, irgendwo in seinem Herzen bestanden die Gefühle, die er für mich hegte, nicht aus purem Zorn und Hass, sondern aus Zuneigung – und wer weiß, vielleicht sogar aus etwas mehr?

Langsam öffnete ich die Augen. Ich stand immer noch im Türrahmen. Ich blinzelte. Bens Gesicht war nicht mehr da. Ich blickte mich um und sah, wie er unweit von mir an der Wand kauerte. Das Gesicht in die Hände gepresst und die Knie fest an seinen Körper gedrückt, sah er aus wie ein kleines, unschuldiges Kind. Er zitterte am ganzen Leib, während ein ersticktes Schluchzen seine Kehle verließ.

Am liebsten hätte ich ihn in den Arm genommen, ihn getröstet und ihm gesagt, dass alles wieder gut wird. Doch das konnte ich ihm nicht versprechen. Ich wusste ja nicht einmal, warum seine Seele so verbittert war.

Ich legte meinen Rucksack auf den Boden und setzte mich wortlos neben ihn. Mein Herz pochte immer noch heftig. Was sollte ich nun tun? Ihn trösten? Ihn einfach lassen? Ich wusste es nicht.

Mit langen, tiefen Atemzügen versuchte ich mich zu beruhigen.

Eine Zeitlang saßen wir schweigend nebeneinander. Sein Schluchzen versiegte irgendwann, und danach waren nur noch unsere Atemzüge in der Stille zu hören.

Ben schüttelte leicht den Kopf, ohne jedoch aufzublicken. „Warum tust du mir das an", sagte er leise.

Ich runzelte die Stirn. *Ich tue dir etwas an? War das nicht eher umgekehrt?* dachte ich. „Du, deine Art, dein Wesen, deine Nähe", fügt er hinzu, „es knackt einfach meinen Panzer und ich kann nichts dagegen tun." Er machte eine kurze Pause. „Du hast dich eingeschlichen wie ein Virus, den man nicht loswird." „Netter Vergleich", sagte ich etwas bitter. *Wieso habe ich eigentlich gedacht, wir könnten mal normal miteinander sprechen?*

Ben blickte auf. Seine Augen waren rot und verquollen. „Das war nicht als Vorwurf gedacht", antwortete er leise. Er sah so verletzt und unglaublich traurig aus. Es zerriss mir beinahe das Herz! *Was ist bloß mit dir passiert, Ben,* fragte ich mich.

„Du holst das Schlechteste und das Beste aus mir heraus."

Ich betrachtete ihn wortlos. Die glatte Stirn, an der eine Haarsträhne klebte, seine leicht geröteten Wangen, die traurigen Augen, die niedliche Nase und seine sanften Lippen – die Lippen, welche mich im Traum geküsst hatten. Ein angenehmes Kribbeln ging durch meinen Körper. Beschämt senkte ich meinen Blick. Er sollte nicht bemerken, dass ich errötete.

Ein Junge trat in den Türrahmen und sah sich um, als würde er jemanden suchen. Ben und ich blickten auf.

„Hi", sagte er kurz, verschwand aber gleich wieder.

„Es tut mir wirklich leid, was ich getan habe", sagte Ben unglücklich. Er starrte auf seine Hände, welche auf den Knien ruhten. Ich sagte nichts, sah ihn nur an. „Ich weiß, verglichen mit dem, was ich dir angetan habe, ist das eine lächerliche Entschuldigung." Er seufzte. „Es tut mir so unendlich leid", flüsterte er reumütig und legte die Stirn in die Hände.

Er hatte mehrmals mein Herz zum Bersten gebracht und mich einige Male in Angst versetzt, doch ihn so niedergeschlagen zu sehen, stimmte mich sehr traurig. Was war nur in seinem Leben vorgefallen, dass er so wurde?

Vorsichtig hob ich die Hand und wollte ihn am Arm berühren, hielt aber in der Bewegung inne. Wollte er überhaupt, dass ich ihn tröstete, oder würde er gleich wieder in die Luft gehen?

Bevor ich meine Hand jedoch zurückziehen konnte, packte seine Hand die meine und legte sie auf sein Knie, während er unentwegt in meine Augen blickte. Mein Herz pochte wie eine Lokomotive. Seine Hand fühlte sich weich und zart an.

Ich wusste nicht, was sagen. Ich konnte ihn ebenfalls nur wortlos anstarren. Aber ich wusste, ich brauchte ihn – Ich brauchte ihn so sehr!

Nach Minuten ohne Worte unterbrach ich die Stille. „Darf ich dich etwas fragen?" Er nickte. „Es geht aber um deine Mutter", fügte ich vorsichtig hinzu. Ben presste die Zähne zusammen. Seine Kiefermuskeln traten leicht hervor. Der Griff wurde etwas stärker, so als würde er sich vor meinen Worten wappnen wollen.

Ich begann vorsichtig. „Du hast gesagt, sie sei tot. Wann ist sie denn gestorben?" Hoffentlich würde ich nicht zu fest in seinen Wunden wühlen.

Ich war mir sicher, dass sie nicht erst gestern gestorben war. Ich benötigte einfach eine Bestätigung. Konnte ich wirklich mit Verstorbenen kommunizieren?

Ben atmete schwer. Zuerst sah es so aus, als würde er die Frage nicht beantworten wollen, doch dann flüsterte er kaum hörbar. „Schon viel zu lange." Ich erstarrte. *Ich hatte Recht! Ich hatte also wirklich Recht!* Sie hatte im Park nicht leibhaftig vor mir gestanden!

Ich dachte immer, nur meine Mutter besäße diese Gabe, doch anscheinend hatte ich mich geirrt. Ich konnte mit Verstorbenen sprechen!

Diese Erkenntnis raubte mir den Atem. Es brachte mich gleich noch näher zu meiner Mutter.

Ich vermisste sie so sehr! Und er seine auch! Er hatte ebenfalls die seinige verloren.

Ist das der Grund für seine Verbitterung? Kommt er mit ihrem Verlust nicht klar? Komm ich denn überhaupt damit klar?

Ich schüttelte gedankenversunken den Kopf. Vielleicht würde man irgendwann damit klar kommen – wer weiß. Momentan konnte ich es jedenfalls nicht. Ich schob das Thema einfach weit von mir weg und verdrängte es. Ich wollte nicht an ihren Tod denken. Nicht jetzt! Sonst würde es in einem Heulkrampf enden, und das war das Letzte, was ich gebrauchen konnte. Die ganze Situation war schon schlimm genug.

Zwei Jungs traten laut schwatzend in den Saal. Ihre Kleidung war von Regentropfen gesprenkelt. Der vorhergesagte Regen war nun anscheinend eingetroffen.

Der eine Junge erzählte etwas von Autos, während der andere mit hochgezogenen Augenbrauen unsere ineinander verschlungenen Hände anstarrte. Er sagte jedoch kein Wort und folgte seinem Freund auf die andere Seite des Raumes. Ben zog hastig seine Hand zurück, stand auf und lief, ohne mich noch eines Blickes zu würdigen, aus dem Zimmer. *Na toll, dachte ich, geht das jetzt schon wieder los?* Endlich konnten wir mal vernünftig miteinander sprechen, aber kamen andere Menschen in unsere Nähe, verschwand er.

Ich seufzte und lehnte meinen Kopf an die Wand. Ich hatte keine Lust, ihm nachzulaufen. Wie lange würde dieses ständige Auf-und-Ab-Spiel noch dauern?

Plötzlich schoss mir ein Gedanke durch den Kopf. Wenn ich mit Bens Mutter sprechen konnte, wäre es dann theoretisch nicht auch möglich, dass ich ebenfalls mit meiner Mutter reden könnte? Mein Herz klopfte stark. Aber wie stellte ich das an?

Der Gedanke daran, sie nochmals zu sehen, beflügelte mich.

Ben stand plötzlich wieder in der Tür. Sein Shirt war benetzt von kleinen Regentropfen. Er streckte seine Hand nach mir aus. „Komm", sagte er liebevoll, „lass uns gehen." *Er ist zurückgekommen! Er ist meinetwegen zurückgekommen!* Mein Herz hüpfte vor Glück.

Überglücklich packte ich den Rucksack, der neben mir am Boden lag, und reichte Ben die Hand. Er lächelte und zog mich hoch. Hand in Hand verließen wir gemeinsam den Raum.

Angelika ging einige Meter vor uns, mit einer Tasse Kaffee in der Hand, den Flur entlang. Sie sah kurz zu uns rüber, verschwand dann aber gleich im Sekretariat. *Habe ich da gerade den Hauch eines Lächelns auf Angelikas Gesicht gesehen?* Ich hätte schwören können, dass es so war.

Draußen regnete es. Immer mehr Tropfen fielen auf den warmen Asphalt, bis er irgendwann ganz davon bedeckt war.

In der Eingangstür blieb Ben stehen und blickte mich an. „Ich würde sehr gern mit dir alleine sein." Hitze überkam mich. „Und so unglaublich gerne würde ich dir sagen, dass du mir vertrauen sollst. Doch ich weiß nicht, ob du das nach all dem, was geschehen ist, überhaupt noch kannst." Nervös trommelte er mit den Fingern auf seinem Oberschenkel. „Ich verstehe auch, wenn es nicht möglich ist." Er lächelte gequält. „Trotzdem möchte ich dich zu mir nach Hause einladen", sagte er vorsichtig, „aber wie gesagt, ich verstehe, wenn ..." „Lass uns gehen", unterbrach ich ihn. Er atmete erleichtert auf und schenkte mir ein breites Lächeln. Er nahm meine Hand noch fester in seine. „Wir werden aber nass", sagte er zwinkernd. „Ich bin bereit", antwortete ich lächelnd. Bens Augen strahlten übers ganze Gesicht. „Dann los!" Er trat in den Regen und zog mich lachend mit sich.

Dein Bild

Seine Hand ruhte immer noch in meiner, als wir mit raschen Schritten durch den starken Regen gingen. Niemand sagte ein Wort. Wir hielten uns einfach, spürten die Wärme des anderen und genossen es, beieinander zu sein.

Der Regen wurde immer stärker. Nach einem zehnminütigen Fußmarsch zeigte Ben auf ein graues Haus. Eine steinerne Treppe mit einem gusseisernen Geländer aus dem Jugendstil führte zum Eingang. „Wir sind gleich da", sagte er. Rasch gingen wir die Treppen hinauf und schlüpften in den Schutz des Hauses. Von unseren Köpfen tropfte das Wasser auf die Kleider.

Ben öffnete die grüne Eingangstüre und ging in den Flur. Links befanden sich vier graue Briefkästen, und auf der gegenüberliegenden Seite führte eine hölzerne Treppe hinauf. Das Geländer stammte ebenfalls aus dem Jugendstil und verlieh dem Haus etwas Geheimnisvolles. „Leider gibt es hier keinen Fahrstuhl. Du musst daher leider in den vierten Stock laufen." „Kein Problem", antwortete ich.

Meine Neugier wuchs von Etage zu Etage. Würde seine Wohnung eher aufgeräumt oder chaotisch sein? Müsste ich wetten – ich wüsste es nicht. Bens zwei Gesichter waren so verschieden, dass beides möglich wäre.

Keuchend erreichte ich hinter Ben den vierten Stock. *Puh, wo ist meine Kondition hin?* Ben atmete kein bisschen mehr als sonst. Es schien ihm keine Probleme zu bereiten, die vielen Treppenstufen hinaufzusteigen. „Geht es?", fragte er lächelnd. „Klar", keuchte ich, „überhaupt kein Problem." Er grinste.

Anders als er war ich es nicht gewohnt, jeden Tag in den vierten Stock zu steigen. Mein Vater hatte den Luxus, im ersten Stock zu hausen, und bei uns gab es sogar einen Lift.

Ben zog den Schlüssel aus der Hosentasche und schloss auf. Ich war gespannt. Er trat als Erster in die Wohnung, dicht gefolgt von mir.

Der Eingang brachte einen direkt ins Wohnzimmer. An der rechten Wand war ein kleiner, runder Tisch mit zwei Stühlen, etwas links daneben stand ein beiges Sofa. Ein Fernseher oder ein Unterschrank war nicht vorhanden. Hinter dem Sofa befand sich ein großes Regal. Es diente als Trennwand zum Schlafzimmer. Links und rechts von mir befanden sich zwei Türen. *Eine wird ins Bad und die andere in die Küche führen,* dachte ich. Die Wände waren kahl – ohne jegliche Bilder oder Deko. Die Wohnung war sehr klein, doch für eine Ein-Mann-Bude ganz ok. Es sah jedenfalls so aus, als würde er hier alleine wohnen. Wo war denn sein Vater überhaupt?

„Ich hoffe, du bist nicht enttäuscht", fragte Ben unsicher. Er schien etwas nervös zu sein. So kannte ich ihn gar nicht. *Ist ihm etwa wichtig, was ich von seiner Wohnung denke?* „Es ist ..." Was sollte ich antworten? Toll? Naja, das war es nicht. Es war irgendwie einfach ok, aber das hörte sich an, als würde ich mich nicht wohl fühlen. „... völlig in Ordnung", antwortete ich. Er nickte und zog seine nassen Schuhe aus. Dann öffnete er die Tür zu meiner Linken. Ich hatte Recht: Dahinter befand sich das Badezimmer.

„Ich hole uns Handtücher, um uns abzutrocknen", sagte er und trat ins Bad. Ich entledigte mich meines Rucksacks, der Schuhe und meiner Jacke, die wie Pech an meinem Körper klebte. Das T-Shirt darunter war ebenfalls feucht vom Regen. Die Kälte auf meiner Haut ließ mich frösteln.

Ben trat aus dem Bad, während er sich mit einem Tuch die Haare trocknete. Mit der anderen hielt er mir ein weiteres Tuch hin. Ich nahm es dankend an und tat es ihm gleich. *Hoffentlich stehen mir die nassen Haare nicht kreuz und quer,* dachte ich. *Mist, ich habe nicht mal einen Kamm, um sie zu bändigen.* „Ich ziehe mir kurz ein trockenes Shirt an", rief er mir zu, schmiss sein Tuch in die offenstehende Badezimmertür und ging zum Schlafzimmer. Die Decke lag zerknautscht auf dem Bett, während das Kissen schon halb auf dem Boden lag. Rechts davon stand ein kleiner Schrank. *Das Bett zu machen, ist anscheinend nicht so sein Ding,* dachte ich.

Ben öffnete den Schrank und nahm ein schwarzes Shirt heraus. Während ich meine Haare trocken rieb, huschten meine Blicke immer wieder ins Schlafzimmer. Ben stand rücklings zu mir und zog sein nasses Shirt aus. Lieblos schmiss er es in die Ecke. Ich runzelte die Stirn. *Besitzt er keinen Wäschekorb?*

Sein Körper war leicht gebräunt und recht muskulös. Das war mir nie so richtig aufgefallen. Ok, ich hatte ihn ja noch nie oben ohne gesehen. Seinen Oberkörper konnte er definitiv zeigen.

Die Hand auf dem Kopf machte Pause, denn meine ganze Konzentration galt Ben.

Meine Augen schweiften vom Nacken über seinen gesamten Rücken. Das war ein Anblick! Nur zu gerne hätte ich ihn berührt. Es kribbelte heftig in mir.

Ich versuchte mir vorzustellen, wie zart und weich seine Haut sein musste. Genau so zart wie in meinem Traum, als wir im Park waren und uns küssten.

Hitzig biss ich mir auf die Lippe. Wie gerne hätte ich in diesem Moment seinen Rücken gestreichelt und den Duft seines Aftershaves gerochen. Seine Lippen würden mich innig küssen und … Ben wandte sich in diesem Augenblick um und sah mir direkt in die Augen. Erschrocken zuckte ich zusammen.

Als wäre nichts gewesen, rubbelte ich wie eine Wilde mit dem Tuch auf dem Kopf herum und starrte zu Boden. *Gott, ist das peinlich!*

Ben zog sich grinsend das neue Shirt über. Danach kramte er erneut im Schrank und kam zu mir herüber. „Ich dachte, vielleicht möchtest du auch etwas Trockenes anziehen", sagte er und hielt mir ein graues Shirt hin. Mit knallrotem Gesicht sah ich ihm in die Augen. Sie leuchteten, und seine Mundwinkel zuckten belustigt.

Egal, wie oft ich es auch abstreiten würde – es würde nichts nützen. Am liebsten wäre ich vor Scham in den Boden versunken. *Peinlich, peinlich, peinlich!*

„Danke", sagte ich mit belegter Stimme und nahm das Shirt an mich. „Du kannst dich im Bad umziehen, wenn du möchtest." Und nickte zur Tür hin.

„Oder auch im Schlafzimmer, wenn du lieber beobachtest wirst", fügte er grinsend hinzu. Meine Wangen glühten. Wie gesagt: Peinlich, peinlich, peinlich!

„Ich hole uns was zu trinken", sagte Ben und ging in die Küche. *Ich könnte im Boden versinken,* dachte ich. Es war mir unglaublich peinlich, dass er mich ertappt hatte. Es schien ihn nicht zu stören – nein, eher sogar zu belustigen. Trotzdem, dass ich ihn so unglaublich klasse fand, das sollte er nun auch nicht so direkt merken.

Ich hatte mich ins Bad verkrochen und mir reichlich Zeit gelassen. Es war mir immer noch sehr peinlich. Wie sollte ich ihm nun entgegentreten? So, als wäre nichts gewesen?
Ich betrachtete mein zerzaustes Haar im Spiegel. Wahrscheinlich war es wirklich das Beste, einfach so zu tun, als wäre nichts vorgefallen.
Meine Wangen hatten wieder eine normale Farbe, und mein Inneres war einigermaßen ruhig. Naja, jedenfalls so ruhig, dass ich aus dem Bad konnte. Wahrscheinlich fragte er sich schon, was ich hier drin überhaupt tat.
Das Shirt war natürlich einige Nummern zu groß und sah an mir aus wie ein Sack. Doch besser als nasse Kleidung zu tragen, war es allemal.
Mit einem tiefen Atemzug trat ich hinaus.
Ben saß auf dem beigen Sofa. Auf dem Boden vor ihm stand eine Flasche Wasser mit zwei Gläsern. „Das ist leider das Einzige, was ich hier habe", entschuldigte er sich und zeigte auf das Getränk. „Ist schon gut", antwortete ich, „ich habe momentan eh

keinen Durst." Das Sofa war kleiner als gedacht. Von weitem sah es viel größer aus. Ich setzte mich trotzdem.

Ich wusste nicht, ob ich die momentane Nähe zu Ben genießen konnte, oder ob sie mich so nervös machte, dass ich am liebsten wieder aufspringen wollte.

Mit wachen Augen beobachtete er mich. All der Zorn und die Wut waren aus seinem Gesicht gewichen. Mein Herz hämmerte in der Brust. Nervös spielte ich mit meinen Fingerhäuten. „Du tust mir gut", sagte er nach einer Zeit leise, ohne mich auch nur eine Sekunde aus den Augen zu lassen. Ich krauste die Stirn. Ben lachte kurz auf. „Ich weiß, und das aus meinem Munde!" Ich lächelte ebenfalls. „Naja, eigentlich bin ich anderes von dir gewohnt", antwortete ich. Bens Blicke fixierten mich wieder. „Aber ich meine es ernst! Du tust mir wirklich gut", sagte er sanft. Verlegen starrte ich auf meine Hände. *Mann, wieso macht mich dieser Junge nur so nervös!* „Ich habe mir so lange diesen Schutzschild aufgebaut, um mich von allem abzuschotten, dass ich gar nicht wusste, wie es ist, ohne zu existieren." Ich blickte ihn wieder an. Dafür sah Ben nun zu Boden.

„Ich war so wütend, so unglaublich wütend, als ich dich das erste Mal sah. Deine Art, dein ganzes Wesen und vor allem deine Nähe waren unerträglich für mich. Deine bloße Anwesenheit brachte mein Inneres zum Brodeln. Mich zu kontrollieren, war kaum möglich."

Ben atmete tief, bevor er fortfuhr: „Ich wollte einfach nicht meinen selbstgeschaffenen Schutzschild verlieren, obwohl der Eigenhass mich fast vernichtete." Ben schwieg.

„Ich fand unsere erste Begegnung auch nicht so toll. Ich hatte im Musikzimmer echt das Gefühl, du würdest mir gleich das Messer in den Bauch rammen. Dein Blick war irgendwie so vernichtend." Ben nickte wortlos. Wo ist dein Messer überhaupt geblieben?" „Ich habe es abgelegt", antwortete Ben. „Dank dir ist es nicht mehr notwendig, es bei mir zu tragen." Er lächelte dankend.

Wieder schwiegen wir einige Zeit. Wir wussten beide nicht genau, was wir zueinander sagen sollten. Die Nähe machte mich nervös, und ich war mir nicht sicher, ob es ihm genauso ging.

„Darf ich dich etwas fragen?", unterbrach ich irgendwann die Stille. „Schon wieder eine Frage? Ich hoffe, es geht nicht um die gleiche Sache wie im Saal", sagte Ben und lächelte. Was von ihm als kleiner Scherz gemeint war, traf bei mir jedoch genau ins Schwarze. „Naja, eigentlich ist es keine Frage, eher eine Mitteilung von jemandem", antwortete ich leicht nervös. Bens Miene verdunkelte sich schlagartig. „Ich will nicht über meine Mutter sprechen, wenn du das meinst", sagte er leise und starrte zum Fenster hinüber. Seine Kieferknochen mahlten.

Ich verstand ihn – Ich konnte ihn sogar sehr gut verstehen. Mir war es auch nicht angenehm, über meine Mutter zu sprechen. Und trotzdem, da war eine Botschaft, welche seine Mutter mir ans Herz gelegt hatte, und ich musste sie ihm einfach übermitteln.

„Sie gab mir eine Nachricht für dich mit", sagte ich vorsichtig. Ben schüttelte den Kopf. „Lass es, Caroline, das ist nicht möglich", antwortete er verhalten. Er strich sich nervös durchs Haar. „Ich weiß, es ist nicht einfach, aber …" „Lass es!", sagte Ben etwas lauter und blickte mir direkt ins Gesicht, „Es ist nicht möglich!" „Doch, ist es! Lass es mich doch erklären", flehte ich. Ben stand auf und ging nervös durchs Zimmer. „Warum, Caroline, warum machst du das! Willst du mich etwa quälen? Ist es das, was du willst? Zuckerbrot und Peitsche, oder was?" Vehement schüttelte ich den Kopf. „Ben", flehte ich. „Ich will nicht über dieses Thema sprechen! Ich will es nicht! Auch nicht mit dir, verstehst du? Ich kann es einfach nicht!" Die letzten Worte schrie er regelrecht hinaus.

Ben ging ins Schlafzimmer und drückte seine Stirn gegen die Wand. Seine Hände ruhten beidseitig neben seinem Kopf. Sie zitterten leicht.

Ich konnte nicht zurück - nicht jetzt. Egal, wie schmerzhaft es für ihn war, ich musste es ihm einfach sagen. *Eine weitere Chance wirst du mir eh nicht geben!*

Langsam ging ich zu ihm und legte vorsichtig meine Hand auf seinen Rücken. Sein Körper bebte leicht. Ich hoffte inbrünstig, dass er sich unter Kontrolle hatte und sich nicht plötzlich umdrehte und erneut auf mich losging.

Ich wusste genau, wie schmerzhaft die Erinnerungen sein mussten, die ihn jetzt quälten. Es musste jetzt aber sein!

„Meine Mutter war ein Medium und konnte mit Verstorbenen sprechen, und ich kann es auch", platzte ich heraus. Ben sagte kein Wort. „Auch wenn du es vielleicht nicht verstehst, es ist wirklich möglich, mit Toten zu sprechen. Weißt du, es kann sehr heilsam sein ..." „Aber nicht hier", unterbrach mich Ben. Endlich hatte ich sein Gehör. „Doch, das ist es", sprach ich weiter. Ben wandte sich zu mir um. Seine Augen waren rot und die Wangen feucht von vergossenen Tränen. „Es ist vielleicht möglich, aber nicht hier", wiederholte er. „Doch! Natürlich ist es hier möglich", widersprach ich.

„Du kannst es nicht verstehen! Es ist hier an diesem Ort nicht möglich! Sie kommen nur, wenn …" Er biss sich auf die Lippe. „Vergiss es", fügte er kopfschüttelnd hinzu. Langsam begann mich das ständige „Doch – nein – doch"-Spiel zu nerven. „Du hast schon viel zu lange an dem, was war, festgehalten. Du sollst es gut sein lassen und deinem Vater verzeihen", rezitierte ich die Worte seiner Mutter.

Ben starrte mich an, als wäre ich zu einem Zombie mutiert. *Bitte, lieber Gott, lass ihn nicht ausrasten, bitte, bitte,* flehte ich. „Was", schrie Ben. Hastig ging ich einige Schritte zurück. Würde er jetzt wirklich wieder ausrasten?

Mein Herz raste, und meine Augen spiegelten die aufkeimende Angst in mir wider.

Jeder einzelne Muskel in Bens Körper spannte sich, doch er machte keine Anstalten, näherzukommen. Sein Gesichtsausdruck war wütend und abweisend. „Dein Zorn macht mir Angst", flüsterte ich leise. Ben hielt sich die Hände vors Gesicht und atmete tief durch.

Die Atmosphäre war bis zum Bersten gespannt. Ich wusste wirklich nicht, ob er mich gleich anfallen würde oder sich zu beruhigen versuchte. Ich hoffte auf das Zweite, machte mich aber auf jeden Fall auch für das andere bereit.

Ben nahm seine Hände vom Gesicht, kam ruckartig auf mich zu und zog mich fest an sich. Ich zuckte merklich zusammen und konnte nur steif wie ein Brett dastehen – zu etwas anderen war ich nicht fähig. Ben schlang seine Arme um mich und grub das Gesicht in meine Haare. „Bitte Caroline, bitte, fürchte dich nicht vor mir", flüsterte er flehend, „ich könnte es nicht verkraften."

Ich erwachte aus meiner Erstarrung und umarmte ihn langsam. Sein Atem stockte, und ich hatte das Gefühl, ein schutzbedürftiges Kind in den Armen zu halten.

„Ich wollte dir keinen Schmerz zufügen, Ben, doch deine Mutter hat es wirklich so gesagt."

Ben atmete tief. „Es ist so unreal. Ich kann nicht verstehen, dass das hier möglich ist. Und doch, du weißt Dinge über sie, die sonst niemand weiß."

„Es tut mir so leid für dich, Ben. Es tut mir wirklich leid für dich, dass sie tot ist."

Ich wollte ihm gerade über den Tod meiner Mutter erzählen, als mich ein Foto an der Wand in seinen Bann zog. Da es das einzige war, welches überhaupt an den Wänden dieser Wohnung hing, war es eigentlich kaum zu übersehen.

Und doch, ich hatte es erst jetzt bemerkt, und es ließ mich augenblicklich erschaudern.

Wie zu Stein erstarrt hielt ich Ben, während meine Aufmerksamkeit ganz auf das Foto gerichtet war. Meine Lungen stachen. Ich bemerkte, dass ich den Atem anhielt.

Behutsam löste sich Ben aus der Umarmung und sah mich fragend an. Ich nahm ihn nur verschwommen war. Mein Blick und meine Gedanken gehörten im Moment nur diesem Foto. *Ist das wirklich möglich,* dachte ich. Wie konnte es sein, dass an dem Tag, als seine Mutter erschien, ich ein Bild von Ben zeichnete, welches das genaue Ebenbild dieses Fotos war?

„Was hast du?", fragte Ben und blickte abwechselnd zwischen dem Bild und mir hin und her. „Ich kann's nicht glauben", flüsterte ich. „Dass ich lache?" sagte Ben sarkastisch, „ja, das ist wirklich eigenartig."

Ungläubig über das, was ich sah, schüttelte ich den Kopf. „Ich muss dir etwas zeigen", sagte ich und flitzte zu meinem Rucksack, der neben den Schuhen am Boden lag. Hastig kramte ich das gesuchte Blatt hervor und eilte zurück ins Schlafzimmer.

Ben stand immer noch am gleichen Ort und blickte mich gespannt an.

Ohne ein Wort der Erklärung hielt ich ihm das Bild unter die Nase. Seine Augen weiteten sich schlagartig. „Du hast das Foto gezeichnet?", fragte er verdattert, „wie kannst du es überhaupt kennen?" Ich zuckte mit den Schultern, während ich das Blatt musterte. Die Nase, die Augen, die Lippen, das Leuchten in seinen Augen, die Ausstrahlung – alles war ganz genau wie auf dem Foto. Ein Foto, welches ich in meinem Leben zuvor noch nie gesehen hatte.
„Woher kennst du das Foto?", fragte Ben erneut. Diesmal blickte er mir jedoch direkt ins Gesicht. Ich wusste aber nicht, woher ich es kennen sollte.
Achselzuckend sah ich ihn an. „Ich kenne es nicht. Ich habe das Bild einfach so gezeichnet." Ungläubig schüttelte Ben den Kopf und setzte sich auf das Bett. „Du kannst doch nicht eine identische Zeichnung eines Fotos anfertigen, das du noch nie gesehen hast. Das ist nicht möglich!"
Ich setzte mich neben ihn. Mir war das Ganze genauso schleierhaft wie ihm.
Seit ich bei meinem Vater lebte, war einiges Sonderbare geschehen: die Frau in der Straßenbahn, die plötzlich blutete und dann doch wieder nicht; Träume von Ben, als ich ihn noch nicht kannte; der Albino; Bens Mutter und nun dieses Bild. Ich verstand die Welt nicht mehr!

„Ich …", stotterte ich, „… ich hatte es gezeichnet, als deine Mutter plötzlich auftauchte." Ben starrte mich mit offenem Mund an. „Das Foto hat meine Mutter gemacht", sagte er langsam, „es ist das Einzige, was ich noch von ihr besitze." „Oh", entfuhr es mir. *War es eine Eingebung, damit sie mit mir Kontakt aufnehmen konnte?* Meine Gedanken kreisten wild um diese Theorie. *Mann, ist das alles kompliziert!*

Ben betrachtete meine Zeichnung. „Sie hat es zwei Tage, bevor sie starb, geknipst", sagte er traurig. Er kaute auf seiner Unterlippe und ließ seinen Blick über das Bild gleiten, als wolle er jedes noch so kleine Detail aufsaugen.

Es zerriss mich beinahe, ihn so traurig zu sehen. Der Tod seiner Mutter ging Ben immer noch unglaublich nahe, und er schien auch nicht loslassen zu wollen.

„Ich kann nachvollziehen, wie es dir geht", sagte ich vorsichtig. Ben schüttelte den Kopf. „Meine Mutter ist auch tot", fügte ich leise hinzu.

Ben sagte kein Wort und starrte unentwegt auf das Bild. Ich wusste nicht, was ich noch sagen sollte. Er war voll und ganz in jeden einzelnen meiner Bleistiftstriche eingetaucht.

Am besten, ich überlasse ihn eine Zeitlang seinen Gedanken, beschloss ich. Langsam erhob ich mich, als sich Bens Hand plötzlich um mein Handgelenk legte.

Mit seinen traurigen Augen blickte er zu mir hoch. „Ich weiß, dass deine Mutter tot ist", flüsterte er kaum hörbar. Überrumpelt von seinen Worten plumpste ich wieder zurück aufs Bett. „Du weißt es?" Mein Puls erhöhte sich. *Wie ist das möglich? Bekommt er auch Botschaften aus dem Jenseits? Warum hatte er dann nichts dergleichen erwähnt?*
Ben lachte ungläubig. „Es ist verrückt – echt verrückt! Zuerst dachte ich, es sei einfach nur ein Traum. Ich lag in einem Krankenbett, und da erschien plötzlich ein Mädchen. Es blickte zum Fenster hinaus …" *Irgendwie kommt mir das alles bekannt vor!*
„… Langsam kam sie näher, und als ich die Augen öffnete, fiel sie rückwärts über die am Boden liegenden Kabel." Ungläubig starrte ich ihn an. *Erzählt er gerade von meinem ersten Ben-Traum?* „Du weißt, von welchem Traum ich spreche, nicht?", sagte Ben. „Wie kannst du davon wissen?", fragte ich verwirrt. Er schüttelte den Kopf. „Ich war da – ich war einfach da!" Ich starrte ihn noch durchdringender an. „Nicht, dass ich aktiv etwas in dem Traum tun konnte. Es war eher so, als würde ich eine Filmszene sehen mit uns beiden als Schauspieler. All diese Träume fühlten sich unglaublich real an."
Ich schüttelte den Kopf.

„Als ich dich dann das erste Mal im Musikzimmer sah, wusste ich, dass es keine normalen Träume waren. Und deine Reaktion auf meine Person bestätigte mir sogleich, dass du sie ebenfalls kanntest."

Das kann doch nicht sein! Warum verbinden uns Träume, obwohl wir uns noch nie begegnet sind? „Daher weiß ich auch von deiner Mutter. Ich sah sie, nachdem ...", Ben stockte. „ ... nachdem du dich verstümmelt hast", beendete ich den Satz. Er nickte. „Warum hast du das getan?" Ben wich meinem Blick aus. „Das ist nicht wichtig", sagte er knapp. „Es sind alles deine Träume. Ich bin nur Komparse darin."

„Bitte, Ben, weiche nicht aus. Ich weiß, dass dies alles nur meine Träume ...", ich schluckte die letzten Worte hinunter. *Moment mal! Hatte er gerade alle meine Träume gesagt? ALLE Träume?*

Das Atmen fiel mir plötzlich schwer, und ich musste mich an der Bettkante fest halten.

Aus meinem Gesicht war die komplette Farbe verschwunden. *Bitte, bitte, sag einfach nicht, dass du von dem Traum im Park weißt. Von mir aus alle Träume, aber nur diesen nicht!*

Ben sah mich fragend an, als sich plötzlich seine Mundwinkel nach oben bewegten. Wortlos starrte ich ihn an. *Bitte, bitte, nicht diesen Traum!* „Du träumst sehr skurrile Dinge, weißt du das? Aber der eine

Traum ...", er lächelte, als würde er sich an etwas erinnern, „... der war echt ...", er lächelte noch mehr, „... heiß."

Ich wäre am liebsten vor Scham in den Boden versunken. Natürlich wusste er davon!

Mein Gesicht lief knallrot an, und ich wusste nicht, wohin ich meinen Blick richten sollte. Die Kehle war so trocken wie eine Sandwüste, die nur einmal im Jahr Regen sieht. *Oh Gott, ist das peinlich!* Was ihn betraf, wusste er nun über meine tiefsten Wünsche Bescheid. *Mist!*

Völlig von den Socken stürmte ich zur Haustür und packte meine Schuhe. Ich musste hier weg! Ich musste einfach hier weg! Ich würde ihm bestimmt nie wieder in die Augen sehen können, nicht nachdem er diesen einen Traum kannte.

Ich packte den Rucksack und öffnete hastig die Tür. Ben stand jedoch bereits hinter mir und schlug sie mit einem kräftigen Schlag wieder zu. Einen Sekundenbruchteil später packte er mich am Arm und wirbelte mich herum. Mit dem Gewicht seines Körpers drückte er mich gegen die Tür, während er seine sinnlichen Lippen auf meine presste. Meine Handgelenke umklammert, ließ er mich nicht mehr los.

Hitze schoss durch meinen Körper. Augenblicklich fühlten sich meine Beine wie Pudding an.

Bens Atem war kurz und schnell. Mit geschlossenen Augen suchten unsere Münder sich immer und immer wieder. Keiner konnte vom anderen genug bekommen. Wir waren wie zwei Magnete. Er der Plus- und ich der Minus-Pol.

Mir entfuhr ein leises Stöhnen, als er meinen Hals mit Küssen liebkoste. Ich löste mich von seiner Umklammerung und nahm seinen Kopf in die Hände, um nur Sekunden später meinen Mund auf seinen zu pressen.

Der vertraute Duft seines Aftershaves drang in meine Nase. Ich wollte ihn! Ich wollte ihn genau wie im Park. Und ich war mir sicher, er wollte mich auch!

Seine Hand glitt unter mein T-Shirt und strich über die Taille hinauf zu meiner Brust. Wir waren uns so nah – so unglaublich nah!

Doch dann überkam mich urplötzlich eine beklemmende Angst. Ich wollte ihn! Ja, ich wollte ihn! Das tiefe Verlangen nach Ben ängstigte mich. Und genau diese Angst übernahm jetzt die Oberhand. Ich fürchtete mich davor, ihm so nahe zu sein, wie ich es bei einem Jungen noch nie davor gewesen war.

Heftig stieß ich Ben von mir und lief zum Sofa. Meine puddingartigen Beine zwangen mich, mich hinzusetzen. Die Ellbogen auf die Knie stützend, schlug ich die Hände vors Gesicht. Ich wollte ihn nicht sehen – es war mir peinlich.

Ben kam langsam hinüber und setzte sich neben mich. Wut vermischte sich mit der Angst in mir. Wütend war ich auf mich, weil ich so war, wie ich war. Weil ich mich von meiner inneren Angst leiten ließ, mich von Ben losgerissen hatte und er nun genau wusste, wie unbefleckt ich war. *Er ist ja schließlich kein Dummkopf!*

Ich wollte aber nicht, dass er wusste, dass ich noch Jungfrau war. Ich war ein Spätzünder, was mir unheimlich peinlich war.

„Tut mir leid, ich wollte dich nicht bedrängen", meinte er sanft. Sein Atem ging immer noch schnell. Ich hob den Kopf und starrte auf die Tür. „Das ist es nicht." „Sondern?" Der Zorn wurde stärker.

Sondern? Es lag doch auf der Hand, was das Problem war. War es wirklich sein Ernst, dass er es hören wollte? Sollte ich mich wirklich noch lächerlicher machen?

„Das ist doch offensichtlich", schnauzte ich ihn an, „ich bin ein dummer Spätzünder!" Ben krauste die Stirn. „Wie alt bist du. Sechzehn, Siebzehn?" „Sechzehn", antwortete ich. „Dann ist …", sagte Ben. „Bist du nicht sechzehn?", fiel ich ihm ins Wort. „Was? Äh, nein, achtzehn", erwiderte er beiläufig,

„also, was ich meinte …" „Bist du sitzengeblieben?", hakte ich weiter nach. Ben blickte mich etwas fragend an. „Wie? Nein, bin ich nicht. Also, nochmals …" „Warum sind wir dann in der gleichen Klasse?", fragte ich scharfsinnig. Ben klappte den Mund zu und blickte mich wortlos an. „Interessiert dich das wirklich, oder willst du nur vom Thema ablenken?" Ich zuckte verlegen mit den Schultern. „Vielleicht beides?"

Ben runzelte die Stirn. „Hör zu. Ich weiß nicht, wer dir diesen Schwachsinn in den Kopf gesetzt hat, dass du mit sechzehn zu den Spätzündern gehörst. Es ist dein Ding, also tue es, wann du willst."

Verlegen kratzte ich mich an der Stirn. Mit Ben über Sex zu sprechen, war mir irgendwie unangenehm. Seine unglaubliche Lockerheit, was dieses Thema anbelangte, machte es auch nicht einfacher.

„Und tue es auch nicht jemandem zuliebe, denn solche Typen haben keine Ahnung. Und glaube mir, ich weiß, wovon ich spreche, ich war leider auch mal so einer."

Mein Handy klingelte. Das war genau der richtige Moment, um mit diesem Thema abzuschließen.

Rasch ging ich zum Rucksack, den Ben lieblos auf den Boden geworfen hatte, und kramte das Handy heraus. „Hallo?", sagte ich. „Caroline?", fragte Molly,

„wo bist du? Wir warten schon seit zehn Minuten auf dich."

Warten? Wieso denn? Bevor ich jedoch etwas sagen konnte, fiel der Groschen. Der Filmabend! Ich hatte den Filmabend vergessen! „Oh, schon so spät? Ich bin noch in der Stadt, und habe die Zeit völlig aus den Augen verloren", flunkerte ich. „Ich bin in ungefähr zwanzig Minuten bei euch. Sucht schon mal einen Film raus, ok? Mir ist alles recht." „Ok, aber beeil dich, ja?", antwortete Molly. „Werde ich. Bis nachher." „Bis nachher."

Eigentlich hatte ich keine Lust, mir irgendeinen Liebesfilm anzuschauen. Viel lieber wäre ich hier bei Ben geblieben. Aber trotzdem, ich hatte zugesagt und würde daher auch hingehen.

„Du musst gehen?", fragte Ben, der mich vom Sofa aus beobachtete. Im Mustern war er sehr gut. Wäre er ein Tier, hätte er eine gute Raubkatze abgegeben. Die Umgebung beobachten, die Beute mustern und dann zuschlagen.

„Ja, leider", sagte ich gedämpft, „Filmabend bei Molly. Ich hatte ihn ganz vergessen."

Ich zog die Schuhe an und schmiss das feuchte Shirt sowie das Jäckchen in den Rucksack.

Ben war inzwischen herübergekommen. Vorsichtig strich er mir ein Haar aus der Stirn. „Ich würde eigentlich lieber hierbleiben", sagte ich bedauernd. „Ich weiß ..." Ben lächelte, „wer möchte das nicht." Ich grinste ebenfalls. „Muss ich mir Sorgen machen, dass du ein kleiner Casanova bist?", neckte ich.

Ben strich mir erneut über die Stirn. Mein Inneres kribbelte wild. Er zog mich an sich und küsste mich sanft. Ich schlang meine Arme um seinen Oberkörper und zog ihn ebenfalls an mich. „Du machst es mir nicht gerade einfach", flüsterte ich. „Ich weiß", antwortete er und presste sein Gesicht in meine Haare. Mit einem tiefen Atemzug ließ er mich dann aber ganz los.

„Du solltest jetzt gehen, oder ich kann dich nicht mehr gehen lassen." Er lächelte leicht. Galant öffnete er die Tür. „Viel Spaß." „Ja, mal schauen", antwortete ich.

Mein Gesichtsausdruck strahlte eher Missmut als Freude aus. Ben lächelte erneut. „Wir sehen uns morgen." Ich nickte wortlos.

Langsam ging ich die Treppen hinunter und winkte ihm zum Abschied zu.

Verfolgung

Zum Glück hatte es draußen aufgehört zu regnen. Der Himmel war immer noch mit grauen Wolken bedeckt.

Hoffentlich komme ich trocken bei Molly an. Ich hatte nicht gerade Lust, den Abend mit nassen Kleidern vor dem Fernseher zu verbringen.

Da realisierte ich erst, dass ich ja noch Bens Shirt trug. Ich haderte. Sollte ich jetzt das Nasse wieder anziehen? Ich schüttelte den Kopf. Nein, ich würde mir einfach eine Ausrede einfallen lassen, um zu erklären, warum ich ein viel zu großes Shirt trug. Neue Mode?

Naja, ich musste noch etwas überlegen.

Eine Zeit lang war ich fast der einzige Mensch, der die Straße entlang ging. In diesem Teil der Stadt war nicht viel los.

Ein kurzer Blick auf die Straße zeigte mir, dass sie leer war und ich sie problemlos überqueren konnte. Aber da war doch was! Es war nur einen kleinen Augenblick in mein Blickfeld gehuscht. Und doch, das reichte, um meine volle Aufmerksamkeit zu erlangen.

Erneut sah ich die Straße hinunter, und da stand er! Der Albino! Ungefähr zehn Meter hinter mir schritt er die Straße entlang. Es schauderte mich. *Was tut er hier?* Diese Person war mir nicht geheuer.

Merklich begann ich, schneller zu gehen. Ich wollte einfach hier weg! Ich musste hier weg!

Es konnte kein Zufall sein, dass der Albino ebenfalls diese Straße entlang ging.

Vorsichtig blickte ich kurz zurück. Der Abstand blieb immer noch gleich groß – obwohl, vielleicht verringerte er sich sogar ein wenig.

Ich musste ihn irgendwie abschütteln!

Bis zur Schule waren es noch ungefähr fünf Minuten, und von da ab musste ich noch die Straßenbahn nehmen. Ich musste ihn also abschütteln, bevor ich die Haltestelle erreichte.

Die nächste Abzweigung bog ich extra links ab, um danach gleich wieder rechts abzubiegen. Würde er ebenfalls diesen Weg einschlagen, war es sonnenklar, dass er mich verfolgte.

Meine Schienbeine machten sich durch das schnelle Gehen leicht bemerkbar.

Als ich zurückblickte, war ich eine Zeit lang alleine. *War doch alles nur ein Zufall,* fragte ich mich. Doch dann bog der Albino mit eiligen Schritten um die Ecke. Mein Herz pochte wie wild in meiner Brust, und eine beklemmende Angst überkam mich schlagartig. *Das ist kein Zufall! Das ist definitiv kein Zufall!*

Ich wechselte zu leichtem Joggen. Vorsichtig spähte ich zurück. Der Albino begann ebenfalls zu rennen – aber viel schneller als ich.

Die Angst in mir explodierte! Wie von der Tarantel gestochen rannte ich los – so schnell ich konnte. Immer wieder bog ich in verschiedene, mir völlig unbekannte Straßen. Ich bog mal rechts, dann wieder links und dann erneut rechts ab.

Die Orientierung hatte ich schon lange verloren, doch meine Angst trieb mich immer weiter an.

Egal, wohin ich auch ging, der Albino war nicht abzuschütteln. *Was will er von mir!*

In den Straßen befanden sich nur Geschäfte, welche schon geschlossen hatten. *Gibt es keine längeren Ladenöffnungszeiten? So spät ist es doch noch gar nicht,* dachte ich.

Meine Angst wuchs von Sekunde zu Sekunde! *Was passiert, wenn ich nicht mehr wegrennen kann und auf der Straße zusammenbreche? Würde der Albino mich gegen meinen Willen irgendwohin verschleppen? Aber warum gerade ich? Was habe ich ihm getan?*

Wieder bog ich willkürlich um die Ecke. Stark keuchend versuchte ich mich zu motivieren. *Du schaffst es! Du bist jung, er nicht!* Naja, nicht gerade die beste Motivation, aber mir fiel gerade nichts Besseres ein. Ich spürte, wie meine Muskeln langsam schlapp machten. Die Lungen stachen schon seit einer Weile, was ich aber zu ignorieren versuchte.

Moment mal! Diese Straße kannte ich! Hier war ich früher doch schon mal durchgekommen, oder nicht?

Angestrengt versuchte ich mich zu erinnern, wo ich mich befand. Ich kannte diese Straße – da war ich mir sicher!

Neben mir tauchte ein Lederwarengeschäft auf. *Das Lederwarengeschäft!* Natürlich, hier kamen wir vorbei, als wir zu Bens Wohnung gingen! Irgendwie war ich unbeabsichtigt im Kreis gerannt.

Hoffnung stieg in mir auf. Es waren nur einige Meter! Wenn ich diese durchhalten würde, dann könnte ich bei Ben Zuflucht suchen.

Ich versuchte, die letzte Kraft aus meinen Beinen zu holen.

Der Albino schloss immer näher auf. Meine Kehle brannte und mein Herz hämmerte gegen meine Brust. Lange würde ich das nicht mehr durchhalten!

Der Treppenaufgang, schrie ich innerlich. Bald hatte ich es geschafft. Nur noch ein paar Meter. *Das schaffst du, Caroline!*

Das Stechen in meinen Lungen schmerzte immer mehr, und es wurde mir schon langsam schummrig vor den Augen. *Oh Gott, jetzt nur nicht zusammenklappen,* dachte ich.

Mit letzter Kraft rannte ich zur Eingangstür hoch und riss sie auf.

Im Treppenhaus war es recht dunkel. Ich hatte keine Zeit, den Lichtschalter (der sich irgendwo an einer Wand befand) zu suchen.

Mit beiden Händen zog ich mich das Geländer hinauf. Meine Beine schmerzten.

Du darfst jetzt nicht schlapp machen, nicht so kurz vor dem Ziel. Meine Kehle brannte, und die Punkte vor meinen Augen wurden mit jedem Schritt mehr und mehr.

Ich wollte nach Ben rufen, doch ich war unfähig. Die Kehle war zu trocken.

Ein hohes Pfeifen begann in meinen Ohren zu dröhnen. *Nicht zusammenklappen Caroline, nicht zusammenklappen,* schrie ich mich innerlich an.

Meine Lungen schmerzten, oh Gott, sie schmerzten so sehr. Ich hätte mich am liebsten auf den Boden fallen lassen – ich war so am Ende.

Keuchend zog ich mich weiter hinauf. Alles an mir begann zu zittern. Mein Körper war dem Aufgeben nahe, aber ich durfte jetzt noch nicht aufgeben! Nicht jetzt! „Ben", krächzte ich, doch es war viel zu leise, als dass er es hören konnte.

Irgendwie hatte ich mich in den obersten Stock geschleppt. Meine Knie zitterten wie Espenlaub. Mein

Herz pochte wild, während sich die Lungen in meiner Brust schmerzhaft zusammenzogen. Ich warf mich gegen seine Tür und hämmerte mit letzter Kraft dagegen. Ich konnte nicht mehr, ich konnte einfach nicht mehr!

Müde legte ich meine schweißnasse Stirn auf die kühle Tür. *Wieso öffnest du nicht?*

In meinen Ohren pfiff es immer stärker, und die schwarzen Punkte vor meinen Augen schlossen sich zu einem großen Bild zusammen. Meine Knie gaben nach.

Langsam, ganz langsam rutschte ich dem Boden entgegen. Gleich würde die Überanstrengung ihren Tribut fordern und mich in Ohnmacht fallen lassen.

Plötzlich wurde die Tür aufgerissen.

Ben griff nach mir, bevor ich vor Erschöpfung noch ganz auf den Boden fiel. Er legte seine Arme um meinen Körper und hob mich sanft hoch. Meine Augen blieben geschlossen. Jede noch so kleine Anstrengung war zu viel für mich.

„Was ist passiert?", fragte er entsetzt.

Ich konnte nicht antworten. Meine Lungen stachen so fest, als würden sie gleich platzen. Ich stöhnte leise. „Caroline!" rief Ben erschrocken, „was ist nur passiert?"

Ich hatte keine Kraft mehr!

Keine Kraft mehr zu antworten, keine Kraft mehr, die Augen aufzuschlagen, keine Kraft mehr, überhaupt irgendetwas an meinem Körper zu bewegen.

Ben schloss die Tür hinter uns und trug mich anschließend aufs Sofa. „Caroline, kannst du mich hören? Caroline?", fragte er. Seine Stimme war angsterfüllt. Ich wollte ihm ja antworten, ihm alles erklären, doch ich war nur im Stande, leise zu stöhnen.

Das Pfeifen in meinen Ohren wurde ohrenbetäubend laut. Alles um mich herum schien sich plötzlich in Rekordzeit zu drehen. Ich spürte mein Herz hämmern – fester und immer fester – bis die Ohnmacht die Oberhand übernahm und mich in eine dunkle Leere fallen ließ.

Das nächste, was ich registrierte, war, dass jemand von mir wegschritt und nach kurzer Zeit wieder zurückkam. *Wo bin ich?* Ich fühlte mich müde und ich war durstig, so durstig! Etwas drückte gegen meine Lippen und eine Flüssigkeit rann langsam in meinen Mund. *Wasser!* Hastig versuchte ich, jeden Tropfen aufzufangen. Meine Kehle brannte immer noch.

„Langsam, Caroline", sprach Ben beruhigend auf mich ein.

In seinem Unterton schwang jedoch eine leichte Anspannung mit.

Mein Puls war jetzt ruhig und gleichmäßig. Kein Drehen und kein Pfeifen mehr. Die Ohnmacht war verschwunden.

Ben legte mir einen kühlen Waschlappen auf die Stirn. *Tut das gut!*

Mein Körper zitterte immer noch leicht. Ich versuchte krampfhaft, die Augen zu öffnen, doch ich machte sie nur kurz auf, bevor sie sich wieder erschöpft schlossen. „Du bist bei mir. Es ist alles in Ordnung", sagte er ruhig und strich mir liebevoll über das Haar. „Ben", hauchte ich. „Lass deinem Körper noch etwas Zeit, Caroline. Es wird dir gleich wieder besser gehen."

Die Trockenheit in meinem Mund verschwand langsam wieder. Auch der Schmerz in meinen Lungen war nicht mehr zu spüren. Ich fühlte, wie langsam Atmung und Kreislauf wieder auf Normalzustand kamen.

Obwohl Ben versuchte, möglichst beruhigend auf mich zu wirken, spürte ich seine innere Anspannung. Langsam öffnete ich die Augen – und diesmal schaffte ich es, dass sie offen blieben.

Ich lag auf dem Sofa, während Ben daneben auf dem Boden kniete. Seine warme Hand ruhte auf meiner

Schulter. Der liebevolle Blick von Ben brachte das altbekannte Kribbeln zurück in meinen Körper.

Ernst sah ich zu ihm rüber. „Er hat mich verfolgt", presste ich hervor. Das Sprechen fiel mir immer noch schwer. „Miles?", fragte Ben mit finsterem Blick. „Miles? Äh, nein, es war ein Albino", erwiderte ich, „ich habe ihn schon mal gegenüber der Schule gesehen. Damals hatte er uns beobachtet." Bens Kiefermuskeln spannten sich an. „Ich habe keine Ahnung, was er von mir will. Er flößt mir einfach Angst ein." Ben nickte.

Er versuchte, ein Lächeln auf sein Gesicht zu zaubern, doch es misslang ihm kläglich. Seine Augen funkelten so zornig, dass er es kaum verbergen konnte. Trotzdem fuhr er in einem möglichst beruhigenden Ton fort: „Ruh dich etwas aus, ok? Hier bist du sicher." Liebevoll strich er mir über die Wange und drückte kurz meine Hand. „Alles in Ordnung?", fragte ich leise. „Klar", antwortete Ben, „bleib noch etwas liegen, das tut dir gut." Ich lächelte.

Ben stand langsam auf und ging zum Fenster. *Du bist echt ein mieser Schauspieler*, dachte ich.

Mein Körper war noch erschöpft, doch mein Geist war hellwach. Irgendwas war mit diesem Albino ganz und gar nicht in Ordnung. Aber wieso hatte er gedacht, Miles würde mich verfolgen? Ich war mir sicher, Ben verschwieg mir etwas!

Der Scout

Ich lag noch eine Weile auf dem Sofa. Langsam spürte ich, wie die Kraft in meinen Körper zurückkehrte. Meine Muskeln fühlten sich nun zum Glück nicht mehr wie Blei an. Naja, federleicht zwar auch nicht. Bestimmt würde ich morgen Muskelkater haben von meinem Spurt vorhin.

Ben stand am Fenster. Er hatte die Vorhänge zur Seite gezogen und blickte auf die Straße hinunter. Seine Gesichtszüge waren hart und angespannt. Die Kieferknochen malmten ununterbrochen. Irgendetwas schien ihn zu sorgen. Mir kam da eine Idee – ich schüttelte sie aber gleich wieder ab.

Langsam stand ich auf. Meine Beine zitterten zu Beginn noch leicht, doch mit jedem Schritt wurden sie stärker.

Ben war so in Gedanken, dass er nicht registrierte, wie ich hinter ihn trat. Vorsichtig blickte ich in die dunkle Nacht hinein. Und dann sah ich ihn! Den Albino! Er stand auf der anderen Straßenseite.

Als hätte er gewusst, dass ich ihn sehe, hob er im gleichen Augenblick den Kopf und starrte mich mit seinen kalten Augen an.

Erschrocken sprang ich mit einem erstickten Schrei einige Schritte rückwärts!

Nein, das kann nicht wahr sein! Angst flammte erneut in mir auf.

Zitternd drückte ich mich an die Wand und starrte in die erschrockenen Augen von Ben. Geistesgegenwärtig kam er zu mir herüber und nahm mich in den Arm. Dankend drückte ich mich an ihn. Tränen der Angst liefen mir über das Gesicht. „Was will er? Was will er von mir …", schluchzte ich. Ben drückte mich noch mehr an sich. „Er kann dir hier nichts tun, du bist sicher bei mir." „Wie willst du das wissen? Vielleicht kommt er nachher einfach hoch und holt mich." Ben nahm meinen Kopf in seine Hände und blickte mich selbstsicher an. „Weil ich es nicht zulasse!"

Dankend legte ich meinen Kopf an seine Brust und schloss die Augen. Die Sicherheit, die er mir vermittelte, beruhigte mich zutiefst. *Er wird nicht zulassen, dass mir etwas geschieht. Nein, nicht er.*

„Du bleibst heute Nacht hier", sagte er bestimmt. Der bloße Gedanke daran, die Nacht hier zu verbringen, hätte mich in einer anderen Situation bestimmt beflügelt, doch jetzt war dies nicht der Fall. „Ich glaube nicht, dass mein Vater das erlaubt", antwortete ich, „er kennt dich ja nicht mal. Weißt du, er ist nicht so locker drauf, wenn es um Jungs geht."

„Ist mir egal, was dein Vater denkt! Ich lasse sicher

nicht zu, dass der Scout dich erwischt", meinte Ben forsch. Ich stockte. *Was hatte Ben da gerade gesagt?* "Scout?", fragte ich überrascht. "Was ist ein Scout?" Ben biss sich auf die Lippen und ließ mich augenblicklich los. "Ben?", sagte ich aufhorchend. Er strich sich durch die Haare und wandte sich ab.

Ohne meine Frage zu beantworten, trat er einige Schritte zur Raummitte hin. "Ben?", fragte ich erneut, "was ist ein Scout?" "Caroline", sagte er sanft, ohne dass er mich anblickte, "ich ...", er stockte und strich sich erneut nervös durch die Haare. Sein Körper war immer noch abgewandt. "Ben! Was ist ein Scout!", fragte ich mit Nachdruck. "Es ist mir herausgerutscht", antwortete Ben leise, "vergiss es, ok? Ich dürfte es gar nicht sagen." *Vergessen? Ich sollte es einfach so vergessen? Nicht mit mir!*

Zielsicher ging ich um Ben herum und blickte ihn mit wachen Augen an. Von meiner früheren Schwäche war nichts mehr zu spüren. "Das ist ein Scout?", sagte ich forsch und zeigte zum Fenster. Ben schluckte leer, machte aber keine Anstalten, meine Frage zu beantworten. "Wenn du schon weißt, wer das ist, warum sagst du es mir nicht? Sprich mit mir, Ben!" Seine Stirn lag in Falten, und sein Blick streifte nervös mein Gesicht.

"Ben! Bitte!"

Langsam begann er, den Kopf zu schütteln. „Ich kann nicht", flüsterte er, „ich darf es nicht." „Was soll das heißen, du darfst nicht! Irgend so ein Typ verfolgt mich, der anscheinend so gefährlich ist, dass ich nicht mehr aus der Wohnung kann, aber du darfst mir nicht sagen, wieso? Soll das ein Witz sein oder was?" „Es tut mir leid", antwortete er verzweifelt und strich mir über den Arm. Genervt schlug ich seine Hand weg. „Verdammt noch mal, Ben! Ich bin kein kleines Kind! Ich dachte, ich soll dir vertrauen! Aber wie kann ich dir vertrauen, wenn du mir etwas verschweigst?", schrie ich ihn an. „Weil es nicht geht!" Ben wurde nun ebenfalls laut. „Ich darf es dir nicht sagen. Wir dürfen es dir alle nicht sagen!" „Alle?" Ich konnte kaum glauben, was ich hörte. „Alle? Was heißt hier ‚alle'!" Ich schnaubte laut.
„Hast du ernsthaft geglaubt, dass ich nichts mitbekomme? Die merkwürdigen Andeutungen von Molly und Simone, diese eigenartigen Schüler mit ihren noch eigenartigeren Eltern, die sie nach Hause brachten – nebenbei, welcher normale Mensch wird in unserem Alter noch von seinen Eltern abgeholt – und zu guter Letzt die ständig wechselnden Türfarben. Hast du mich echt für dumm gehalten, dass ich das alles nicht mitbekomme? Diese Schule ist ein einziges Irrenhaus, und ich habe verdammt noch mal

das Recht, endlich zu wissen, was hier eigentlich gespielt wird!" Ben biss die Zähne aufeinander, bis sie schmerzten. Sein Atem beschleunigte sich und seine Hände zitterten. Seine Augen blickten angestrengt in mein Gesicht. Er stand unter riesigem Stress.

Ich hatte ihn in die Enge getrieben (wie eine Katze die Maus), und egal, was ich auch für ihn empfand, ich würde ihn da nicht mehr rauslassen, bis ich meine Antworten hatte!

„Morgen", versuchte Ben einigermaßen ruhig zu sagen, „Morgen sprichst du mit Angelika. Sie wird dir alles erklären. Mehr darf ich dir wirklich nicht sagen." Ich schüttelte den Kopf. „Nein. Nein, Ben!" Meine Stimme war nun etwas leiser, aber genauso wütend wie vorhin. „Es interessiert mich nicht, was Angelika zu sagen hat. Anscheinend halten alle – wer auch immer ‚alle' sind – etwas vor mir verborgen, und die Person, die mir am meisten bedeutet, hat nicht mal die Größe, es mir zu verraten. Das ist bemitleidenswert!", sagte ich bitter.

Ben strich sich wieder nervös durch die Haare. Ich bemerkte, wie er mit sich selber kämpfte.

Steif und gefühlskalt stand ich ihm gegenüber. Ich fühlte mich von ihm hintergangen. Von allen hintergangen!

Bens Augen flehten mich an, es gut sein zu lassen. Doch das tat ich nicht. „Du hast mein Vertrauen soeben verloren, weißt du das?", flüsterte ich kaum hörbar. Unerwünschte Tränen sammelten sich in meinen Augen, welche ich barsch mit dem Handrücken entfernte. Ich wollte jetzt nicht weinen – egal, ob das Herz schmerzte.

Ben trat näher und versuchte, mich zu umarmen. Ich wich instinktiv einen Schritt zurück. „Nicht", flüsterte ich, ohne ihn anzublicken. „Tu das bitte nicht, Caroline. Bitte nicht", flehte er. Seine Augen wurden ebenfalls feucht. „Ich darf es dir wirklich nicht sagen. Es ist eine Regel!"

„Ich dachte immer, du scherst dich nicht um Regeln. Anscheinend hatte ich mich aber getäuscht." Ich sah ihm mit finsterem Blick direkt in die Augen. „Ja, es stimmt, Caroline, Regeln interessieren mich nicht. Aber diese ist die einzige, die man befolgen muss! Nur Angelika ist es erlaubt, darüber zu sprechen. Und sie wird dir alles erklären. Aber erst morgen."

Ich schüttelte den Kopf und ging wortlos zur Tür. Ich wollte nicht mehr warten! Ich wollte es jetzt hören, und zwar aus Bens Mund!

Ben ging mir nach und umklammerte meine Hand, als diese bereits auf dem Türgriff war. „Lass das!", zischte ich Ben an, „wenn du es mir nicht sagen willst, dann kann ich ja ihn fragen." Ich machte eine Kopfbewegung Richtung Fenster. „Vielleicht schert er sich nicht so um Regeln wie du." Ben lächelte trocken. „Wir wissen doch beide, dass du nicht nach unten gehst und ihn fragst." „Anscheinend kennst du mich nicht gut genug", antwortete ich sauer. "Deine Sturheit würde dich ins Verderben führen, doch es kümmert dich nicht. Du willst es einfach wissen, egal, was auch passiert!", sagte Ben bitter und sah mich mit seinen dunklen Augen durchdringend an.

„Du musst mich gar nicht so ansehen. Du kannst mir keine Angst mehr einjagen", sagte ich genervt. „Das war auch nie meine Absicht", erwiderte er leise. Er atmete geräuschvoll ein und aus. „Caroline, wenn du da rausgehst, bist du verloren, glaube mir. Und ich will dich nicht verlieren!", sagte Ben leise. Ich schaute ihn wortlos an, den Türgriff immer noch fest in der Hand. Ich hatte dieses „Katz-und-Maus"-Spiel endgültig satt!

Ich war enttäuscht. „Ich hatte wirklich geglaubt, die Träume, unsere Begegnung – alles wäre irgendeine Art Schicksal. Ein Schicksal, das uns zusammenschweißt", sagte ich leise. Aber war es das wirklich? Ich war mir nicht mehr so ganz sicher.

Als ob Ben meine Gedanken gehört hätte, ging er vorsichtig darauf ein. „Wenn ich dir das alles erzähle, wird deine ganze Welt, in der du dich jetzt befindest, auf den Kopf gestellt." „Mich wirft nichts so schnell um", erwiderte ich kühl. „Aber das wird es, glaube mir!" Er nahm seine Hand von meiner. „Ich habe keine Ahnung, welche Auswirkungen es auf das Ganze haben wird, wenn ich es dir erzähle."

Ben ging zum Sofa und setzte sich. Er rieb sich die schmerzenden Schläfen. *Das Ganze? Was meinte er mit 'das Ganze'?*

Langsam ging ich zu ihm und setzte mich ebenfalls. „Versuchen wir es", sagte ich aufmunternd. Ich wollte dieses große Geheimnis nun endlich wissen. So schlimm, wie alle taten, konnte es sicher nicht sein.

„Der Albino, der ist ein Scout", begann Ben langsam zu erklären. „Ein Scout ist ein Abgesandter der Hölle." Ich runzelte die Stirn. "Klar", erwiderte ich grinsend, „und wir sitzen alle in der Vorhölle." Ich lächelte. „Komm schon Ben, lass die Witze!"

Mit ernstem Gesichtsausdruck fuhr er fort. „So habe ich auch reagiert, als ich es erfuhr. Es war einfach so lächerlich, das Ganze – so irreal." Er schüttelte den Kopf. „Bis. ... bis ich dann alles realisierte. Dann wurde aus dem Tag die Nacht. Und von da an gab es nur noch eines – Finsternis!"

Ich runzelte die Stirn. *Was will er mir genau erklären? Sprechen wir eigentlich vom Gleichen?*
„Bis du dann kamst." Er atmete tief ein und aus. „Aha, und weiter?", fragte ich etwas belustigt. „Lach nicht, Caroline! Der Scout jagt dich. Aus irgendeinem Grund bist du beziehungsweise ist deine Seele wertvoll für ihn, und er wird nicht ruhen, bis er dich hat! Er wird jeden Trick anwenden, der ihm möglich ist. Er wird dich täuschen, dich locken, dich ängstigen und dir Schmerzen zufügen. Egal, was – Hauptsache, er bekommt dich!"
Die Stirne krausend grinste ich. „Komm schon, du veräppelst mich doch. Ist das ein Spiel für Neuankömmlinge in der Schule oder was?" Ben schüttelte den Kopf. „Du weißt schon, dass sich das sehr verrückt anhört?" Er nickte zustimmend. „Ja, wenn du aber alles weißt, dann nicht mehr." „Dann erkläre es mir", drängte ich. Bens Kaumuskeln verhärteten sich. „Du bedeutest mir sehr viel, Caroline. Egal, was sein wird, ich wollte dir nie Schmerzen zufügen", sagte er sanft. „Ich weiß, Ben. Das wirst du nicht." „Oh doch", flüsterte er kaum hörbar, „das werde ich! Vergiss es daher bitte nie!"
Ben legte seine Hand zärtlich auf meine und blickte mich direkt an. In seinen Augen blitzten kleine Tränen auf. „Was war das Letzte, an das du dich erin-

nerst, bevor du das erste Mal in die Akademie kamst?" „Was hat das damit zu tun?", fragte ich verdattert. „Antworte mir bitte!", sagte Ben sanft. „Naja, ich war bei meinem Vater." „Und zuvor? Gab es da ein besonderes Ereignis? Etwas Unvorhersehbares? Ein Unwetter, warst du vielleicht schwer krank?" „Nein", antwortete ich etwas gereizt, „ich weiß nicht, worauf du hinaus willst." „Oder einen Unfall?", sagte Ben leise und blickte mir noch tiefer in die Augen. Ich stockte. „Ja", erwiderte ich, „den gab es." „Vergiss nicht, ich liebe dich", hörte ich noch seine leisen Worte, bevor sich alles um mich herum zu drehen begann.

Plötzlich fand ich mich wieder im Wagen meiner Mutter. Wir waren gerade ans Stauende gefahren. Mom wetterte lauthals über die stehenden Autos vor uns, als der Geländewagen ungebremst in unseren Wagen krachte. Ich spürte, wie mein Kopf zuerst in die Kopfstütze und dann in den ausgelösten Airbag gedrückt wurde, fühlte das verbogene Metall in mein Bein dringen, hörte das Hupen unseres Wagens und den durchdringenden Schrei meiner Mutter. Dann plötzlich Ambulanz Sirenen.

Als wäre ich Zuschauer eines Filmes, erblickte ich meinen geschundenen Körper, der auf der Trage lag.

Um meinen Mund eine Sauerstoffmaske, um mein Bein einen Verband, der sich mit Blut vollsog. *Was ist mit meiner Mutter! Wo ist meine Mutter!* schrie ich, doch keiner konnte mich hören.
Die Tür der Ambulanz wurde aufgerissen. Unbekannte Personen fassten meinen schlappen Körper an. Mein linkes Auge war blutunterlaufen, und aus meiner Nase lief ein blutiges Rinnsal. Jemand sprach mit mir, was ich im ganzen Stimmengewirr jedoch nicht verstand. Die Menschen rannten hektisch um mich herum, während ich in einen Operationsraum geschoben wurde. Und dann ... schwarz! Plötzlich war alles schwarz und ruhig. Es war so wundervoll ruhig, einfach herrlich!

Ein leises Weinen weckte meine Aufmerksamkeit. „Es tut mir leid, es tut mir so leid", flüsterte eine Stimme. Die Stimme meines Vaters!
Er saß auf einem einfachen Holzstuhl an einem Spitalbett. Das Zimmer aus meinen Träumen! Tränen liefen ihm über die Wangen. Liebevoll strich er mit seinen Fingern über meine Hand und blickte auf meinen schwachen Körper, der im Bett lag. Ich hatte die Augen geschlossen. Um mich herum standen lebenserhaltende Maschinen. Das Elektrokardiogramm piepste leise. Daneben stand eine Beat-

mungsmaschine. Mein Haar war länger als zuvor und mein Gesicht war unverletzt.

„Es tut mir so leid, Caroline", flüsterte er, „ich hoffe, du vergibst mir irgendwann für das, was ich hier tue. Aber es währt schon so lange." Er schniefte. „Grüße deine Mutter von mir, wenn du sie siehst. Ich liebe dich." Er erhob sich und gab mir einen Kuss auf die Stirn. Dann nickte er einem Doktor zu, der am Bettende stand. Wortlos ging dieser zu den lebenserhaltenden Geräten und stellte eines nach dem anderen ab. Mein Vater legte weinend seine Stirn auf meine. Das Elektrokardiogramm piepste noch einige Male, bis nur noch der gleichmäßige Null-Ton den Raum erfüllte.

Zurück zum Anfang

Ich zitterte! Ich zitterte innerlich wie äußerlich. Nun verstand ich, was Ben damit meinte, es würde mein ganzes Leben auf den Kopf stellen. Es war nicht mehr mein Leben! Ich war nicht mehr AM LEBEN! Der Unfall hatte meine Seele aus dem Körper gerissen, ohne dass ich es realisiert hatte. Bis jetzt!
Ich konnte es nicht fassen! Mein ganzes Leben war vorbei, zu Ende. Einfach so ausradiert!
Mein Verstand ratterte, aber ich konnte es trotzdem nicht verstehen. Und ich fühlte diese Gefühle in mir, diese Tausenden von Gefühlen, welche alle gleichzeitig auf mich einpreschten. Ich war wütend auf meinen Vater, Angelika, Molly, Simone und auf Ben. Einfach auf alle! Alle hatten es die ganze Zeit gewusst, aber niemand wollte es mir sagen. Niemand!
Ich atmete tief durch. Und nun war ich plötzlich hier. Wie ich hierher kam, wusste ich nicht, aber das war auch egal. War nicht einfach alles egal, wenn man tot war?
Ich stand zitternd vor der Notaufnahme. Die Notaufnahme, in die ich nach dem Unfall gebracht wurde.
Leichter Regen erfüllte die Nacht. Mein durchnässtes Shirt klebte an meinem Körper.

Obwohl ich kein Herz mehr besaß, spürte ich in mir sein Hämmern. Die Lungen füllten und leerten sich mit Sauerstoff - genauso, wie sie es früher getan hatten. Nur die Leere, diese tiefliegende, innere Leere war neu und zerfraß mich fast.

Ich war gestorben! Tot! Nicht mehr am Leben! Und doch, es fühlte sich so ... real an.

Die Stirn an die Fensterscheibe der Notaufnahme gelehnt, schloss ich die Augen. Ich spürte das kühle Glas auf meiner Haut. Ich fühlte sie! Ich fühlte sie wirklich! Wie konnte ich dann also tot sein? Und wieso war dieser Schmerz in mir? Der Schmerz, der mich innerlich zerreißen wollte?

Die Türe der Notaufnahme öffnete sich, und ein junger, grün gekleideter Angestellter schritt trällernd heraus. Er schlenderte fröhlich zu einem roten Sportwagen, nahm eine braune Tüte heraus und schlenderte sogleich wieder zurück. Auf dem Rückweg zwinkerte er mir pfeifend zu und verschwand wieder im Innern. Ich schüttelte den Kopf. Wie konnte man nur tot und so fröhlich sein?

Ich betrachtete mein Spiegelbild in der Scheibe vor mir. Meine roten Haare waren nicht mehr kurz, sondern schulterlang – so wie ich sie im Leben immer getragen hatte. Ich runzelte die Stirn. Mein Gesicht war ohne jegliche Prellungen oder Blutergüsse.

Ich sah so aus wie damals, als ich noch lebte.
Tief atmend betrachtete ich jede Faser meines Spiegelbilds. Ich war nun hier! Hier, irgendwo zwischen Leben und Ableben. Irgendwo gestrandet und doch nicht richtig angekommen.
„Caroline", flüsterte es hinter mir. Ich kannte die Stimme. Wie sehr wünschte ich mir, dass Ben hier wäre. Dass er mich in den Arm nehmen würde und mir sagte, dass alles nur ein schlechter Traum sei. Aber er war es nicht.
„Caroline?", flüsterte es wieder. Langsam drehte ich mich um und blickte in die tiefblauen Augen von Miles.
Vorsichtig kam er einen Schritt näher und streckte mir seine Arme entgegen. Schluchzend warf ich mich hinein und drückte mein Gesicht an seine Brust. Mein Körper – oder sollte ich eher sagen meine körperliche Silhouette – zitterte.
Ich wusste nicht, wieso Miles hier war, wieso ich hier war, und wie ich überhaupt hierhergekommen war. Aber es war doch egal. Ich war ja tot! Tot wie alle anderen. Und genau wie ... Ben!
Ein Schauder durchzog meinen Körper. Tot! Alle waren tot! Erst jetzt begriff ich langsam.
Entsetzt trat ich einige Schritte von Miles zurück und starrte ihn schreckerfüllt an. Gelassen beobach-

tete Miles mich. „Ich weiß, wie du dich fühlst", sagte er ruhig. „Ach ja?" Meine Stimme zitterte. „Ja." Miles strich sich einen Regentropfen aus dem Gesicht. „Als wärst du von einem Panzer überfahren worden. Und das nicht nur einmal, sondern tausendmal. Und gleichzeitig umringen Dutzende von Nadelstichen deinen Leib und stechen immer und immer wieder zu. Du spürst alles, und doch ist dein Körper nicht mehr da. Du willst schreien, hast aber keine Stimme dazu. Du atmest, obwohl du es nicht müsstest. Und du fühlst dich leer, so ungemein leer." Miles atmete tief durch.

Tränen rannen über meine Wangen. „Wieso schmerzt es so?", fragte ich kaum hörbar, „Wieso ist sterben so schmerzhaft?" Miles trat näher und strich mir über den Arm. „Das ist nicht der Sterbensschmerz, den du spürst, sondern die Erkenntnis, dass du gestorben bist." „Ich will das aber nicht spüren. Es tut so weh." Miles nahm mich in den Arm, und ich weinte an seiner Brust. „Ich weiß. Es geht vorbei, glaube mir. Der Schmerz geht vorbei." „Wieso ist der Himmel nur so grausam", flüsterte ich, „ich dachte, es wäre so wundervoll hier." „Weil das nicht der Himmel ist", erwiderte Miles ruhig. Überrascht sah ich auf. „Nicht? Aber wo befinden wir uns dann?", fragte ich verwirrt.

„Das hier ist so eine Art Auffanglager in einer Zwischenwelt. Das ist der Ort, an dem Seelen – welche plötzlich aus dem Leben gerissen wurden – hinkommen und wie du erkennen, dass sie nicht mehr leben." „Ich versteh das nicht", sagte ich kopfschüttelnd, „warum kann ich nicht direkt in den Himmel gehen?" „Deine Seele muss zuerst begreifen, dass sie tot ist. Die deiner Mutter hingegen hat dies zum Beispiel schon erkannt und ist deswegen nicht hier", erwiderte Miles geduldig, „Alle Seelen hier sind gestorben, doch in ihren Gedanken leben sie immer noch auf der Erde. Erst wenn sie begriffen haben, was geschah, können sie weitergehen." „Aber wieso das Ganze mit der Schule und dem Park. All die Geheimnistuerei. Was soll mir das alles bringen?" „Es ist leichter, wenn man sich in einer gewohnten Gegend wiederfindet als irgendwo sonst. Obwohl die Erkenntnis des eigenen Todes bei jedem einen riesigen Schock auslöst.

Die, welche den Schock überstanden haben, helfen danach oft – aber nicht immer - den Neuankömmlingen. Du kannst das auch tun, wenn du möchtest." Ich strich mir schwer atmend über die Stirn. Das war einfach zu viel. Ich verstand es nicht. Ich war gestorben und hier im Nirgendwo zwischen Himmel und Hölle gestrandet, und für was? Um zu helfen?

„Ich pfeife auf das Helfen", entfuhr es mir bitter. „Ich möchte einfach, dass es aufhört. Der Schmerz soll einfach aufhören. Es tut so weh", schluchzte ich.
„Lass mich dir helfen", sagte Miles. Er strich mir liebevoll über die Wange. „Sage einfach, dass du bei mir bleibst." Seine Augen glänzten. „Sag es einfach, denn ich bin für dich da." Er war für mich da! Miles, das Ebenbild eines perfekten Traumjungen, war für mich da!

Aber genau das ließ mich stutzen. Er hatte das Aussehen meines Traumjungen, er hatte die Art meines Traumjungen – er hatte sogar die Wohnung meiner Träume! Irgendetwas stimmte hier nicht!

Ich löste mich von ihm. „Es ist gerade etwas viel. Ich brauche etwas Luft", flunkerte ich, um etwas Raum zwischen uns zu schaffen. Miles ließ mich bedenkenlos frei.

Mein Gehirn arbeitete auf Hochtouren. Was war hier falsch? Das konnte doch alles kein Zufall sein! Oder war das in diesem Nirwana hier etwa möglich?

Um ihn nicht anzusehen, spielte ich mit den Fingernägeln. „Bist du auch plötzlich gestorben?", fragte ich ihn beiläufig. Miles nickte. „Es war ein Hinterhalt. Eigentlich hätte ich damit rechnen müssen, schließlich war ja Krieg." Nun sah ich ihn doch an. „Du warst im Krieg? In welchem Krieg?"

„Der 2. Weltkrieg", antwortete Miles ruhig. Mein Mund stand offen. „Was?", hauchte ich. „Warum bist du so lange hier? Konntest du nicht in den Himmel?" „Das hat verschiedene Gründe – und glaube mir, die sind nicht sehr interessant", erwiderte er rasch. Langsam kam er näher und hielt meinen Arm fest. „Lass uns jetzt lieber gehen. Ich sehe, dass du frierst." Ich war durchnässt, da stimmte ich ihm zu, aber ich fror nicht.

Hitze breitete sich in meinem Inneren aus, als ich auf mein nasses Shirt sah. Es war nicht mein T-Shirt, sondern das, welches Ben mir ausgeliehen hatte.

Ben! Was war mit Ben passiert? Ich musste zu ihm, und zwar augenblicklich.

„Sage einfach, dass du bei mir bleibst", sagte Miles. Seine Stimme war nun sehr bestimmend. „Du bedrängst mich", erwiderte ich. Ich versuchte, mich aus seinem Griff zu befreien, doch Miles schloss seine Hand noch fester um meinen Arm. Seine Augen funkelten. „Dieses Spiel langweilt mich langsam, Caroline." Seine Stimme wurde rauer und lauter. „Lass meinen Arm los!", befahl ich. *Irgendetwas stimmte hier nicht, und zwar mit Miles!*

„Was soll das Theater! Hast du noch zu wenig? Was willst du denn sonst noch?" Miles wurde zornig. „Du hast alles bekommen, von dem du träumst. Die

Haarfarbe, die Augenfarbe, das gesamte Aussehen, die Art zu sprechen und sogar die verdammte Wohnung! Was also willst du noch?" Miles schrie mich wütend an. Seine Hand umklammerte immer noch meinen Arm. „Was, verdammt nochmal, brauchst du noch, bis du endlich sagst, dass du bei mir bleibst!"
Ich versuchte erneut, mich aus seinem Griff zu befreien, hatte aber keine Chance. Angst stieg in mir auf. *Warum will er unbedingt, dass ich „Ich bleibe bei dir", sage? Ist und war er nur eine einzige Täuschung?*

„Was meinst du damit, ich hätte alles bekommen, wovon ich träumte? Hast du das alles nur gespielt?" Miles lachte laut. „Du bist bescheuerter als gedacht. Wieso, meinst du, weiß ich ganz genau, wie du dir den „Jungen deiner Träume" vorstellst?"

Er verzog bei den letzten Worten das Gesicht, als hätte er in etwas Saures gebissen. „Ich muss zugeben, in deinen Kopf zu dringen, ist nicht gerade leicht, doch genau das macht den Reiz aus. Du hast eine Stärke in dir, die verlockend ist – unglaublich verlockend." Er zog mich, trotz Gegenwehr meinerseits, zu sich. „Und ich will dich nur für mich. Für mich alleine!"

Ich zerrte heftig an seinem Griff – keine Chance! „Du tust mir weh!", schrie ich ihn an. Miles lachte hämisch. „Gut so, Caroline, zeig mir deinen Zorn."

„Wer zum Teufel bist du überhaupt?" „Der Teufel? Nein, so weit bin ich leider noch nicht aufgestiegen, aber du bist nah dran." Er grinste. „Ich bin ein Abgesandter davon – sofern es dich überhaut interessiert." Ich runzelte die Stirn. „Ach ja? Dann zeige dein wahres Gesicht, oder traust du dich nicht?", sagte ich herausfordern. „Glaub mir, den Anblick würdest du nicht ertragen." Er lachte mir triumphierend ins Gesicht. „"Arschloch!", zischte ich, während mein Knie in seine Weichteile trat. Miles stieß einen lauten Schrei aus und sackte zu Boden.

Ich hatte hoch gepokert und recht gehabt. Nicht nur ich war in der Lage, Schmerz zu spüren.

Wie von der Tarantel gestochen rannte ich los. Wohin wusste ich nicht – einfach weg von hier.

Miles lag am Boden und hielt sich stöhnend die Hände in den Schritt. *Renne, Caroline, renne!*

In meinem Kopf herrschte das reinste Chaos. Tausende von Fragen, auf die ich keine Antwort hatte. Doch dies musste ich auf später verschieben. Ich musste an einen Ort, an dem ich sicher war – und diesen Ort hatte ich diese Nacht bereits einmal aufgesucht. Bens Wohnung!

Die Nacht hellte langsam auf. Es würde nicht mehr lange gehen und der Morgen dämmerte.

Die Theorie der Dualität kam mir plötzlich in den Sinn. Meine Mutter hatte mir immer wieder mal davon erzählt. Dualität bedeutet Gegensätze - Tag und Nacht, hell und dunkel oder gut und böse. Wenn Miles das Böse war, so musste es hier auch das Gute geben. Und das konnte nur Ben sein – das hoffte ich jedenfalls inbrünstig!

Die Straßen waren menschenleer. Wo waren all die Menschen, welche früh am Morgen zur Arbeit gingen? Müssten die nicht schon lange auf den Straßen sein?

Ich hatte eine leichte Ahnung, wo ich mich befand. In dieser Straße war die Praxis von Doktor Shepard. Bens Wohnung müsste sich also nördlich von mir befinden. Ich hoffte, meine Überlegung war korrekt, dann wäre es nicht mehr weit.

Meine Beine schmerzten. Zwei Mal in so kurzer Zeit einen schnellen Spurt hinzulegen, war für jemand Untrainiertes, wie ich es war, nicht gerade ideal. Ich war erschöpft.

Ich stockte plötzlich. Was sollte ich tun, wenn der Scout noch vor der Wohnung stand? Oder er mich sogar vorher abfing? Käme ich dann ins Fegefeuer? Hastig schüttelte ich den Kopf, um die wirren Gedanken zu verscheuchen.

Hinter der nächsten Ecke befand sich Bens Wohnung. Ich hielt an der Ecke an und spähte vorsichtig hervor.

Keine Menschenseele zu sehen – die Straße war leer.

Hastig rannte ich weiter, sprang die Vortreppe hoch und schlug die Tür auf.

Mein Herz raste. *Schon irgendwie eigenartig. Ich bin tot und spüre meinen Herzschlag. War das normal? War das hier überhaupt alles normal?* Ich schüttelte den Kopf.

Als ich die Treppen, welche zu den Stockwerken hinaufführten, sah, stöhnte ich auf. *Nicht schon wieder,* dachte ich.

Etwas langsamer als das letzte Mal stieg ich in den vierten Stock. Diesmal wollte ich um keinen Preis mehr ohnmächtig werden. Meine Lungen stachen wieder, doch mein Puls schlug dafür kräftig.

Keuchend klopfte ich an die Wohnungstür. *Komm schon, Ben, öffne die Tür!* Ich klopfte nochmals, diesmal etwas stärker. „Mach auf, Ben! Bitte", flüsterte ich. Aber alles blieb ruhig. Ich hörte nur meinen starken Atem in der Stille. Heftig schlug ich mit meiner Faust gegen die Tür.

Nichts! Niemand öffnete. „Das kann doch nicht wahr sein", sagte ich leise zu mir, „wo bist du, Ben?" Langsam drückte ich die Klinke hinunter – die Tür öffnete sich.

Mein Herz raste. Eine unverschlossene Tür, aber niemand zu Hause?

Vorsichtig stieß ich sie auf und spähte hinein. Die Wohnung war genauso wie vorhin, als Ben mir das Geheimnis dieses Ortes verriet. Mein Rucksack lag auf dem Boden neben dem Eingang. Der Tisch befand sich auf der rechten Seite und daneben Bens beiges Sofa. Davor standen die beiden Gläser und die Flasche Wasser.

Alles war genauso wie vorhin bis auf den zentimeterhohen Staub, der sich überall angesammelt hatte. *Beginne ich wieder zu halluzinieren?* An den Zimmerecken hatten einige Spinnen ihre Nester gebaut. *Wie lange war schon kein Mensch mehr in dieser Wohnung?* Meine Schuhe hinterließen Spuren auf dem staubbedeckten Boden. Bis sich so viel Staub ansammelte, musste eine Menge Zeit vergangen sein, doch wie war das möglich? Und wo war Ben in der Zwischenzeit geblieben?

Das Schlafzimmer war ebenfalls genau gleich wie vorhin. In der Ecke lag das T-Shirt, welches Ben achtlos auf den Boden geworfen hatte, die Bettdecke lag immer noch unordentlich auf dem Bett, daneben stand der Schrank, und an der Wand hing das Bild, das Bens Mutter geknipst hatte. Ich runzelte die Stirn als ich es betrachtete.

Ich erinnerte mich, wie wir beide auf dem Bett saßen. Er hielt meine Zeichnung in der Hand, als er mir von dem Traum im Park erzählte. Meine Wangen röteten sich bei dem Gedanken. Darauf bin ich zur Tür gerannt – Ben hinterher. Und das ohne Zeichnung! Erst jetzt wurde mir das bewusst. Wo war sie also geblieben?

Ich schaute mich im Zimmer um, blickte unters Bett und durchwühlte sogar die Bettdecke.

Eine große Staubwolke wirbelte auf und ließ mich stark husten. *Elender Staub*, dachte ich.

Nichts zu finden! Alles war am gleichen Platz wie in meiner Erinnerung, bis auf meine Zeichnung, die fehlte. Wo war sie hin?

Ich trat zum Fenster, putzte mit der Hand den Schmutz von der Scheibe und blickte hinaus.

Auf der Straße war keine einzige Person zu sehen. Ich sah auf meine Uhr. Die Batterie musste in der Zwischenzeit den Geist aufgeben haben, denn sie zeigte immer noch sechs Uhr. Irritiert blickte ich zur Sonne hoch. Wie war das möglich, dass sie schon so hoch am Himmel stand? Ich war doch erst seit ein paar Minuten hier. Oder täuschte ich mich etwa? Nein, das konnte nicht sein. Gerade eben hatte es vor dem Krankenhaus noch genieselt, doch jetzt war mein Shirt durch die plötzliche Wärme wieder ganz trocken. Hier war irgendetwas faul!

Wollte ich zu Ben, dann würde ich ihn wahrscheinlich dort finden, wo er die ganze Woche anzutreffen war – ich musste in den Park!

Instinktiv warf ich meinen Rucksack über die Schulter und zog die Tür hinter mir ins Schloss. Als ich hinunterging, fiel mir auf, dass sich auf die Treppe und das Geländer ebenfalls eine feine Staubschicht gelegt hatte.

Erst jetzt realisierte ich, dass ich der einzige Mensch war, der dieses Gebäude seit langem wieder mal betreten hatte.

Staub

Obwohl etliche Minuten verstrichen waren, zeigte meine Uhr immer noch sechs Uhr. Sie war definitiv kaputt.
Die Sonne stand schon hoch am Himmel und die Luft war schwül und heiß.
Meine langen Haare klebten an meinem Nacken. Ich hatte mich in der Zwischenzeit so an den kurzen Schnitt gewöhnt, dass mich meine langen Haare nun störten. Ich kramte in meinem Rucksack und fand mein „Notfall-Haarband". Das hatte mir schon nützliche Dienste geleistet, wie zum Beispiel beim Sport. Mit dem Pferdeschwanz ließ sich die Hitze schon besser ertragen.
Eine erdrückende Stille herrschte überall. Nirgends eine Menschenseele! Nicht mal ein Schmetterling oder Vogel war zu sehen. Es gab nur mich und diese langen, verlassenen Straßen. Und natürlich Miles, den ich bei der Notfallstation zurück gelassen hatte. Schlagartig blieb ich stehen. Die Notfallstation! Ich hatte durch die Scheiben geblickt und darin viele Menschen gesehen. Und da war doch noch der Mann, der mir zugezwinkert hatte. Warum befanden sich dort Menschen und hier nicht?
Ich war mir nicht sicher, was ich tun sollte.

Sollte ich lieber zurückkehren zum Krankenhaus? Dort waren schließlich andere Menschen. Was aber, wenn Miles sich noch dort aufhielt?

Ich beschloss, zuerst Ben im Park aufzusuchen und dann gemeinsam mit ihm zurückzugehen.

Angst kroch in mir hoch. *Was, wenn ich Ben nicht finde?* Schließlich sah seine Wohnung unbewohnt und seit langem verlassen aus. Wie lange stand sie schon leer? Monate? Oder gar Jahre? Vielleicht war Ben weggezogen. Aber warum hatte er alles zurückgelassen? Das Bild seiner Mutter, das Einzige, was ihm etwas bedeutete, hatte er nicht mitgenommen. Ich schüttelte den Kopf. *Er musste hier sein!*

Die Sonne brannte unglaublich stark, und die Schwüle der Luft trocknete meine Kehle aus. Was hätte ich jetzt für ein Glas Wasser gegeben.

Auf dem Weg zum Park kam ich an unserer Schule vorbei. Obwohl sie an der Hauptstraße lag, war alles ruhig. Keine Straßenbahn rollte vorbei, kein hupendes Auto nahm einem anderen die Vorfahrt, kein Mensch, der einen anrempelte, weil er noch die Bahn erwischen wollte – alles war wie ausgestorben.

Es schauderte mich. *Wo sind all die Leute hin? Was ist hier geschehen?*

Vor dem Eingang der Schule blieb ich stehen und betrachtete das Schild. Die rechte Halterung war aus dem Scharnier gerissen und hing lose herunter. *Akademie Angelika Engel* las ich in Gedanken. Etwas daran zog meine Aufmerksamkeit auf sich. „Akademie Angelika Engel", murmelte ich langsam, „Angelika Engel! Natürlich, Engel Angelika!" Nun begriff ich es! „Angelika, der Engel der Barmherzigkeit und der Führer der Seelen", zitierte ich die Worte meiner Mutter.

Wieso hatte ich es nicht früher erkannt? Alles passte wie die Faust aufs Auge. Ihr weicher Gang, ihre feine Art zu reden, ihr engelhaftes Aussehen. Das hätte mir auffallen sollen. SIE war die Dualität des Bösen, nicht Ben! Und sie war der Engel, der die Seelen auf den Himmel vorbereitete!

Darum hatte Ben gesagt, ich müsste mit Angelika sprechen.
Langsam begriff ich sein damaliges Zögern.

Ich hätte wirklich mit Angelika sprechen sollen. Aber wo war sie jetzt? War hier das Gleiche wie mit Bens Wohnung geschehen?

Ich strich mir eine klebrige Haarsträhne aus dem Nacken und schüttelte den Kopf. Wer hätte gedacht, dass man nach dem Tod immer noch zur Schule gehen musste? Und ich hatte mir Sorgen gemacht, Ende der Woche nichts präsentieren zu können. Das waren Sorgen … Aber wenn ich nun tot war, wo war denn meine Mutter geblieben? Warum war sie in dieser Welt für mich ebenfalls gestorben? Das machte alles keinen Sinn. Ich brauchte endlich Antworten!

Vorsichtig drückte ich die Tür der Akademie auf, welche mit einem Quietschen nachgab. Im sonst so hellen Flur war es dunkel und modrig. Am Boden lagen dutzende Blätter durcheinander, während weiter hinten gerade eine dicke, fette Ratte um die Ecke rannte. Angeekelt verzog ich das Gesicht. Wenigstens wusste ich jetzt, dass ich nicht alleine war. Musste es aber gerade eine Ratte sein? Ein Kaninchen wäre besser gewesen.
Die Tür des Sekretariats war aus den Angeln gerissen worden und lag auf dem Boden. Die Farbe darauf war teilweise schon abgeblättert.
Wie viel Zeit musste vergangen sein seit meinem letzten Besuch hier?
Dutzende, weiße Blätter lagen überall im Büro verteilt. Ich ging um den Schreibtisch. Der weiße Lederstuhl war zerrissen und der Schaumstoff quoll bereits nach außen. Wahrscheinlich hatten die Ratten sich daran zu schaffen gemacht.
Ich öffnete einige Schubladen des Tisches, doch sie waren leer. Ich nahm einige Blätter in die Hand und drehte sie auf alle Seiten.
Eigenartigerweise waren sie alle unbeschriftet.

Auf keinem war auch nur irgendetwas geschrieben. Ich zog an der untersten Schublade. Nichts rührte sich. *Komisch,* dachte ich, *alle Schubladen lassen sich öffnen, nur diese nicht?*

Ich zog etwas fester, doch nichts geschah. Auf der Abdeckung war kein Schloss zu sehen. *Ist sie wirklich verschlossen oder klemmt sie nur?* „Doofes Ding", fuhr ich es an und trat heftig dagegen. Geduld war momentan nicht meine Stärke.

Ein feiner Riss bildete sich in der Mitte der Schublade. Ich trat nochmals dagegen, und unter lautem Bersten gab das Holz nach. Neugierig riss ich die Abdeckung der Schublade beiseite und erblickte ein schwarzes Blatt. *Überall weiße Blätter und dann ein schwarzes? Eigenartig!* Es erinnerte mich an das Blatt, welches Ben und ich im Musikzimmer auswählten. Das Blatt, auf dem wir unser Thema für die Projektwoche bekommen hatten. Ein Projekt, das wir nie begonnen hatten.

Langsam nahm ich den Zettel heraus und drehte ihn um. „Transformation" stand mit großen Buchstaben darauf. Unser Thema! Aber warum war genau dieses Blatt in einer verschlossenen Schublade?

Ich dachte wieder an Ben. *Wo ist er?* Ich hoffte inbrünstig, dass ich ihn im Park antreffen würde. „Bit-

te, lieber Gott, lass ihn dort sein", sagte ich leise, „ich brauche ihn jetzt mehr denn je."
Bitterkeit stieg in mir auf. Er wusste all die Zeit Bescheid über meinen Tod, und doch hielt er es geheim. Wenn ich mich hier so umsah, verstand ich ihn. Ob er wusste, dass sich alles verändern würde, wenn man sich nicht an die Geheimhaltung hielt?
Ich atmete tief ein und aus.
Ich musste nun endlich in den Park, und zwar sofort!

Der Feuersee

Das schwarze Blatt war sicher in meinem Rucksack verstaut. Als ich noch kurz durch die leerstehenden Räume der Schule ging, erblickte ich zwar überall verstreute Blätter, aber sonst nichts Sonderbares. Ich hatte Hunger, doch nicht mal im Essraum hatte ich etwas Essbares gefunden. Wahrscheinlich hatten die Ratten schon alles gefressen.

Mit knurrendem Magen schlurfte ich durch den Parkeingang. Die Sonne brannte auf meiner Haut, und die Luft um mich herum war nun sogar feucht tropisch. War das eine Hitze!

Schweißtropfen liefen mir über die Stirn. Keine Ahnung, wie warm es war – für mich war es definitiv zu heiß.

Es knirschte unter meinen Füssen, als ich über den Kieselsteinweg ging. Verdattert blieb ich stehen, als ich die ersten Baumgruppen sah. Kein einziges Blatt hing mehr an den Bäumen. Die Stämme und ihre Äste waren alle morsch und vertrocknet. *Das kommt mir doch irgendwie bekannt vor ...*

Ein durchdringender Schrei ließ mich zusammenzucken. „Nein, bitte nicht! Bitte nicht!", schrie irgendwo eine Frau panisch. Geistesgegenwärtig rannte ich weiter den Weg entlang. Doch weit kam ich nicht.

Ich blieb wie angewurzelt stehen und hielt mir entsetzt die Hand vor den geöffneten Mund. Meine Augen weit aufgerissen, konnte ich nicht glauben, was ich sah. *Das kann nicht sein! Das kann einfach nicht wahr sein!*

Mein Körper begann augenblicklich zu zittern und meine Beine gaben nach. Ich sank zu Boden. Das Herz hämmerte in meiner Brust und mein Atem stockte. Meinen Blick hielt ich immer noch in die Weite gerichtet.

Das kann einfach nicht wahr sein, wiederholte ich mich in Gedanken. Was war mit dem verdammten See passiert! Wieso bestand er nur noch aus Feuer?

Meine Hand grub sich in den Rasen. Es war aber kein sattgrünes Gras mehr, sondern nur noch braun und vertrocknet. Ich kannte diesen Ort. Das war der Ort aus dem Traum, als ich bei Miles war. War es eine Vorwarnung gewesen?

Alles war ganz genau gleich. Nur eins hatte ich seit dem Traum ganz vergessen, und zwar den Feuersee!

Die Flammen züngelten weit zum Himmel empor. Sie drückten etwas Schlechtes, Bedrohliches aus. Kein Tropfen Wasser war mehr im See zu sehen, nur noch ein großes, loderndes Feuer. Und dieses Feuer war bestimmt für diese unglaubliche Hitze verantwortlich.

An der rechten Seite des Feuersees zeichneten sich Silhouetten ab. Sie sahen wie Menschen aus. Aber wieso standen sie so nahe? War die Hitze an diesem Ort nicht fast unerträglich?

Zuerst erkannte ich es nicht genau, da die Flammen mir immer wieder die Sicht versperrten, doch dann sah ich sie! Es waren keine Menschen, die dort standen, sondern die Albino-Scouts und zwar ein Dutzend davon! Ich schauderte innerlich. *Was um Himmels willen tun sie dort?*

Ein erneuter Schrei riss mich aus meinen Gedanken. Eine Frau mit schwarzen, zerzausten Haaren rannte vom anderen Hügel hinunter. Ihr gelbes Shirt war zerrissen und ihre Hosen bis zu den Oberschenkel abgeschnitten. Immer wieder fiel sie auf ihre Knie, rappelte sich aber jedes Mal wieder auf und rannte weiter. „Bitte nicht, bitte nicht!", schrie sie aus Leibeskräften.

Was war mit ihr passiert und wo wollte sie hin?

Ich setzte ihren Weg mit meinen Augen fort und erkannte ihr Ziel. Der See! Sie steuerte direkt darauf zu!

Den Rucksack hastig auf das Gras werfend, stand ich auf. Die Frau würde doch nicht wirklich ins Feuer rennen, oder? Panisch vor Angst hastete sie immer noch den Hügel hinunter, den Flammen immer näher kommend. *Das kann nicht ihr Ernst sein! Ich muss es verhindern!*

Mit einem Sprung setzte ich mich in Bewegung. Wenn ich schnell genug rannte, wäre ich in der Lage, sie noch abzufangen – Ich war näher am See als sie! Während mein Blick zwischen der Frau und dem Boden unter meinen Füssen hin und her ging, rannte ich so schnell es ging zum See.

Die Frau fiel immer wieder kraftlos auf die Knie, erhob sich aber jedes Mal von neuem. *Bleib liegen, bleib doch einfach liegen,* schrie ich in Gedanken.

Ich war schon weiter unten als sie. Die Chance, dass ich sie abfangen konnte, bevor sie den See erreichte, war sehr groß.

Unterhalb des Abhangs angekommen spürte ich die Hitze des Feuers. Es war unglaublich heiß! Schweiß rann mir aus allen Poren. Am liebsten wäre ich sofort zurückgewichen. Die heiße Luft erinnerte mich an eine Sauna. Und wer würde schon in so einer Hitze freiwillig rennen? Natürlich nur ich …

Ich fühlte mich schwer. Das Laufen wurde unter dieser Hitze immer beschwerlicher. *Jetzt nur keinen Kollaps bekommen, Caroline! Reiß dich zusammen!*

Die Frau schrie immer noch aus Leibeskräften. Aber was ängstige sie? Ich sah nichts Bedrohliches, auch niemanden, der sie verfolgte. Was war los mit ihr?

Sie hatte das Ende des Abhangs erreicht und betrat den Kieselsteinweg, der um den See führte. Von hier aus waren es nur noch wenige Meter bis zum Feuer.
Bald, bald habe ich es geschafft.
Das Atmen fiel mir immer schwerer und schwerer. *Diese verdammte Hitze,* schimpfte ich innerlich. Ich musste jetzt alles geben!
Ich sprang auf sie zu und bekam sie am Rücken zu fassen. Hastig zog ich an ihrem Shirt, um sie am Weiterrennen zu hindern. Die Frau versuchte, meine Hand wegzuschlagen. „Nicht!", schrie ich. Unter dem Gerangel von Händen – zwei, die sie hielten und zwei, die versuchten, sich zu befreien - begann die Frau, noch schriller zu schreien. „Hör auf! Beruhig dich!" „Nein!", schrie die Frau panisch. Ihre Augen funkelten mich bitterböse an, und sie fletschte ihre Zähne dabei wie ein Raubtier.
Ihre Haut war durch die Hitze und das Schwitzen ganz glitschig. Immer wieder befreite sie sich aus meinem Griff – doch meine Hände packten sie gleich wieder.
Meine Muskeln wurden schwer. Ich wusste nicht, wie lange ich dieses Gerangel noch aushalten würde.
Die Frau hatte in der Panik eine unglaubliche Kraft entwickelt. Es gelang mir kaum, sie irgendwie richtig festzuhalten. „Beruhig dich!", flehte ich sie an, „bitte,

beruhig dich!" Sie schüttelte den Kopf. Zumindest verstand sie mich. Irgendwie musste ich noch besser zu ihr vordringen. Aber was sollte ich sagen? Es wird alles gut? Ich wusste ja nicht mal, was überhaupt los war. „Ich bin für dich da! Ich bin für dich da!", sagte ich eindringlich. Ihre Abwehr wurde schwächer. „Ich bin für dich da", wiederholte ich nochmals langsam. Die Frau blickte mir plötzlich ganz tief in die Augen. Darin sah ich die große Angst, die in ihr herrschte. Aber vor was oder wem? Etwa den Scouts? Sie machten mir auch Angst, aber so viel? Nein, es musste einen anderen Grund für ihre panische Angst geben. „Ich bin für dich da!", wiederholte ich es daher noch einmal. Ihr Widerstand versiegte schlagartig. Ich atmete erleichtert auf. Länger hätte ich sie nicht mehr halten können.

Die Hitze der Flammen war unerträglich. Meine entkräfteten Arme klammerten sich an die Unterarme der Frau. Mit kleinen Schritten rückwärts versuchte ich sie vom Feuer zu locken. „Du bist nicht alleine", sagte ich ruhig, „ich werde mich um dich kümmern." Tränen liefen der Frau über die Wangen. Ihre Gegenwehr war gänzlich gebrochen.

Vorsichtig überquerte ich, immer noch rückwärtsgehend, den Kieselsteinweg. Ich ließ sie keine Sekunde aus den Augen, da ich befürchtete, sie würde sich sonst vielleicht doch noch losreißen. „Komm mit mir, ich werde dir helfen", sagte ich behutsam.

„Ich würde ihr kein Wort glauben", sagte plötzlich eine Stimme hinter mir. Ich erschrak kurz. Miles! Das durfte nicht wahr sein! Was tat er hier?

Die Augen der Frau weiteten sich bei seinem Anblick, und sie stieß einen lauten, hysterischen Schrei aus. Ich zuckte merklich zusammen.

Im gleichen Moment stieß die Frau ihre Fäuste in meinen Bauch und rannte davon.

Von der Situation überrascht, taumelte ich rückwärts und fiel zu Boden. „Nicht!", schrie ich hinterher. Nun war ich ebenfalls hysterisch.

Mit einem lauten Aufschrei sprang sie in den See und wurde augenblicklich von den Flammen umschlungen. Entsetzt hielt ich mir die Hand vor den Mund. *Mein Gott,* dachte ich, *sie ist in die Flammen gesprungen. Sie ist einfach in die Flammen gesprungen.* Ich war geschockt!

Ich konnte nicht anders, als an den Ort zu starren, an dem ich die Frau das letzte Mal gesehen hatte.

„Hmm. Nicht schlecht, aber doch etwas kraftlos", hörte ich die zufriedene Stimme von Miles. Ich sah zu ihm hinauf. Vor Entsetzen hatte ich ihn ganz vergessen. Er hielt die Augen geschlossen, während sein Mund leicht lächelte. „Also, also. Du kleines hinterhältiges Mädchen. Wolltest sie einfach davon abhalten, sich uns hinzugeben. Das war gar nicht nett", sagte er tadelnd. „Hinzugeben? Sie ist ins Feuer gesprungen!", sagte ich erschüttert. Miles öffnete die Augen und blickte mich mit einem fiesen Lächeln an. „Das war auch der Plan!" Ich stand angewidert auf. „Findest du das etwas gut?", schrie ich ihn an. Er lächelte. „Du bist abscheulich, weißt du das?" Miles lächelte noch mehr. „Du weißt schon, dass dies ein Kompliment für mich ist?" Er strich mit seiner Hand über meine Wange. Angeekelt schlug ich ihm die Hand weg. „Lass dass", zischte ich. „Du bist stark, Caroline. Jetzt noch, aber nicht mehr lange." Miles trat einen Schritt näher.

Obwohl ich mich etwas fürchtete, versuchte ich, ihm die kalte Schulter zu zeigen. „Es ist schade. Es ist wirklich schade um dich, Caroline. Oder sollte ich eher sagen: Carotte?" Ein imaginäres Messer durchbohrte mein Herz. *Wie kann er davon wissen?*

Miles grinste. „Du bist sehr interessant. Es ist eine Schande, dich einfach so zu verbrennen, findest du nicht auch?" „Verbrennen?", antwortete ich entsetzt. „Irgendwann wirst auch du ins Feuer gehen, glaube mir. Über kurz oder lang tun es alle." Miles strich mir erneut über die Wange. Ich funkelte ihn zornig an. „Und deine Seele wird ein ungeheuer gutes Stück sein." „Niemals!", zischte ich. Miles lachte. „Du muss all das nicht durchmachen. Du hast immer noch die Wahl, mit mir zu kommen." „Mitkommen wohin? In die Hölle? Da bin ich ja anscheinend schon gelandet!" Miles lachte laut. „Dummchen, das ist doch nicht die Hölle. Dies ist immer noch die Zwischenwelt, die sich dank deines redseligen Freundes zu unseren Gunsten geändert hat. Richte ihm unseren Dank aus."

Ich sah ihn sprachlos an. *Spricht er wirklich von Ben?* Miles blickte mich schief an. „Ach ja, hast du ihn übrigens schon getroffen?" „Ben ist hier?", hauchte ich. „So wie er momentan drauf ist, wahrscheinlich nicht mehr lange." Miles blickte den Abhang, den ich zuvor hinuntergerannt war, hoch. Ich folgte seinem Blick.

Ben war an unserem Platz! Er saß auf der Bank – oder zumindest, was davon übrig war. Den Oberkörper vornüber gebeugt, hielt er die Hände vor sein Gesicht. „Ben", flüsterte ich.

Ohne Miles eines weiteren Blickes zu würdigen, rannte ich den Kieselsteinweg entlang. „Wir freuen uns auf seine baldige Aufopferung!", rief Miles mir hinterher und lachte laut.

Ich hörte seine Worte nicht. Jeder einzelne Gedanke drehte sich um Ben. *Geht es ihm gut? Was ist mit ihm in der Zwischenzeit passiert? Wie lange befindet er sich schon im Park?*

Ich keuchte. Wieso musste ich eigentlich immer rennen? Ich war nicht fürs Rennen geboren!

Mit müden Beinen schleppte ich mich den Hügel hinauf.

Ben hatte sich kein Stück bewegt.

Schwer atmend erreichte ich die Kuppe. Die Hände auf die Oberschenkel gestützt, rang ich erst einmal nach Luft. *Diese Hitze bringt mich noch um!* Naja, eigentlich ging das ja nicht mehr.

Ich schüttelte meine wirren Gedanken ab.

Der steinerne Tisch sowie die Bank, auf der ich früher gesessen hatte, waren komplett zerstört. Die Trümmer lagen zerstreut am Boden. Nur noch Bens Bank war einigermaßen intakt. Hier und da fehlten einige Teile, aber anscheinend hielt sie trotzdem sein Gewicht noch. „Ben", keuchte ich.

Keine Reaktion von ihm. Das war schon mal nicht gut.

Stark keuchend schlurfte ich zu der Bank. „Ben?", sagte ich etwas lauter. Keine Reaktion. *Was ist mit ihm? Er muss mich doch gehört haben.* Ich stand direkt vor ihm. Er musste mich einfach registrieren. Aber warum reagierte er nicht? Ich schluckte leer. Irgendetwas war mit ihm nicht in Ordnung.

Vorsichtig legte ich meine Hand auf seine Schulter. Ben schrak augenblicklich hoch. Seine Augen waren rot, fast blutunterlaufen.

Wirr blickte er auf. Als er erkannte, wer neben ihm stand, veränderten sich seine Gesichtszüge schlagartig und sie wurden abweisend und unterkühlt. *Oh Gott, was ist bloß mit ihm geschehen?* Mein Herz schmerzte, ihn so verändert zu sehen. Es tat so weh!

„Was ist mit dir passiert?", flüsterte ich. Ben antwortete nicht. Er durchbohrte mich nur mit seinem finsteren Blick. „Ben? Erkennst du mich? Ich bin es, Caroline."

Ben schüttelte langsam den Kopf. „Geh weg!", flüsterte er. „Geh weg!" „Aber Ben, ich bin es doch." Ich trat noch näher zu ihm hin. „Geh, verdammt noch mal, weg!", schrie er und stand auf. Ich zuckte erschrocken zusammen und ging hastig einen Schritt rückwärts. „Verschwinde! Es ist alles deine Schuld! Lass mich in Ruhe!"

Ich wich noch mehr zurück. Er wirkte so verändert, so bedrohlich. Und er gab mir die Schuld. Aber war es wirklich meine Schuld?

Ich starrte ihn wortlos an. Seine Kieferknochen mahlten, während sein erschöpfter Körper vor Anspannung leicht zitterte. Es ging ihm nicht gut. Nein, gar nicht gut. Und er hatte recht! Ben hatte durch das Brechen der Regeln alles verändert. Doch er war nicht schuld. Ich war schuld!

Er hatte es nur gesagt, weil ich ihn dazu genötigt hatte. Was hatte ich getan!

Verzweifelt hielt ich mir die Hand vor den Mund. Durch mein Verschulden war die Frau in den See gesprungen, und Ben litt. „Das wollte ich nicht. Glaube mir! Ich habe nicht gewusst ..." „Du sollst verschwinden, hast du gehört!", schnitt er mir das Wort ab, „Geh weg und lass mich in Ruhe!"

Ben war außer sich. Meine Augen füllten sich mit Tränen. *Was habe ich getan. Oh Gott, was habe ich bloß getan!*

Langsam wandte ich mich von Ben ab und ging zu meinem Rucksack, der achtlos auf dem abgestorbenen Gras lag. Ich setzte mich daneben und ließ meinen Tränen freien Lauf. Was hatte ich bloß getan!

Ben hatte sich wieder vornüber gebeugt und hielt die Hände vors Gesicht. Wie gerne wäre ich zu ihm hinübergegangen, hätte ihn in den Arm genommen und ihm gesagt, dass es mir so schrecklich leid tat. Aber das ging nicht. Er wollte nicht. Und er gab mir für all das die Schuld! Er hatte ja so recht!

„Ist er dein Freund?", fragte mich plötzlich eine Stimme neben mir. Erschrocken drehte ich mich um. Neben mir saß ein junges Mädchen. Sie musste um

die neun Jahre alt sein. Ihre Haare waren schwarz sowie unglaublich lang. Ihre Gesichtsfarbe war etwas dunkler als meine. Sie trug ein grünes, ärmelloses Shirt und einen dunkelbraunen, langen Rock. Sie war barfuß. *Wer ist sie?*
„Ben ging gerade durch die Situation, daher steht er noch unter Schock", erklärte sie ruhig. „Situation?", fragte ich verwirrt. Sie nickte. „Wer bist du überhaupt?", fragte ich weiter. „Melinda. Und wer bist du?" Ihre Augen strahlten eine unglaubliche Stärke aus, obwohl auch ein leichter Schmerz darin zu erkennen war. Ich senkte den Blick auf den Boden. „Caroline. Ich bin für dieses Schlamassel verantwortlich", sagte ich bitter. „Nimm es nicht persönlich, irgendjemand musste es tun." Ich sah sie ungläubig an. „Wie bitte?" Sie zuckte mit den Schultern. „Wärst du es nicht gewesen, wäre es jemand anderes." „Du sagst das so, als hätte ich bloß ein Glas Wasser verschüttet und nicht die Hölle heraufbeschworen." Melinda lächelte. „Miles hat dir doch vorhin gerade erklärt, dass dies nicht die Hölle ist." Ich verstand sie nicht. *Wie kann sie so fröhlich sein, wenn die ganze Welt um uns herum regelrecht vom Teufel heimgesucht wird?*
Ich strich mir eine klebende Haarsträhne aus dem Gesicht. „Ist Miles etwa ein Freund von dir?", fragte

ich bitter. Sie lächelte. „Wir sind keine Freunde. Ich bin aber schon sehr lange hier und kenne fast jeden. Ich hatte genügend Zeit, um alle zu beobachten." Sie spielte mit den Zehen im abgestorbenen Gras. „Und warum bist du noch nicht ins Feuer gesprungen? Miles hat gesagt, dass über kurz oder lang jeder freiwillig hineinspringt. Gerade vorhin ist eine Frau …" „Ich weiß", unterbrach mich Melinda. „Karin hatte keine Kraft mehr. Du wolltest ihr helfen, doch Miles …" Sie schüttelte den Kopf. „Es ist so: Um ins Feuer zu springen, muss man auch wirklich hier sein." *Was soll das denn heißen?* Ich blickte sie verwirrt an. „Ich bin hier und doch nicht hier. Die Menschen, die du hier siehst, sind alles Seelen, die noch nicht in den Himmel gekommen sind." *Es gibt noch mehr Menschen hier?* dachte ich. „Aber das mit der Zwischenstation weißt du ja schon." Sie lächelte liebevoll. „Ich hingegen war schon mal im Himmel. Ich habe mich sozusagen beworben, hierher zu kommen, um euch zu unterstützen, nach Hause zu finden." „Ich dachte, das würde Angelika tun", erwiderte ich. „Das hat sie getan, bevor das Gleichgewicht aus den Fugen geriet. *Durch meine Neugier natürlich,* dachte ich. „Jetzt sind wir hier, und es kommen jeden Tag mehr Helfer", sagte sie stolz. „Wieso jeden Tag? Es sind doch erst ein paar Stunden vergangen, oder nicht?", fragte ich

konfus. Melinda blickte mir tief in die Augen. „Für dich sind es Stunden, für andere dagegen Jahre."
Ich schluckte leer. „Und Ben? Wie lange ist er schon hier?", erkundigte ich mich. „Eine halbe Ewigkeit."
Ich wandte meinen Kopf zu ihm. Er saß immer noch wie vorhin auf seiner Bank und hielt die Hände vors Gesicht. „Das wollte ich nicht", flüsterte ich leise. „Das weiß er." Ich blickte Melinda mit hochgezogener Augenbraue an. „Tief in ihm weiß er das immer noch. Aber die Situationen, die sie durchleben, verändern einen." *Schon wieder diese ‚Situationen'. Von was für Situationen spricht sie ständig?*
„Wir versuchen wirklich alles, um euch zu helfen, doch den Weg hier hinaus müsst ihr selber gehen wollen." „Es gibt einen Weg hinaus?", fragte ich nüchtern, „und wo ist er?"
„Das ist nicht so einfach. Es gibt keine Tür, welche man einfach öffnen kann. Nur jeder alleine kann es vollbringen, sich aus diesem Zustand zu befreien."
Ich schüttelte den Kopf. *Warum sprechen eigentlich alle um mich herum immer in Rätseln?* „Kannst du mir das bitte so erklären, dass auch ich das verstehe?"
Ich war gereizt. Mir reichte es langsam. „Das werde ich. Aber jetzt muss ich gehen. Sich in diese Welt einzuklinken, benötigt sehr viel Energie. Ich muss mich auftanken, werde dich aber, sobald es geht,

wieder besuchen. Sei stark und bleibe es auch, egal, was auf dich zukommt." Mit diesen Worten verschwand sie. *Na toll,* dachte ich, *wieder keine richtigen Antworten!* Stirnrunzelnd starrte ich auf den braunen Boden. Es gab also einen Weg hinaus. Man musste sich nur irgendwie selbst hier herausholen. Das war alles. Und wie ging das?

„Carotte? Schau sie dir mal an! Sieht sie mit diesen Haaren nicht aus wie eine Karotte?" Mike und Louis standen plötzlich vor mir und grinsten mich höhnisch an. *Was tun denn die hier!* Mit offenem Mund starrte ich sie wortlos an. „Du siehst echt blöd aus mit deinen roten Haaren! Wie kann man überhaupt so dermaßen hässlich sein?", sagte Mike. Ihre Worte stachen mir direkt ins Herz. „Und dumm ist sie auch noch dazu", ergänzte Louis, „sie kann nicht mal ein normales Gedicht verfassen." „Dumm wie eine Karotte, nicht wahr, Carotte?" Mike lachte laut.
Meine Erzfeinde! Wie früher in der Schule standen sie vor mir und machten sich über mich und meine Haarfarbe lustig. Wieso taten sie mir hier das Gleiche an wie in der Schule? War es nicht endlich genug? „Ihr seid selber doof", zischte ich. Mike lachte. „Oh, versucht sich die kleine Carotte etwa zu verteidigen? Als hättest du das je gekonnt. Du bist ein Nichts,

genau wie deine bescheuerte Mutter!" „Lass meine Mutter in Ruhe!", schrie ich ihn an.

„Deine Mutter ist eine Spinnerin! Jeder in der Stadt machte sich über sie lustig. Wer kann schon mit den Toten reden. So jemand muss ja einen an der Waffel haben!" „Lass meine Mutter in Ruhe!", schrie ich erneut und stand auf. Tränen traten mir in die Augen. „Du hast doch überhaupt keine Ahnung!" „Oh, klein Carotte hat Tränen in den Augen. Beginnen wir jetzt zu weinen?", fragte Mike äffend. Er schniefte sich spielend die Nase. Louis lachte laut.

„Verschwinde!", schrie ich und versuchte, ihn wegzustoßen. Stattdessen fiel ich jedoch durch Mike hindurch und landete bäuchlings auf den Boden. Beide lachten laut. Irritiert richtete ich mich auf. *Was ist gerade geschehen?*

Mike und Louis standen immer noch am gleichen Ort und lachten mich aus. „Siehst du ihren doofen Ausdruck? Sie sieht wie ein dummes Schwein aus. Keine Ahnung von nichts, wie in der Schule", sagte Louis. „Verschwindet!", schrie ich sie an. Mike lachte. „Keine Chance, Schätzchen! Wir sind hier, und glaube mir, du wirst uns nie wieder los!"

Ich setzte mich auf und hielt mir die Ohren zu. Ich wollte sie nicht mehr hören. Ihre Beleidigungen, die ich jeden Tag von neuem erdulden musste.

Ich konnte sie einfach nicht mehr hören!

„Du bist so hässlich, Carotte! So unglaublich hässlich mit deinen scheußlichen Haaren! Kein Wunder hat dich noch nie jemand geküsst. Wer will schon eine mit roten Haaren", grinste Mike.

Ich presste mir so fest ich konnte die Hände auf die Ohren, doch ihre Stimmen drangen immer noch zu mir durch. „Und jetzt versucht sie, uns loszuwerden, begreift aber nicht, dass wir längst in ihrem Kopf sind", ergänzte Louis.

„Lasst mich in Ruhe!", schrie ich. Tränen liefen mir über die Wangen. Warum waren sie so bedacht darauf, mich fertig zu machen? Hatten sie mir in der Schulzeit nicht schon genug Schmerzen zugefügt? Warum taten sie es hier wieder aufs Neue? Und warum konnte ich sie in meinem Kopf hören, obwohl ich meine Ohren mit den Händen so fest ich nur konnte zuhielt?

Ich musste hier weg! Einfach weg von ihnen! Ich stand auf und sah mich um. Wohin sollte ich gehen? Mein Blick blieb an Ben hängen. Egal, ob er mir für all das hier die Schuld gab. Er war der Einzige, der mich nie als Karotte gesehen hatte - sondern als Mensch. Und ich brauchte ihn so sehr.

Mein Herz sehnte sich nach ihm, nach seiner Nähe, nach seiner Wärme und nach seiner Sicherheit. *Bitte,*

Ben, erinnere dich wieder an meine Gefühle für dich, flehte ich ihn in Gedanken an.

Langsam ging ich zu ihm und setzte mich auf die Trümmer der Sitzbank. Hinter mir hörte ich immer noch das Gelächter und Gehänsel von Mike und Louis.

Ben saß wie vorhin vornüber gebeugt. Er wimmerte leise. „Ben?", flüsterte ich leise, während ich mir meine Tränen mit dem Handrücken aus dem Gesicht wischte. Ich wollte nicht, dass er mich weinen sah. Ben reagierte nicht. „Bitte, Ben", flüsterte ich, „bitte sprich mit mir!" „Verschwinde!", zischte er hinter vorgehaltener Hand, „wegen dir ist er wieder hier! Es ist alles deine Schuld!"

„Ich habe das alles nicht gewollt, glaube mir", erwiderte ich betroffen. Mike äffte mich im Hintergrund nach. „Wenn ich könnte, würde ich alles wieder rückgängig machen."

„Du mieses Stück Dreck! Es ist deine Schuld, dass Ben so leidet! Er leidet wegen dir! Du bist schuld!", schrie Louis in meinen Ohren. Ich biss mir auf die Lippen, um den Schmerz dieser Worte zu betäuben. Aber einzelne Tränen liefen mir trotzdem über die Wangen.

„Bitte, Ben, verzeih mir!", flehte ich ihn an. Ben reagierte nicht.

Ich stand auf und legte ihm die Hand auf die Schulter. Schlagartig richtete er sich auf und schlug mir die Hand weg. „Du sollst verschwinden!", zischte er. Seine Augen waren pechschwarz. Sein Gesicht zu Stein erstarrt.

Diesen Ausdruck an ihm kannte ich. Das war der frühere Ben. Der Ben, den ich zu Beginn kennengelernt hatte.

„Du bist so eine blöde Kuh!", schrie Mike. „Blöd, blöder, am blödesten, Carotte!" Er lachte schrill.

Ich versuchte, ihn auszublenden und richtete meine Aufmerksam wieder auf Ben.

Dieser blickte plötzlich zu einer verdorrten Baumgruppe hinüber. Ein untersetzter Mann mit Halbglatze kam uns langsam entgegen. Er torkelte leicht, ging teilweise sogar in Schlangenlinien. Ben ballte seine Hände zu Fäusten und spannte seine Armmuskeln an. Der Mann hielt ein Messer in der Hand. Ich erkannte es! Es war genau das gleiche Klappmesser, mit welchem Ben immer gespielt hatte. „Was willst du hier!", schrie ihm Ben zu, „du gehörst in die Hölle, du mieses Schwein!" Der Mann lächelte nur hämisch. „Du Nichtsnutz", lallte er, „für nichts zu gebrauchen! Du kannst ja nicht mal ein Auto reparieren! Aber der superschlaue Sohn ist ja zu fein für das. Nur ein Studium ist ihm gut genug."

Der Mann spuckte zu Boden. „Pah, Akademiker!", spie er hinaus. „Besser als ein Säufer zu sein, der seine Familie verprügelt, wenn er besoffen ist!", funkelte Ben zornig. Verächtlich blickte er auf seinen Vater. „Halt die Schnauze, Benjaminchen!", zischte der Vater. *Hatte ich Ben nicht genau so genannt?* Jetzt verstand ich auch, warum er mich am Shirt gepackt hatte.

Plötzlich stand Bens Mutter neben seinem Vater. Ängstlich drückte sie sich gegen eine imaginäre Wand, die Hände schützend vors Gesicht gehalten. „Mutter!", schrie Ben und rannte nach vorn. Bens Vater hob die Hand und wollte gerade auf die Mutter einstechen, als Ben ihn mit einem Sprung aus dem Gleichgewicht riss. Beide fielen zu Boden. Der Vater schlug mit dem Messer um sich und schnitt Ben die Stirn auf. Er schrie und hielt sich die Hand auf die blutende Stelle.

Ich schlug mir entsetzt die Hand vor den Mund. *Die gleiche Wunde wie in meinem Traum!*

Der Vater stand währenddessen wieder auf und ging torkelnd auf die Mutter los. „Du elendes Biest!", schrie er.

Ben stand auf und stürzte sich nochmal auf seinen Vater. Dieser schlug mit der anderen Faust in das Gesicht der Mutter, sodass sie zu Boden stürzte und sich dabei an der Ecke eines kleinen Glastisches den Kopf aufschlug.

Reflexartig wandte sich Ben seiner Mutter zu, um ihr zu helfen. Dabei rammte ihm jedoch sein Vater das Messer in die Milz. Ben schrie laut auf.

Ich hielt entsetzt den Atem an. Mein Herz raste und meine Hände waren schweißnass. Es war grauenhaft, was ich mit ansehen musste.

Ben drückte die zitternden Hände auf die Milz. Sein Gesicht war blutüberströmt. Röchelnd sackte er auf die Knie.

Der Vater lag inzwischen schwer atmend am Boden. Er sah fassungslos auf Ben und dessen Mutter. „Was habe ich getan!", flüsterte er. Ben fiel neben seiner Mutter zu Boden. „Mutter", röchelte er. Die Augen seiner Mutter waren offen und blickten starr ins Nichts. „Mutter", wisperte er erneut, während sich das Blut und die Tränen in seinem Gesicht vermischten.

Er versuchte mit zitternden Händen, seine Mutter zu berühren. Kurz bevor er sie erreichen konnte, fiel seine Hand regungslos zu Boden.

Ich unterdrückte einen weiteren Schrei des Entsetzens.

Verstört wandte ich meinen Blick ab. Ich konnte es nicht mehr mit ansehen! Ben war gestorben! GE-

STORBEN! Ich zitterte. Mein Tod war schon schlimm, doch seiner war einfach grässlich!

Ich sah wieder auf. Ben kauerte zitternd am Boden und weinte leise vor sich hin. Seine Eltern waren verschwunden.

Er hatte seinen grausamen Tod nochmals durchleben müssen. Ich weinte ebenfalls. Das hatte ich alles nicht gewollt!

Vorsichtig ging ich zu Ben hinüber. Er litt und ich mit ihm. „Ben", flüsterte ich und setzte mich neben ihn, „es tut mir so leid."

„Verschwinde!", schrie er. „Es ist alles deine Schuld! Du bist einfach an allem schuld! Wegen dir sind wir hier verbannt! Du bist an allem schuld!" „Es tut mir wirklich leid, das musst du mir glauben", versuchte ich mich zu verteidigen. Weitere Tränen liefen mir übers Gesicht.

„Hast du nicht gehört? Du sollst verschwinden! Lass mich in Ruhe! Ich will dich nicht bei mir haben!" Wie ein unsichtbarer Dolch durchstachen die Worte mein Herz. Er hatte recht. Ich war schuld! Ich war schuldig, und es gab nichts, was ich tun konnte, um mich von diesen Gefühlen zu befreien.

„Verschwinde!" Ich schniefte. „Ich habe es kapiert, Ben. Ich werde gehen, aber eins sollst du wissen: Ich weiß, ich habe dich bedrängt, mir zu verraten, was du nicht sagen durftest, und ich weiß, ich bin schuld daran, dass wir nun alle an diesem Ort stecken, doch an einem bin ich nicht schuld! Ich bin nicht schuld, dass du tot bist!"

Langsam erhob ich mich und ging weinend wieder zu meinem Rucksack zurück. Und zu meinen Peinigern aus der Schule mit ihren Psycho- Spielen.

Doch es gelang mir, sie momentan zu ignorieren. Meine Gedanken kreisten immer und immer wieder um die Bilder, die ich von Bens Tod sah. Sein Vater mit dem Messer, seine Mutter, die mit dem Kopf aufschlug, und seine Verletzungen. Verletzungen, welche ich in meinem Traum gesehen hatte. Aber wieso? Wieso wusste mein Unterbewusstsein, was mit ihm geschehen war?

Ein lauter Schrei riss mich aus den Gedanken. Erschrocken blickte ich zum See hinunter. Eine Frau um die dreißig Jahre rannte den Hügel hinunter. Sie schlug mit ihren Händen wild um sich, als würde sie imaginäre Wespen vertreiben. Sie rannte schnell, sehr schnell.

Ihrer Kleidung nach musste sie schon lange hier sein, denn sie trug einen weißen Petticoat mit blauen Blumen drauf. Dazu weiße Handschuhe und blaue Schuhe. Sie erinnerte mich an eine Frau aus den fünfziger Jahren.

Hatte sie all die Jahre in dieser Zwischenwelt überlebt?

Schnurstracks überquerte sie den Kiesweg und rannte, ohne auch nur eine Sekunde das Tempo zu drosseln, in den Feuersee.

Dieser glomm daraufhin gleich mehr auf. Die Scouts, welche sonst steif am Rand standen, reckten ihre Köpfe in die Höhe und streckten ihren Körper, so als würden sie etwas aufsaugen. Ich hielt vor Schreck den Atem an. *Ich muss diesen Weg hinaus finden, und zwar schnell!*

Einige Sekunden später beruhigte sich das Feuer, und die Scouts verharrten wieder in ihrer ursprünglichen Position. Irgendwie schien es, als würde jede Seele, welche ins Feuer sprang, ihnen Kraft geben.

Ich wollte meinen Blick schon wieder abwenden, als mir jemand in der Nähe der Scouts auffiel. Ich sah nochmals hin und erkannte sie! Auf dem Kieselsteinweg, unweit von der Stelle, wo die Frau ins Feuer gesprungen war, stand die alte, grauhaarige Greisin aus Miles´ Wohnungs-Traum. Sie starrte mich an. Die nahe Hitze des Feuers schien ihr nichts auszumachen. Ich erschauderte; sie war irgendwie unheimlich. Ihre glasigen Augen schienen direkt durch mich hindurch zu blicken.

„Sie ist alt. Alt und weise."

Melinda saß plötzlich wieder neben mir.

Im Hintergrund sah ich meine Peiniger, die eifrig versuchten, mit ihren verletzenden Worten zu mir durchzudringen. Ich versuchte sie, so gut ich konnte, auszublenden.

„Sie wirkt so unheimlich, fast böse", erwiderte ich. „Hast du ihre Augen gesehen? Die sind irgendwie glasig und blicken durch mich hindurch. Das ist bestimmt kein gutes Zeichen", sagte ich. Melinda lächelte schief. „Ach ja, meinst du? Sie ist am Erblinden, daher sehen ihre Augen so aus." „Oh", entfuhr es mir. Mit dieser Antwort hatte ich nicht gerechnet.

„Sie ist eine wie ich, die versucht, euch hier zu helfen, damit ihr das alte Leben loslassen könnt." „Und wie soll das gehen? Wenn ich mich hier umsehe, dann sehe ich nur Schmerz, Tod und Trauer. Wie soll man also hier herauskommen?"

„Es geht darum, den Schmerz und all das, was war, loszulassen und sich frei zu fühlen. Ihr seid hier gefangen in den Minuten eures Todes, welchen Ihr dadurch immer und immer wieder durchlebt. Ihr habt Angst davor, einen Teil von Euch selbst zu verlieren, darum haltet Ihr daran fest – egal, wie schlimm die Erinnerungen sind. Ben zum Beispiel hat Angst davor, er könnte seine Mutter für immer verlieren. Er hält daran fest, um sie auch nur einige Sekunden wiederzusehen." Ich runzelte die Stirn.

„Ich weiß, das hört sich sehr eigenartig an, ist aber so. Aber er ist ja nicht der Einzige, dem es hier so geht." Melinda sah mich durchdringend an.

Ich beachtete ihren Blick nicht weiter. „Und was machst du und die Alte dabei?", fragte ich weiter. „Die Alte – wie du sie bezeichnest – und ich versuchen euch Unterstützung zu geben, um loszulassen." Mit der Hand wischte ich den Schweiß von der Stirn. „Und was passiert, wenn man ins Feuer geht? Ist man dann verloren?", wollte ich wissen. „Nein, man ist nie verloren. Es wird einfach immer schwieriger, einem zu helfen. Egal, wo man ist, es schaffen zu wollen, muss man immer noch selber. Wir können nur unterstützen."

Ich nickte. Es gab einen Weg hier raus. Wir waren nicht verloren! Ich musste also nur meine Mutter loslassen. Einfacher gesagt als getan. Würde ich sie danach überhaupt je wiedersehen?

„Carotte hat die Mama lieb! Und darum möchte sie die Mama auf keinen Fall vergessen. Weil sie dich ja so unendlich lieb hat." Mike lachte laut auf. Meine Peiniger hatten die Taktik geändert. Mit ihren Worten drangen sie wieder in mein Bewusstsein und zerschnitten dabei mein Herz in tausend Stücke. Ich war nicht in der Lage, sie erneut auszublenden. „Deine Mutter war genau wie du nicht zu gebrauchen! Kein Wunder, dass sie nicht mehr lebt!" „Verschwindet", zischte ich. Ich hielt mir die Ohren zu und kniff gleichzeitig die Augen zusammen. Ich versuchte, sie immer und immer wieder auszublenden, doch es war, als schrien sie direkt in meinem Kopf.

„Super, jetzt das noch!", hörte ich meine Mutter schnauben. Irritiert öffnete ich die Augen. Mom saß neben mir am Steuer ihres Wagens und schnaubte laut durch die Nase. Ihr Gesicht war angespannt, obwohl in ihren Augen Müdigkeit stand. „Mom", hauchte ich. War das Durchleben des Todeszeitpunkts wirklich die einzige Möglichkeit, sie wiederzusehen?

Ich blickte in ihr ebenmäßiges Gesicht, sah ihre wundervollen Augen und ihren vollen Mund. Ich versuchte, mir jedes noch so kleine Detail zu merken, im Wissen, dass es gleich wieder vorbei war und ich sie wahrscheinlich nie mehr sehen würde. Ich roch ihr Parfum, welches sie jeden Tag benutzt hatte, und das jetzt mein Herz berührte.

Meine Augen wurden feucht. Ich hatte mich so sehr gesehnt, sie wieder zu sehen, sie zu riechen, ihr einfach nahe zu sein. Es war mir egal, in welcher Situation. Ich sehnte mich so nach ihr. Sie war hier bei mir, und ich genoss jede einzelne Sekunde mit ihr. Ich wollte sie nicht mehr hergeben!

Ich roch sogar die abgestandene Luft im Wagen. Dieser Duft, welchen ich früher eher als muffigen Gestank abgetan hatte, war mir so vertraut und füllte mein Herz mit wundervollen Erinnerungen. Ich war ihr so nahe! SIE war mir so nahe!

Ich streckte meine Hand nach ihr aus. Ich wollte sie nur noch einmal berühren. Ihre samtige, warme Haut spüren, die mich mein ganzes Leben lang begleitet hatte. Ich wollte hierbleiben, egal, wie schrecklich es war. Hier war ich bei ihr und sie bei mir. Bei ihr war ich ... zu Hause!

Ein lauter Knall durchbrach die Stille. Das Metall um mich herum verzog sich ächzend. Ich spürte den Aufschlag meines Kopfes in die Kopfstütze und den Airbag. Es schmerzte! Die Schreie meiner Mutter hallten in meinen Ohren wie das Echo in den Bergen. Der Schmerz in den Beinen kroch meinen Körper empor, bis ich nicht mehr konnte und laut aufschrie. Ich schrie mir regelrecht den Schmerz aus der Seele.

Mein Herz raste, und vor meinen Augen begannen kleine, schwarze Punkte zu tänzeln.

Ich schrie erneut aus Leibeskräften, bis ich erschöpft zu Boden sank.

Mein Körper zitterte wie Espenlaub, als mein Kopf auf dem braunen Gras lag. Mein Atem ging stockend. Die Hitze des Feuersees schlug mir entgegen und trieb mir gleichzeitig den Schweiß wieder aus den Poren. Ein leises Wimmern verließ meinen Mund, und Tränen des Schmerzes tropften auf den ausgetrockneten Boden.

Ich dachte an meine Mutter. Sie war mir so nahe gewesen, so unglaublich nahe. Der leichte Geruch ihres Parfums war immer noch in meiner Nase.

Ich vermisste sie! Ich vermisste meine Mutter so sehr! Wenn ich nur bei ihr sein könnte. Nur noch ein einziges Mal!

Erschrocken zuckte ich zusammen, als eine Hand meine Schulter berührte. War das Mom? Nein, das war nicht möglich! *Mom, ich vermisse dich so sehr!*

Ich öffnete die Augen und blinzelte die Tränen beiseite. Doch es war nicht Mutter. Stattdessen blickte ich in die mitfühlenden Augen von Ben.

Er saß neben mir und beugte sich über mich. Seine Hand ruhte auf meiner Schulter. Ich schüttelte seine Hand ab und setzte mich hin. Wortlos blickte mich Ben warmherzig an. Hatte er meinen Todestag genau so gesehen wie ich seinen? Das musste fast so sein, denn grundlos wäre er nicht einfach herübergekommen.

Dieser wissende und sogleich traurige Blick, den er mir zuwarf, war schlimmer als sein Zorn von vorhin. Ich wandte mich ab, zog die Knie an meinen Körper und starrte auf den See. Ich konnte ihn nicht ansehen. Ich wollte nicht, dass er meinen Schmerz teilte. Er hatte schon selbst genug!

„Es ist schrecklich", sagte er leise, „und doch die einzige Möglichkeit, sie wiederzusehen und sie zu spüren, nicht?" Ich antwortete nicht, sondern starrte immer noch geradeaus. „Ich würde es jederzeit nochmals durchleben, nur um diese paar Sekunden bei ihr zu sein."

Ich wollte stark sein. Der Schmerz und die Erinnerung an meinen Tod, an meine Mutter, an einfach alles, wollte ich nicht mit ihm teilen. Es war meins. Trotzdem drangen seine Worte tief in mein Herz und ließen es platzen. Es schüttelte mich, während Tränen über meine Wangen liefen. Ich schluchzte und vergrub meinen Kopf in den Knien. *Ich will nicht, dass Ben meinen Schmerz teilt! Ich will das einfach nicht!*

Das Schluchzen wurde immer lauter, wobei jede einzelne Faser meines Körpers vor Schmerz zitterte. Ben legte mitfühlend seinen Arm um mich. Ich ließ es dieses Mal zu. Die Qualen waren einfach zu überwältigend, als dass ich mich gegen Bens Berührungen hätte wehren können.

Wimmernd wandte ich mich ihm zu und zog ihn fest an mich. Er umarmte mich liebevoll. *Oh Gott, wie ich dich brauche!*

Ich war erschöpft. An meinem Körper spürte ich die Wunden des Unfalles, welche sich regelrecht eingebrannt hatten.

Langsam, ganz langsam ließen die Schmerzen nach. Ben hielt mich so lange fest, bis ich mich beruhigt hatte.

„Es tut so weh", flüsterte ich nach einer halben Ewigkeit, in der wir uns nur gehalten hatten. „Ich weiß", erwiderte er leise. „Ich vermisse sie so sehr. So sehr!"

Langsam löste ich mich aus der Umarmung und strich mir mit der Hand die restlichen Tränen aus dem Gesicht. Ben sah mich mit seinen dunklen Augen mitfühlend an. „Es ist schrecklich, es immer wieder zu durchleben", sagte er leise, „und doch so schön, weil wir sie wiedersehen." Ich nickte und blickte wortlos zum Feuersee. Wie lange würden wir es durchhalten?

Ben nahm meine Hand in seine und beobachtete ebenfalls die lodernden Flammen. Nach einigen Minuten unterbrach ich die Stille zwischen uns erneut. „Meinst du, dass das der Grund ist, warum die Leute hier keinen Ausweg mehr sehen und ins Feuer gehen?"

Ben zuckte mit den Schultern. „Ich weiß es nicht. Möglich wäre es." „Würdest du es tun?", erkundigte ich mich. „Ins Feuer gehen?", fragte Ben nach. Ich nickte. „Ich weiß es nicht. Vielleicht, wenn ich wüsste, dass es dann besser würde."

Ich strich mir einen Schweißtropfen von der Stirn. „Ich wollte das alles nicht", flüsterte ich, den Blick immer noch auf den See gerichtet, „ich wollte nicht, dass all das hier passiert."

„Ich weiß", erwiderte Ben leise.

„Ich will nicht hier sein und das immer und immer wieder durchstehen müssen. Ich kann das nicht!" Mit wässrigen Augen blickte ich ihn Hilfe suchend an. „Ich stehe das nicht durch!"

Ben zog mich an sich und drückte mir einen Kuss auf die Haare. „Das lasse ich nicht zu." Er gab mir einen weiteren zärtlichen Kuss auf die Lippen. Niemals!"

„Wie könnt Ihr nur!" Miles stand plötzlich vor uns. Sein Atem ging stockend. Seine Hände zitterten leicht.

„Ihr versucht uns zu trotzen? Und ich sage Euch, Ihr werdet es nicht schaffen!", zischt er. Seine Augen funkelten zornig. Immer wieder krümmte er sich leicht vornüber, so als hätte er starke Bauchschmerzen.

„Ihr werdet es nicht schaffen, dass garantiere ich Euch!", fauchte er und lief stolpernd den Hügel hinunter.

Der Anfang oder das Ende

Der Tag war vorüber, und die Hitze der Sonne trotzte der Kälte der Nacht. Der Himmel war sternenklar. Die Kühle, welche die Nacht mit sich brachte, ließ einen erzittern. Je dunkler es wurde, desto kälter wurde es.

Unzählige Menschen strömten plötzlich von überall her in den Park. Ich konnte die Menschenschar gar nicht mehr überschauen – so viele kamen.

Sie belagerten den Kieselsteinweg, um möglichst nahe am wärmenden Feuer zu sitzen.

Ben und ich hatten uns auf dem Gras neben dem Weg niedergelassen. Melanie hatte mich gewarnt, nicht zu nahe ans Feuer heranzugehen. Die Nächte würden eisig werden und die Menschen zur Wärme treiben, doch je näher sie sich ans Feuer drängten, umso stärker würden ihre Angst und Verzweiflung sein.

„Wo kommen die plötzlich alle her?", fragte ich leise.

„Sie haben tagsüber Schutz in den verlassenen Häusern gesucht. Aber es ist egal, wo man ist. Es ist überall gleich heiß, und die Schmerzen erreichen einen auch da", sagte Ben bitter.

„Aber ich habe Menschen im Spital gesehen, als ich hier ankam. Die schienen nicht so auszusehen, als würden sie leiden. Vielleicht könnten wir dorthin gehen. Vielleicht helfen sie uns sogar."

„Das sind leider nur Bilder unseres Verstandes. Sie bilden so etwas wie einen Zugang in diese Welt. Hast du mal den Ort, an dem du angekommen bist, verlassen, findest du ihn nicht wieder so vor, wie er war. Sie können uns nicht helfen", sagte Ben kaum hörbar. Ich legte meinen Kopf an seine Brust, während er seine Arme noch fester um mich legte.

Wortlos betrachteten wir die anderen. Von jung bis alt war alles vertreten.

Ich hoffte inbrünstig, dass das kleine Mädchen, welches vor uns auf dem Boden saß, nicht ins Feuer springen würde. Es hatte blonde, lockige Haare und meeresblaue Augen. Ihr buntes Sommerkleid war übersät von Schmutzflecken, und ihre Füße steckten in verdreckten Lackschuhen.

„Was meinst du ist ihr geschehen?", fragte ich Ben. „Meinst du das Mädchen?" Ich nickte. „Keine Ahnung, aber ehrlich gesagt, möchte ich es gar nicht wissen. Meine eigenen Erlebnisse sind mir schon genug."

Ben hatte bereits ein weiteres Mal seinen Todestag durchlebt – ich war noch davon verschont geblieben. Er hatte erneut am ganzen Leib gezittert. Die Empfindungen waren noch stärker gewesen als beim letzten Mal. Ich fürchtete mich davor, den Schmerz des Unfalls nochmals empfinden zu müssen.

„Glaubst du an Gott?", fragte ich Ben. „Ich weiß nicht, ich bin nicht religiös. Aber wenn es einen Gott gibt, wäre es an der Zeit, uns mal zu helfen." „Melinda hat gesagt, wir müssen uns selbst helfen."

Ben zuckte mit den Schultern. „Ich weiß nicht, ich bin schon so lange hier." Die Worte stachen in meinem Herz.

Ben schmiegte sich etwas näher an mich, während die Worte von Melinda in meinem Kopf umherschwirrten. „Vielleicht schaffen wir es ja gemeinsam", sagte ich verhalten.

Ich erinnerte mich an Miles und wie er mit schmerzverzerrtem Gesicht vor uns stand, als Ben mich küsste. Der sonst so starke Miles war in diesem Moment klein und verletzlich gewesen. Denn Ben und ich, wir waren einfach nur für uns da – egal, wie schlimm all das um uns auch war.

Vielleicht war genau das der Punkt! Wir hatten in diesem Moment einen Gegenpol erzeugt. Etwas, was dem Schmerz und der Angst hier trotzte. Wir hatten unser Leid ins Gute transformiert. Ich hielt inne. Transformiert! Transformation? *Das Wort kenne ich doch,* dachte ich. War das der Grund, warum das Blatt als Einziges beschrieben war und in Angelikas

Schublade lag? Versuchte sie, uns damit zu helfen? Vielleicht war das ja der Weg hier raus! Das Gute im Schlechten zu sehen! Einen Versuch war es wert!

Ich richtete mich auf und sah Ben an. „Welches ist das schönste Erlebnis, das du in deinem Leben hattest?", fragte ich. Ben blickte mich erstaunt an. „Etwas, was dich unglaublich glücklich gemacht hat." Ben zuckte mit den Schultern. „Irgendetwas muss es doch in deinem Leben gegeben haben. Irgendetwas! Komm schon, erinnere dich daran", drängte ich.

Ben sah mich ernst an. „Was soll das, Caroline, ich bin zu müde für Spielchen." „Bitte, Ben, vertraue mir jetzt", sagte ich leise und blickte ihm tief in die Augen.

Er betrachtete mein Gesicht einige Sekunden und nickte dann. Ben senkte den Kopf und überlegte. Nach einigen Minuten erhellte sich sein Blick und er begann leicht zu schmunzeln.

„Es war an einem Weihnachtsmorgen. Ich war um die fünf oder sechs Jahre alt. Meine Eltern schliefen noch fest, doch ich war schon putzmunter.

Natürlich hatte man mir wie jedes Jahr das Märchen vom Weihnachtsmann erzählt, und ich glaubte fest an ihn." Ben lächelte.

„Es war noch früh und meine Eltern schliefen wie gesagt noch, während ich durch die Wohnung schlich und ins Wohnzimmer ging. Voller Bewunderung sah ich zu dem mit bunten Kugeln und Lametta behangenen Weihnachtsbaum hoch. Er war so wunderschön, schöner als je zuvor. An der Spitze befand sich ein goldener Stern und darunter leuchteten kleine, goldene Glöckchen.

Unter dem Weihnachtsbaum befanden sich noch keine Geschenke, doch ich wusste, dass ich zu dieser Weihnacht mein gewünschtes Feuerwehrauto bekommen würde. Schließlich hatte ich dem Weihnachtsmann lange erklärt, warum gerade ich es benötigte.

Da meine Oma mir erzählt hatte, dass es Leute gibt, die mit den Glöckchen klingeln, um das Christkind zu rufen, dachte ich mir, könnte ich das auch tun. Es würde schließlich nicht schaden, die Wünsche beiden mitzuteilen. Es wäre ja möglich, dass der Weihnachtsmann mein Feuerwehrauto vielleicht vergessen hatte.

Ich hatte es also irgendwie geschafft, einen der schweren Lederstühle zum Christbaum zu ziehen. Ich stand auf dem Stuhl und war gerade dabei, mich zu strecken, um an eines der Glöckchen zu gelangen, als plötzlich die Türe aufging und meine Mutter in der Tür stand. Sie trug ihren Schlafanzug und hatte ein goldenes Tuch um ihren Kopf gebunden. In ihren Händen hielt sie zwei große Geschenke." Ben lachte. „Sie sah so albern aus mit dem Tuch auf dem Kopf. Sie sagte mir, sie sei das Christkind und würde die Geschenke bringen. Der kleine Ben war jedoch nicht auf den Kopf gefallen, und kleinlaut fragte ich, warum denn das Christkind wie meine Mutter aussah. Sie meinte darauf, dass sie sich extra in meine Mutter verwandelt hätte, damit ich mich nicht ängstige.

Sie legte rasch die Geschenke unter den Baum, gab mir einen Kuss, und während ihr beinahe das Tuch vom Kopf fiel, hüpfte sie aus dem Raum."

Ben lachte. „Ich weiß, nicht gerade lustig für Außenstehende, doch sie hatte mich mit ihrer Show echt überzeugt.

Als ich später dann alles begriff, war es unser jährlicher Weihnachtswitz." Bens Augen leuchteten. „Es war etwas, was mich und meine Mutter tief verband, und wir konnten stundenlang über ihre lächerliche Kopfbedeckung lachen."

Ich blickte ihn liebevoll an. Seine Erinnerungen ließen seine sonst so harten Gesichtszüge weich werden, und ich fand ihn einfach wunderschön.

Ich vergaß alles um mich herum. Ich sah nur ihn. Seine Schönheit, seine weichen Lippen, seine wunderschöne Nase, seine ganze Art.

Ich lehnte mich zu ihm hinüber und küsste ihn innig auf die Lippen. Sein Mund umschloss meinen, während er mich sanft an sich zog. Es war ein wunderschöner Moment. Er war für mich da und ich war für ihn da – das wussten wir beide.

Plötzlich wandte sich Ben abrupt ab und stieß einen Schmerzensschrei aus. Ich zuckte erschrocken zusammen und starrte ihn mit weit aufgerissenen Augen an. Verkrampft presst er seine Hand auf seine Milz. Sein Atem stockte, während er krampfhaft versuchte, sich mit der anderen Hand vor etwas Imaginärem zu schützen.

Immer wieder hob er die Hand, um etwas abzuwehren und schrie aus Leibeskräften. „Nein! Nicht, bitte nicht!" Er fuchtelte wie wild in der Luft herum. Seine Augen fokussierten etwas oder jemanden, das oder den ich nicht sehen konnte.

„Ben!", schrie ich und versuchte, ihn festzuhalten. Doch er war völlig in diesem Angriffsszenario gefangen, so dass er mich abrupt auf die Seite stieß.

Er schrie immer weiter und versuchte, sich zu wehren. „Ben!", rief ich erneut, „es ist nicht real! Es ist alles nicht real!"

Verzweifelt versuchte ich, ihn aus seinem Zustand zu befreien, doch jedes Mal stieß er mich von neuem weg.

„Helft mir doch!", flehte ich die anderen an, doch die Menschen auf dem Kieselsteinweg wandten sich bewusst ab. Sie wollten oder konnten nicht helfen.

In der Nähe erkannte ich die Gestalt von Miles. Mit zusammengepressten Lippen und die Stirn in Falten gelegt, beobachtete er uns angestrengt. Er fixierte Ben, so als würde er seine Gedanken manipulieren. „Lass ihn in Ruhe!", schrie ich Miles an, „Verschwinde!" Doch Miles grinste hämisch und fokussierte immer noch Ben.

Plötzlich wandte sich Bens Blick dem Feuersee zu und ruhte darauf. Seine Hand lag nun ebenfalls ganz ruhig auf der Milz. Ich starrte zwischen dem See und Ben hin und her. *Was bedeutete das jetzt? Er will doch nicht etwa ...*

Langsam stand Ben auf, den Blick immer noch auf den See fixiert. „Mutter?", flüsterte er leise.

„Ben!", sagte ich laut und krallte mich an seinen Arm. Er schüttelte mich jedoch ab, ohne mich eines Blickes zu würdigen und warf mich zu Boden. Ich richtete mich gleich wieder auf und lief ihm nach.

Die Menschen auf dem Kieselsteinweg gingen bereitwillig auf die Seite, um ihm Platz zu machen. Teilweise sah es sogar so aus, als hätten sie Angst vor ihm. „Helft mir doch!", flehte ich erneut, doch keiner wollte mir helfen.

Wieder krallte ich mich an Bens Arm – diesmal so fest, wie ich konnte, und versuchte, ihn zurückzuziehen. „Ben, nicht!", rief ich.

Er versuchte, mich erneut abzuschütteln, indem er mit seinen Händen meine Arme zusammendrückte, bis sie schmerzten. Doch ich musste ihn aufhalten. Ich durfte ihn nicht verlieren!

Ich drückte mich an ihm vorbei und stellte mich ihm in den Weg. Ben beugte sich etwas zur Seite und blickte an mir vorbei. „Ben, nicht", flüsterte ich, „deine Mutter ist nicht wirklich hier. Miles manipuliert deinen Kopf. Glaube mir doch, bitte."

Ich schlang meine Arme um seinen Oberkörper und drückte mich so fest ich konnte gegen ihn. *Er darf nicht in den See gehen!*

Schmerzhaft zog er meine Arme auseinander. Ich schrie laut auf. Tränen liefen mir über die Wangen.

Ich spürte die Hitze des lodernden Feuers an meinem Rücken. Weit waren wir davon nicht mehr entfernt.

Ben war mir mit seiner Kraft völlig überlegen. Gegen ihn hatte ich keine Chance. Es war nur eine Frage der Zeit, bis die Kraft mich verließ und er direkt in sein Verderben lief.

Ich weinte. Ich weinte aus tiefster Seele. Bald würde ich den Menschen verlieren, für den ich eine unglaublich tiefe Liebe empfand. Den Menschen, der mein Inneres zum Vibrieren brachte, der mit seinen faszinierenden Augen meine Gedanken in ein ganzes Wespennest verwandeln konnte und den Menschen, an den ich mich lehnen konnte und mich dabei so beschützt fühlte. Und diesen Menschen sollte ich jetzt verlieren?

Ich sah Ben direkt in die Augen. Sein Blick ging durch mich hindurch. „Ich habe in meinem Leben nie die Gelegenheit gehabt, einen Menschen wie dich kennenzulernen", flüsterte ich ihm zu, „doch nach meinem Tode durfte ich erfahren, was Liebe wirklich ist. Liebe, die du mir geschenkt hast und für die ich dir aus tiefstem Herzen dankbar bin. So etwas zu erleben, ist das schönste Gefühl, das es gibt. Es gibt mir so viel Nähe, so viel Zuversicht und so viel Stärke. Ich hätte nie gedacht, dass dies überhaupt möglich ist. Du bist die Liebe, die ich mein ganzes Leben gesucht habe."

Ich schluchzte. „Ich liebe dich, Ben.

Ich weiß aber auch, wen du abgöttisch liebst. Lass mich dich zu ihr begleiten." Ich schluchzte erneut. „Bitte, nimm mich mit, ohne dich halte ich es hier nicht aus!"

Immer mehr Tränen liefen mir über das Gesicht. Weinend drückte ich meinen Kopf gegen seine

Brust. „Bitte, Ben, lass mich dich begleiten." Ich weinte bitterlich.

Ich hatte Angst. Angst vor dem, was kommen würde, aber auch Angst davor, hier alleine mein ganzes weiteres Leben verbringen zu müssen. Mein Herz würde daran zerbrechen.

Die Liebe hält ewig, dachte ich. „Und mit dieser Liebe gehe ich mit dir. Ich liebe dich", flüsterte ich ihm leise zu.

Langsam löste sich der Druck um meine Arme. Zaghaft blickte ich auf und sah Bens Augen auf mir ruhen. Er schaute mich wortlos an, während ihm eine einzelne Träne über die Wange lief. Ich fing sie mit meinen Lippen auf und küsste sie weg.

„Aaaah!", schrie es plötzlich laut. Ich drückte mich erschrocken an Bens Körper.

Miles streckte seine Arme von sich. Sein ganzer Körper war total angespannt und zitterte heftig.

Die Flammen hinter uns begannen zu lodern und wurden immer höher. „Was passiert hier?", fragte ich ängstlich und drückte mich noch fester an Ben.

Mit einem lauten Knall fingen plötzlich einige Bäume oberhalb des Hügels Feuer. Sie waren so trocken, dass sie wie Zunder brannten.

Panisch flüchteten die Menschen vom Kieselsteinweg und rannten wild durcheinander.

Die Hitze wurde immer stärker und fast unerträglich. Ben zog mich beschützend einige Schritt vom Feuersee weg.

Ich hatte Panik, unglaubliche Panik. Doch in seinen Augen lag etwas, was alles andere als panisch war. Es war eine unglaubliche Ruhe. So etwas hatte ich in seinen Augen noch nie gesehen.

Immer mehr und mehr Bäume begannen aus dem Nichts zu brennen.

Chaotisch rannten alle schreiend herum und suchten irgendwo Schutz.

Verdattert blickte ich zu Ben, der sich nicht die Mühe machte, überhaupt nur daran zu denken, wegzurennen.

Das Feuer auf dem See tobte wild und die Flammen züngelten dem dunklen Himmel entgegen.

„Wir müssen hier weg!", rief ich panisch, während ich an seinem Arm zog. Doch stattdessen blieb er stehen und lächelte mich an.

„Ich habe sie gesehen, Caroline! Ich habe meine Mutter gesehen!" „Ben! Wir müssen hier weg. Wenn das Gras Feuer gefangen hat, verbrennen wir!"

Erneut zog ich an seinem Arm. Doch Ben blieb unbeirrt stehen und blickte mich mit ruhigen Augen an. „Ben!", schrie ich ihn an, „bitte bewege dich!" Er schüttelte den Kopf.

„Ich habe sie gesehen, Caroline."

„Verdammt, Ben! Ich will nicht verbrennen!" Er schüttelte erneut den Kopf. „Die Transformation! Sie beginnt im Herzen, Caroline! Meine Mutter hat es mir gesagt. Angst erzeugt noch mehr Angst, bis sie einen ganz ergreift und nicht mehr loslässt. Doch das Urvertrauen in einem, welches gebettet ist in der Liebe zu sich selbst, kann nicht zerstört werden."

„Ben", sagte ich mitfühlend, „es war Miles, nicht deine Mutter. Er hat deine Gedanken manipuliert. Ich flehe dich an, bitte lass uns Schutz suchen."

Das Feuer breitete sich in Windeseile aus, während die Hitze unerträglich wurde.

„Sie war da." Ben löste unsere Umarmung und trat zum Feuersee.

Ich wollte ihn gerade zurückhalten, als er seine Hand in das lodernde Feuer hielt. „Ben!", schrie ich geschockt und zog am anderen Arm. Er lächelte jedoch und ließ sich bereitwillig von mir wegziehen. Er hielt mir eine komplett unversehrte Hand hin. Fassungslos starrte ich sie an.

Nichts! Es war nichts zu sehen. Kein Haar war verbrannt, die Haut immer noch tadellos – sie roch sogar noch nach seinem Parfum. „Ich versteh das nicht", sagte ich verwirrt. „Transformation, Caroline. Meine Mutter hat es mir gesagt. Die Umwandlung von Angst in Urvertrauen. Das ist der Schlüssel hier heraus."

Hinter uns knallte es, als ein morscher Baum umfiel. Das dürre Gras hatte Feuer gefangen, und die Flammen bahnten sich ihren Weg den Hügel hinunter. In wenigen Sekunden würde alles in Flammen stehen. Es gab keinen Ausweg. *Wir werden verbrennen! Wir werden alle verbrennen!*

Ich starrte Ben angstvoll an. Eine Träne lief über meine Wange. „Gleich ist es vorbei", wisperte ich. Ben lächelte. „Schließe die Augen." Eine weitere Träne rannte hinunter. „Bitte." Ich tat, wie mir geheißen. „Du bist wunderbar. Der wunderbarste Mensch, den es gibt, und du hast mich gerettet", flüsterte er. Sanft legte er seine Lippen auf die meinen und schlang die Arme um meinen Körper. Ich drückte mich ganz fest an ihn und wollte nur noch diesen einen letzten Kuss. Wenn schon sterben, dann wenigstens mit einem Kuss.

Wohlige Wärme stieg in mir auf und breitete sich über meinen ganzen Körper aus. Mein Herz schlug plötzlich ganz langsam, während mein Atem tief und ruhig ging. Ich spürte Bens angenehme Wärme, während in meinen Ohren mein Lieblingslied ein letztes Mal für mich spielte. Ich versank ganz und gar in seiner Umarmung.

In meinem Kopf drehte sich auf einmal alles. Ich sah die schwarzen Punkte vor meinen geschlossenen Augen tanzen, hatte das hohe Pfeifen in den Ohren und einen Magen, der langsam flau wurde. Und dann augenblicklich, verschwand alles auf einmal. *Bin ich tot? Also, richtig tot?*

Ich hielt meine Augen geschlossen. Mein Herz schlug immer noch ganz ruhig. Ich fühlte eigenartiger Weise nichts. Gar nichts! Keinen Schmerz, keine Angst, nichts! *Sind wir jetzt in der Hölle?*

„Möchtest du die Augen nicht öffnen?", fragte mich Ben ganz ruhig. Ruckartig schlug ich sie auf. Ben lächelte und nahm meine Hand in seine. Verdutzt sah ich mich um.

Wir standen im Park neben dem See. Aber nicht mehr in der Variante mit dem Feuer, sondern in der normalen, in der ein See aus Wasser bestand.

Vögel zwitscherten am Himmel, während die Sonne hell und angenehm warm auf uns herunterschien. Das Gras hatte sein sattes Grün und die Bäume ihre Blätter wieder. Ich war durcheinander.

Einige Menschen lagen auf der Wiese und sonnten sich, während andere gemütlich den Kieselsteinweg entlang schlenderten.

Ben zog mich an sich und küsste mich innig. „Wir haben es geschafft", flüsterte er danach in mein Ohr.

„Ich versteh nicht", erwiderte ich. „Transformation! Unser Thema. Wir haben die Angst transformiert, indem wir an uns geglaubt haben." Ben lachte freudig auf. „Ich glaube, wir haben unsere Aufgabe mit Bravour bestanden!"

Erneut drückte er mir einen Kuss auf die Lippen. Mir war immer noch etwas schummrig von dem Ganzen. Wir hatten es geschafft? Wir hatten Miles und den Feuersee überstanden?

„Und nun dürfen wir endlich heimgehen, Caroline." Er lächelte und strich mir liebevoll über die Wange. „Dreh dich mal um", forderte er mich auf. Ich hob fragend die Augenbrauen. „Mach schon", schmunzelte er. Langsam wandte ich mich um. Mom? Nein, das konnte nicht sein!

Lachend stand sie einige Meter entfernt. Sie hatte ein weißes Kleid mit bunten Blumen an. Ihr Lieblingskleid! Aber was tat sie hier?

Langsam ging ich einige Schritte in ihre Richtung, begann dann zu rennen und fiel mit einem lauten Lachen in ihre Arme. „Mom!", hauchte ich und drückte sie fest an mich. „Caroline, mein Schatz!"

Es war, als wäre sie nie weg gewesen, als hätten wir uns nie aus den Augen verloren.

Sie roch immer noch genau so wie früher, und ihre Umarmung fühlte sich an wie heimkommen. Ja, ich war wieder zuhause. Ich war endlich heimgekommen!

„Ich habe dich so vermisst", sagte ich und löste meine Umarmung. Tränen der Freude liefen über mein Gesicht. Meine Mutter lächelte. „Ich bin so stolz auf dich, Caroline. So stolz." Sie drückte mich erneut zärtlich an sich. „Ich möchte dir jemanden vorstellen", sagte ich und dreht mich zu Ben um.

Dieser befand sich immer noch an der gleichen Stelle wie vorhin. An seiner Seite stand ebenfalls seine Mutter. Sie hielten sich bei der Hand, sprachen liebevoll miteinander oder strichen dem anderen die Tränen aus dem Gesicht.

Ich weinte vor Rührung. „Er hatte sich so lange danach gesehnt, sie wiederzusehen", sagte ich leise. Lächelnd blickte ich meine Mutter an. „Nun sind sie wieder zusammen." Meine Mutter nickte. „Er hat sie unheimlich vermisst. So wie ich dich vermisst habe, Mom."

Sie lächelte. „Sie werden nun genügend Zeit haben für einander. Genauso wie wir zwei." Sie nahm meine Hand und drückte sie liebevoll. „Wir sind beide hier, um euch abzuholen. Daher wird es nun Zeit, sich zu verabschieden." „Verabschieden?", fragte ich vorsichtig. „Von Ben?" Mom nickte. Ich schluckte leer. *Muss das wirklich sein?*

„Sie gehen einen anderen Weg als wir. Sie sind eine Familie, wir eine andere."

„Aber, aber ...", stotterte ich, „ich dachte, wir seien alle irgendwie miteinander verbunden – im Geiste oder so. Ich will mich von Ben nicht verabschieden."

„Wir sind auch verbunden miteinander. Wir sind alle wie eine große Familie. Und Trennung heißt nicht, dass ihr euch niemals wiederseht. Es bedeutet nur eine Art räumliche Trennung für eine begrenzte Zeit."

„Und wann werde ich ihn wiedersehen?", erkundigte ich mich leise. „Das kann ich dir nicht sagen, mein Schatz." Sie strich mir liebevoll übers Haar. „Vielleicht in einem anderen Leben? Ich weiß es nicht. Aber Ihr werdet euch wiedersehen, das ist sicher. Eure Seelen sind für immer verbunden."

Ich atmete geräuschvoll aus. Ich wollte ihn nicht gehen lassen. Ich wollte das einfach nicht! Wir hatten so vieles miteinander erlebt, wir hatten zueinander gefunden, und nun war alles vorbei? Er war wie ein Teil von mir geworden, den ich nicht abgeben wollte.

Ich blickte Ben an. Auch wenn ich ihn irgendwann wiedersehen würde, irgendwann konnte eine unglaublich lange Zeit sein. Eine Zeit ohne sein liebevolles Lächeln, ohne in seine dunklen Augen zu

blicken und ohne die Wärme seiner schützenden Umarmungen konnte ich mir nicht vorstellen. *Nein, bitte, Gott, tu mir das nicht an.*
Ben sah meinen flehenden Blick. Auch seine Augen zeigten die Traurigkeit.
Langsam kam er herüber und nahm meine Hände. Ich schluckte schwer. *Ist das nun das Ende? Das Ende von allem?*
„Ich will nicht, dass du gehst", flüsterte ich. Er lächelte matt. „Ich auch nicht."
Ben strich sanft über meine Wangen. Tränen liefen uns beiden übers Gesicht.
„Wir werden uns wiedersehen", versuchte er mich zu trösten. „Ja, ich weiß, irgendwann. Aber wann ist irgendwann?", fragte ich leise. Ben zuckte mit den Schultern. „Ich weiß es auch nicht."
Ich schniefte.
„Ich bin dir aber so unglaublich dankbar. Du hast mich aus dem tiefen, dunklen Loch rausgeholt", sagte er, „ohne dich wäre ich nicht hier. Ich wäre wahrscheinlich niemals hierhergekommen." Ben nahm mein Gesicht in seine Hände und küsste mich zärtlich. „Ich will nicht, dass du gehst. Bitte, gehe nicht", flehte ich ihn an. „Ich muss. Wir müssen."
„Was, wenn dieses Irgendwann eine Ewigkeit ist? Was, wenn ich vergesse, wie du aussiehst?", erwider-

te ich bitter. Ben lächelte. „Das wirst du nicht." Er griff in seine Hosentasche und zog ein zusammengefaltetes Papier heraus, welches er mir reichte.

Ich blickte ihn fragend an. „Damit du mich nicht vergisst", sagte er liebevoll.

Ich nahm das Papier an mich und faltete es langsam auseinander. Es war meine Zeichnung vom lachenden Ben.

Seine vergangene Erinnerung an die Mutter und meine zukünftige Erinnerung an ihn! *Oh Gott, ich will das nicht, ich will das einfach nicht!*

„Wir müssen nun los", sagte Ben.

„Darf ich mitkommen?", fragte ich leise. Eine weitere Träne kullerte mir über die Wange. Er strich sie sanft mit dem Finger weg.

„Ich wünschte, du könntest", hauchte er. Ihm lief ebenfalls eine Träne übers Gesicht. „Ich wünschte es so sehr. Aber es geht nicht." Er schluchzte. „Der Abschied schmerzt, doch meine Mutter hat gesagt, wenn wir zu Hause sind, dann wären wir frei davon. Wir werden uns nur noch an das Schöne des anderen erinnern." Ben versuchte leicht zu lächeln, „Und wer weiß, vielleicht treffen wir uns ja wirklich bereits im nächsten Leben wieder."

Tränen liefen über unsere Wangen. „Vielleicht gehen wir auf die gleiche Schule oder wachsen als Nachbarskinder nebeneinander auf. Vielleicht heiraten wir auch und bekommen Kinder, wer weiß."

Er schluchzte herzzerreißend, während er versuchte, sich die vielen Tränen aus dem Gesicht zu wischen.

„Ich liebe dich", wisperte ich, „ich liebe dich so sehr, Ben."

„Ich liebe dich auch", flüsterte er schniefend und drückte seine Lippen auf meine.

Ich versuchte, mir mit jeder Faser meines Körpers diesen letzten, wundervollen Kuss einzuprägen und niemals wieder zu vergessen.

Langsam löste sich Ben von mir. Seine Augen waren vom Weinen rot und aufgequollen.

„Ich liebe dich und ich bin dir so dankbar für alles. Unendlich dankbar. Du bist mein Engel."

Er strich mir sanft über die Wange und wandte sich langsam ab.

Tränen rannen mir wie Bäche übers Gesicht und ich schluchzte laut.

Meine Mutter legte mitfühlend ihren Arm um meine Schulter und ich zog sie fest an mich.

Bens Mutter strich ihm sanft die Tränen aus dem Gesicht, küsste ihn auf die Stirn und nahm ihn an die Hand.

Bens und meine Blicke trafen sich ein letztes Mal. Wir weinten beide, und trotzdem lächelten wir uns gegenseitig an, bevor wir beide mit unseren Müttern in entgegengesetzte Richtungen gingen.

Wir waren uns sicher:

Irgendwann, irgendwann würden wir uns wiedersehen.

Und dann, dann würden wir es krachen lassen!

Die 1979 geborene Autorin **Sandra Berger** stammt aus der Schweiz, wo sie auch mit ihrer Familie lebt. Von Kindesbeinen an schreibt sie verschiedene Geschichten, die bisher nur für sie selber und ihre Freunde bestimmt waren.

Mit „Transformation am Feuersee" veröffentlicht sie nun ihren ersten Roman im beliebten Genre Romantasy. In ihrer Freizeit liest sie gerne Bücher, singt in einem Chor oder schaut einen guten Film.

Sandra Berger arbeitet auch noch als Heilpraktikerin, wobei sie sich auf Kinder- und Frauenheilkunde spezialisiert hat.

Weitere Informationen zur Autorin unter **www.sandra-berger.ch**